Ralf Eggartner

Bis zum Horizont – und darüber hinaus

30.000 km per Anhalter
von Österreich nach und durch Südamerika

(Eine abenteuerliche Sinnsuche)

Memoiren-Verlag

ISBN 978-3-902757-82-1

Trattenweg 5, A-9346 Glödnitz
www.memoiren-verlag.at
memoiren-verlag@aon.at

Der Liebe gewidmet

Inhaltsverzeichnis

Vorwort

Wie alles begann

Der Wunsch, eine längere Reise zu unternehmen, tauchte zum ersten Mal nach meiner Militärpilotenkarriere auf. Wie aus dem Nichts kommend, verschaffte er sich immer öfter Gehör und mehr und mehr Raum. Ich möchte nach Südamerika reisen, klang es aus meinem Inneren.

Südamerika! Nie kam mir auch nur ansatzweise ein anderes Land in den Sinn. Ich hatte eine ziemlich kindliche Vorstellung von Südamerika. Es war für mich das Land der Ureinwohner, das Land, in dem ich einen Medizinmann an jeder Weggabelung antreffen würde. Außerdem stellte ich mir vor, mit meiner Ausrüstung allein durch das Amazonas-Gebiet zu wandern. Nur ich und vielleicht ein Hund, der mich am Abend beschützen würde. Ernähren könnte ich mich von den wild wachsenden Früchten. Südamerika verkörperte für mich das Abenteuer pur, die Weite, das Alleinsein und dazu noch die Möglichkeit, von einem Schamanen zu lernen. Vielleicht könnte ich ja sogar erleuchtet werden?! Ja, damals war ich auf der Suche nach der Erleuchtung. Ich glaube, ich war überhaupt auf der Suche.

Die Zeit als Militärpilot war also vorbei und meine anschließende Ausbildung zum Gesundheitstrainer neigte sich dem Ende zu. Der Wunsch, die Reise anzutreten, wurde immer größer. In dieser Zeit unterzog ich mich auch erfolgreich der Aufnahmeprüfung an der Akademie für Physiotherapie. Drei Jahre würde die Ausbildung dauern, eine lange Zeit. Ich hatte das Gefühl, als würde Südamerika auf mich warten, mich rufen! Was sollte ich tun? Auf einer Bergtour im Kaukasus hatte ich dann endlich die befreiende Eingebung: Zuerst die Ausbildung, dann Südamerika!

In den nachfolgenden drei Jahren formierte sich meine Reisevorstellung neu: Ich werde direkt von meiner Haustür aus nach Südamerika stoppen! Das erschien mir eine ordentliche Herausforderung und ein richtiges Abenteuer zu sein. Ich wollte mich selbst ganz ausliefern und frei machen. Es war an der Zeit, mein Vertrauen in das Leben, in eine höhere Macht auf die Probe zu stellen.

In dieser Zeit hatte ich viele Freunde, das Telefon klingelte unaufhörlich und mein Terminplan war ausgefüllt. Ich war gesund, hatte wunderbare Menschen um mich herum, Hobbys und vieles mehr. Und trotzdem fehlte mir etwas. Im Inneren war ich unzufrieden. Sollte das alles sein, der Sinn des Lebens, die Wahrheit hinter allem? Ich hatte auch schon andere Erfahrungen gemacht: Zeiten, in denen ich die Verbundenheit mit der Liebe und dem Leben so intensiv fühlen durfte, dass diese Einblicke ins göttliche Sein mein ganzes Leben veränderten. In diesen Momenten empfand ich mich als wirklich lebendig und dachte, für immer angekommen zu sein. Heute muss ich darüber schmunzeln, Erleuchtung – auf immer?!

Die Gesellschaft, alle Sicherheiten hinter mir lassen, so vollständig wie möglich aus allem aussteigen – das ist es! Dann werden die Antworten auf meine Fragen kommen und mein Sehnen wird erfüllt werden. Gott würde mich nicht hängen lassen, davon war ich fest überzeugt. Außerdem wollte ich allen beweisen, dass man ohne Verwendung öffentlicher Transportmittel sogar Südamerika erreichen kann. So oder so ähnlich fühlte und dachte ich damals.

Neben diesen schwer in Worte zu fassenden Motivationen und der so wichtigen inneren Überzeugung, dass es Zeit für meine Reise war, gab es sicher noch andere unbewusste Motive und Anstöße dazu. Sie waren aber auch für mich unter der Oberfläche vergraben und wurden erst im Laufe der Reise klarer und sichtbar.

Es scheint mir wichtig, kurz darzulegen, was Gott für mich bedeutet. Für mich gibt es kein Bild von Gott oder einem alten Mann auf einer Wolke, der über gut und schlecht urteilt. Aber ich glaube daran, dass es ETWAS gibt. Was immer es auch ist, ob es die innere Stimme oder das universelle Bewusstsein oder die Summe aller Teile oder einfach die Liebe ist. Was auch immer es ist, ich weiß es nicht, aber ich habe erfahren, dass dieses Etwas existiert, und ich weiß, dass ich darin gehalten bin. Als Synonym für all diese unbeschreiblichen Phänomene, die jeder von uns schon in der einen oder anderen Art erfahren hat, verwende ich den Begriff *Gott*. Ich hoffe, dass sich somit niemand an dem Wort Gott stößt oder es zumindest leichter fällt, es gedanklich durch ein persönlich besser passenderes zu ersetzen.

Nach dem Abschluss der Physiotherapie-Akademie und meinem Abschiedsfest Ende September 2002 begann ich mit den Reisevorbereitungen.

Als Einstimmung für meine Stopperkarriere trampte ich durch ganz Österreich und verabschiedete mich dabei von all meinen lieben Freunden in Ost und West, Nord und Süd.

Was waren also die Grundbedingungen für meine Reise?

Erstens: Ich muss Südamerika ohne Verwendung öffentlicher Verkehrsmittel nur per Anhalter erreichen.

Zweitens: Sobald ich in Südamerika ankomme, darf es keinen Plan mehr geben, kein geplantes Ende, keine Reiseroute, kein Ziel, nichts. Dann gilt es, planlos auf Gott, das Leben … zu vertrauen.

Und nun geht es los.

Vorbereitung und Abschied

Noch schnell ein Zelt gekauft, einen Wasserfilter, dazu zahlreiche Kleinigkeiten, alles auf dem Boden meines Zimmers ausgebreitet und dann mit der Küchenwaage die einzelnen Gegenstände abwiegen. Allein abzuschätzen, was ich mitnehmen soll, fällt mir schon unglaublich schwer, da ich ja nicht weiß, wo es mich im Laufe meiner Reise hin verschlagen wird. Ich kaufe ein Zelt, einen Wasserfilter, viele andere Kleinigkeiten und breite alles auf dem Boden meines Zimmers aus. Dann nehme ich die Küchenwaage zu Hilfe und summiere das Gewicht der unzähligen Ausrüstungsgegenstände.

Ein Wahnsinn. Gepäck im Überangebot! Es hilft nichts, zu schwer, zu viel. Weiter packen, umpacken, nachdenken, einschränken. Dann endlich bin ich fertig und abmarschbereit. Ich stehe mit zwei voll bepackten Rucksäcken, die insgesamt 35 Kilo auf die Waage bringen, durch deren Verteilung auf vorne und hinten beim Tragen zumindest aber ein bestimmtes – wenn auch schweres – Gleichgewicht hergestellt ist, vor meinem Elternhaus. Was soll ich jetzt sagen? Unruhig wechselt mein Blick zwischen meinem Vater und meiner Mutter hin und her. Ich kann nicht sagen: „Bis in einem Jahr!“, oder: „Bis in zwei Jahren!“ Ich habe keine Ahnung, wie lange ich fort sein werde, wie lange diese Reise dauern wird. Ich könnte in einem halben Jahr wieder zurück sein oder in fünf Jahren wiederkehren oder aber auch – gar nicht. Ja, vielleicht werde ich nie mehr nach Hause kommen.

Wir umarmen uns. Der Abschied fällt schwer, unbeschreiblich schwer. Die Traurigkeit und der Schmerz scheinen mich fast zu erdrücken. Doch tief in mir weiß ich, dass es so sein muss, dass es an der Zeit ist, aufzubrechen.

Dann sitze ich schon im Auto, auf dem Weg zu Geri, meinem Freund, der mich die ersten anderthalb Wochen lang begleiten wird. Der letzte Anblick meines Vaters und meiner Mutter, wie sie zum Abschied winken, brennt sich tief in mir ein. Sie sind tapfer, sehr tapfer! Die ganze Autofahrt über, es sind ca. 60 km von Knittelfeld nach Frojach, rinnen die Tränen über mein Gesicht. Ich trockne sie nicht, es wäre sinnlos, so stark ist der Ausdruck meiner Seele, so intensiv der Schmerz des Abschieds.

Das Leben, das ich in Österreich geführt habe, war wunderschön und trotzdem zieht es mich von innen heraus auf meinen Weg, der jetzt beginnt ...

1. TEIL

1, 2, 3 ... stoppen

Am frühen Abend des 18.11.2002 stehen Geri und ich in Frojach am Bankett der Bundesstraße. Frojach ist ein kleines Dörfchen in der Obersteiermark, 60 km von meiner Heimatstadt Knittelfeld entfernt. Geri ist dort aufgewachsen, er wird mich die ersten zwei Wochen lang begleiten. Per Anhalter will er es mit mir bis nach Spanien schaffen, das ist sein Abenteuer. Hier beginnt also meine, zuallererst aber unsere Reise.

Innerlich spüre ich meinen Anspruch: Eigentlich müsste ich meine große Reise ganz allein beginnen! Alles, von Anfang an, ganz alleine machen. Ich bin doch der große Abenteurer! Zu zweit? Ist das denn überhaupt so abenteuerlich? Aber die Freundschaft, die uns verbindet, ist wichtiger, als meinem Heldenmythos vom alleine Reisen gerecht werden zu wollen. Geri und ich sind uns in der Akademie für Physiotherapie im September 1999 das erste Mal begegnet. Eine wunderbare, kostbare Freundschaft ist seither entstanden und seit damals bezeichnen wir uns selbst als das „Dreamteam", dem wir oftmals ein „forever" hinzufügen.

Da stehen wir nun, die zwei Autostopper: Beide mit 3-mm-Kurzhaarschnitt, Geri 24 und ich 27 Jahre jung, etwa 1,90 m groß, schlank, Geri mit einem und ich mit zwei Rucksäcken bepackt. Es ist ein lauer Herbstabend und wir genießen die letzten Sonnenstrahlen. Unserer Motivation und Freude sowie unserem Optimismus sind keine Grenzen gesetzt. Wir sind Abenteurer auf dem Weg nach Westen, Richtung Spanien. Geris Vater macht noch ein Foto von uns. Wir lachen und strecken den Daumen auf die Fahrbahn hinaus.

Drei Stunden später und nur 50 km von Frojach entfernt stehen wir immer noch bei den kleinen Tickethäuschen der Mautstelle St. Michael im Lungau. Es ist schon dunkel, hier aber erhellen viele Beleuchtungskörper die Nacht und so bleiben uns noch Chancen, weiterzukommen. Ein Glück, dass wir es überhaupt bis hierher geschafft haben. Ein Kroate lässt uns einsteigen; wir hieven unsere Rucksäcke ins Auto und weiter geht es Richtung Deutschland. Er rast mit unglaublichen 240 km/h durch die Nacht, die Straße wird sehr eng. Wie im Flug sind wir über der Grenze und er setzt uns in der Nähe von München ab. Jetzt ist es wirklich stockdunkel. Wir kauern uns unter ein kleines Vordach eines unbewohnten Häuschens im Nirgendwo in der Nähe von München. Schnell noch in den Schlafsack hinein, dann nicken wir kurz ein. Aber schon bald kommt starker Wind auf. Zuerst schmiegen wir uns so gut es geht an die Mauer. Doch dann beginnt es auch noch zu regnen, der Wind wird stärker und stärker, bis er uns schlussendlich den Regen auf unsere Schlafsäcke und ins Gesicht peitscht. In Sturm und Regen, im Licht unserer Stirnlampen stellen wir das erste Mal unser Zelt auf und kriechen in unser neues Zuhause. Durchnässt, aber nunmehr geschützt, schlafen wir ein.

Ein paar Stunden später wird es hell, es regnet immer noch stark. Von mir aus könnten wir noch tagelang im Zelt liegen bleiben, ich habe ja unbegrenzt Zeit, denke ich mir. Geri will aber weiter, er will nach Spanien kommen und nicht im Zelt im Nirgendwo vor München hocken bleiben. Also Regen hin oder her, es hilft nichts, heraus aus dem Zelt, hinaus auf die Straße.

Es ist kalt und nass, ich rechne mir keine großen Chancen aus, dass wir bei diesem Wetter mitgenommen werden. Wir wechseln uns mit dem Daumenhinaushalten ab. Nach langen zwei Stunden hält ein Trabi an. Mit einem überaus gesprächigen Ostdeutschen kommen wir bis zu einer Raststation in der Nähe von Baden-Baden. Im dortigen Restaurant werden wir von einer Kellnerin mit Gebäck und Süßigkeiten versorgt. „Ist schon in Ordnung, geht aufs Haus." Sie schenkt uns noch einen mitleidigen Blick, dann ist sie schon wieder weg. „Gratis! Warum …?" Ich spreche meinen Satz gar nicht zu Ende, denn auf einmal wird mir bewusst, dass wir anscheinend schon sehr abgekämpft aussehen. Eine Nacht und einen Tag im Stopperleben und wir geben schon so ein zerrissenes Bild ab, dass wir Essen geschenkt bekommen. Geri und ich grinsen uns an: Äußerlich mögen wir erschöpft aussehen, aber innerlich geht es uns beiden blendend und wir genießen unser gerade erst begonnenes Abenteuer. Wir lassen uns die Süßigkeiten so richtig schmecken.

Nach dem Imbiss suchen wir auf dem Parkplatz vor der Raststation nach einer weiteren Mitfahrgelegenheit. Stunden vergehen, Fragen, Absagen: Nichts, niemand will uns mitnehmen. Irgendwann ist es Mitternacht und kalt. Der Regen hat aufgehört, wir sind müde. So kommen wir nirgendwo hin. Auf einmal hat Geri einen Geistesblitz. „Warum probieren wir nicht, mit einem LKW mitzufahren?"

„Geniale Idee, also los." Wir klopfen an eine Fahrertür. Langsam und vorsichtig wird sie geöffnet, nervös bringen wir unser Anliegen vor. „Einfach ein Stück Richtung Westen, das würde uns schon sehr weiterhelfen", beende ich hoffnungsvoll unsere Anfrage. Und, oh Wunder: In sechs Stunden würde Alex uns in Richtung Paris mitnehmen. Paris, weder Geri noch ich waren jemals zuvor in der Stadt der Liebe. Es liegt zwar nicht direkt auf dem Weg von Österreich nach Spanien, aber wir sind ja Abenteurer und als Abenteurer sind wir natürlich flexibel. Erleichtert und ohne lange zu überlegen sagen wir zu. Dann suchen wir uns fröhlich pfeifend einen Unterschlupf für die noch verbleibenden paar Stunden. Im Schutz der Dunkelheit bauen wir diesmal unser Zelt vorsichtshalber gleich auf.

Um 6.00 Uhr am nächsten Morgen stehen wir beim LKW parat. Alex begrüßt uns kurz, wir verstauen unser Gepäck und nehmen neben ihm Platz. „Noch kurz frühstücken, dann geht's los", informiert uns Alex. Gesagt, getan – Alex stürzt sich in Windeseile einen Liter selbst gemachten Kaffee hinunter. Ich staune nicht schlecht. Einige Zigaretten runden sein Frühstück ab. Alex ist wahrlich ein richtiger Gesundheitsapostel.

Geri und ich sind bester Laune. Das erste Mal fahren wir mit einem LKW mit. Wir sind aufgeregt wie zwei kleine Kinder. Ein bisschen behäbig und langsam sind wir zwar unterwegs, machen dafür aber kaum Pausen, und die Stunden mit Alex vergehen wie im Flug. In Douz, immerhin einige hundert Kilometer von unserem Abfahrtspunkt entfernt, verabschieden wir uns von unserem „Chauffeur". Mit zwei weiteren geglückten Stopps kommen wir drei Tage nach unserer Abfahrt in Paris an.

Paris, die Stadt der Liebe. Es ist kühl und wieder einmal regnet es. Es ist November und von der Liebe ist nichts zu spüren. Triumphbogen, Louvre und natürlich das Wahrzeichen von Paris gehören zu unserem Besichtigungsprogramm. An der Spitze des Eiffelturms angelangt, sind wir trotz schlechten Wetters von der Aussicht überwältigt. Den kreisrunden Gang säumen Leuchttafeln: Caracas (Venezuela), Bogota (Kolumbien) und andere Namen von Städten in Südamerika prangen in großen Lettern an den Wänden. Südamerika, das Ziel meiner Reise! Venezuela, Brasilien, Peru ... Bilder dieser Länder tauchen in meiner Fantasie auf. Dann schaue ich die Leuchttafeln genauer an. Unter den Städtenamen stehen auch die Entfernungen zu lesen. Luftlinie nach Caracas 7.500 km, nach Bogota 8.500 km. Die Bilder in meinem Kopf stocken. Ich starre die Tafeln an. Blitzartig wird mir bewusst: Mein Abenteuer

Südamerika ist so extrem weit entfernt! 8.000 km! Wie viele Stopps? Und der Ozean! Wie lange wird es dauern? Wie viele Begegnungen? Wie viele Entbehrungen? 8.000 km Luftlinie! Ich kann nicht, ich kann nicht! Auf einmal scheinen die Gedanken meinen Kopf zu sprengen. Gedanken jagen Gedanken.

Verunsichert schiele ich zu Geri hinüber. Er wird in eineinhalb Wochen wieder zu Hause sein. In diesem Moment beneide ich ihn. Aber es ist mein Abenteuer! Mir wird übel. Ich lese von Neuem die Angaben. Was mache ich da, was will ich? Wozu? Was will ich erfahren, was beweisen?

Aus! Schluss! Ich versuche die aufkommenden Zweifel so gut wie möglich zu verdrängen. Ängste versuche ich im Keim zu ersticken. Ich weiß, es wird funktionieren, es muss funktionieren. Schritt für Schritt, sonst gebe ich auf. Und Vertrauen. Ich darf vertrauen, Gott führt mich, jetzt, immer.

Das ist das Wichtigste: Immer nur an den nächsten Schritt zu denken, denn sonst wird mein Traum zerstört. Zerstört von einer Fülle von ungelösten Fragen, Schwierigkeiten, Zweifeln, Ängsten und Problemen. Aber alles entsteht nur in meinem Kopf, durch mich selbst. Ich muss mich wieder unter Kontrolle bringen. Also: Ruhe, Geduld und Vertrauen.

Ich schrecke hoch. Jemand hat mich an der Schulter berührt. Ich drehe mich um. Geri steht hinter mir. „Wunderschön, was, old fox?“

„Ja, wunderschön“, erwidere ich und umarme ihn. „Danke für unsere Freundschaft!“ Wir lachen uns an und genießen zusammen den Ausblick. Noch zwei weitere Tage verbringen wir in der Stadt, dann kehren wir Paris den Rücken.

Wieder warten wir auf einer Raststation, stundenlang, bei Eiseskälte, nichts scheint zu funktionieren. Fragen, Absagen, Fragen. Nicht alle LKW-Fahrer reagieren freundlich: Einer kurbelt das Fenster herunter, schreit lauthals und fuchtelt wie wild mit seinem Messer hin und her. Was glaubt er wohl, was wir von ihm wollen? Die ganze Nacht bleiben wir wach. Geri und ich wechseln uns mit dem Fragen ab. Immer wieder kommen LKW an und fahren ab. Es ist so kalt und nichts passiert. Um drei Uhr in der Früh bauen wir den Benzinkocher auf und kochen uns Nudeln. Das Essen wärmt uns etwas. Stunden vergehen, es wird schon wieder hell. Extrem genervt steige ich auf einen Baum, um die Morgenröte besser sehen und die erhoffte Wärme spüren zu können. Ich bin so müde, keine Sekunde haben wir geschlafen. Auf einmal ruft Geri herauf: „Old fox, los, runter da, ich hab' wen gefunden!“ Ich atme erleichtert auf, letztendlich ist unsere Geduld also doch noch belohnt worden.

Und was für ein Luxus uns jetzt erwartet: Jeder von uns hat seinen eigenen LKW. Franz und Bernhard nehmen uns bis Villa Yoyosa mit, das ca. 500 km südwestlich von Barcelona an der Mittelmeerküste liegt. Vierzehn Stunden wird unsere Fahrt dauern. Da bleibt viel, viel Zeit zum Reden. Bernhard erzählt mir sein halbes Leben. Es ist so anders, so grundsätzlich verschieden von meiner eigenen Realität. Er berichtet von seinen Drogengeschäften, von seinen Deals, von einem Leben mit Luxusautos und Prostituierten, von einer schönen Zeit, in der er alles hatte und glücklich war, von einer polizeilichen Fahndung. Dann sei sein Leben von einem Tag auf den anderen zerstört gewesen. Nichts war mehr so wie früher. Er verlor alles und mehr noch, er wurde gesucht. Er musste flüchten. In Spanien hat er sich irgendwie ein neues Leben aufgebaut. Jetzt lebt er in einem Wohnwagen, zusammen mit seinen zwei Pittbullterriern. Ich sage nicht viel. Ich höre zu. Was ist das für ein Mensch? Was macht er mit seinem Leben? Ich kämpfe einen inneren Kampf: Ich versuche nicht zu urteilen, versuche ihn so anzunehmen, wie er ist. Es fällt mir nicht leicht, aber ich habe doch das Gefühl, dass ich es bis zu einem gewissen Grad schaffe. Die Stunden vergehen. Und Bernhard redet und redet ohne Unterlass, fast so, als hätte er seit Jahren keinen Zuhörer mehr gehabt. In der Nacht kommen wir in Villa Yoyosa in der Nähe von Alicante an.

Auf einem Gelände, das im Dunkeln wie ein Schrottplatz aussieht, steht Bernhards Wohnwagen. Das Gelände gehört Franz und er bietet uns an, in einem seiner LKW zu schlafen. Wir nehmen das Angebot dankbar an. Der Schlafplatz hat aber einen großen Haken: Die zwei Pittbullterrier von Bernhard. Zu viele schaurige Geschichten hat er mir während der Fahrt erzählt, von seinen Hunden mit der großen Beißkraft, auch die Geschichte von der Dame, die ihn verklagt hat, weil ihr nach einer Attacke seiner Hunde nun ein Teil ihres Unterarms fehlt. Pittbulls wären die einzige Hunderasse, die das aus dem Opfer herausgerissene Fleisch auch gleich fressen würden. Für Bernhard ist der Fall klar: Seine Hunde verteidigen ihr Territorium und das machen sie mit ganzem Einsatz. Das Problem: Wir übernachten diesmal in ihrem Territorium. Wir liegen in der LKW-Schlafkoje und können kein Auge zutun. Immer wieder hören wir die Hunde draußen herumschleichen. „Was sollen wir machen, wenn wir aufs Klo müssen?“, frage ich Geri.

„Tja …“ Keiner von uns beiden öffnet während der gesamten Nacht die Tür auch nur einen kleinen Spalt. Nie im Leben. Auch in der Früh wagen wir uns erst hinaus, als der Hundebesitzer uns persönlich abholt. Die Sonne scheint an diesem Morgen. Keine Wolke ist zu sehen. Wie gut das tut. Der viele Regen, die Kälte, wir haben sie schon satt. Vor einer Woche sind wir in Frojach gestartet, aber jetzt sind wir endlich in Spanien angekommen. Bis auf die zwei Tage in Paris haben wir die Zeit fast ausschließlich auf der Straße oder an den Raststätten verbracht. Nun sind wir reif für ein paar Tage Pause, für etwas Ruhe und Entspannung. Dankbar verabschieden wir uns von Franz und Bernhard.

Zur Belohnung für die Strapazen der letzten Tage stellen wir nun unser Zelt auf einem Campingplatz direkt am Meer auf. Niemand macht uns Ende November den Strand streitig, und wir genießen die gemeinsame Zeit der Ruhe. Geri hat seine Rückfahrt schon geplant. Er möchte noch nach Barcelona und dann mit dem Zug zurück nach Österreich. Barcelona, da sind wir schon vorbeigefahren, wir müssen wieder 500 km in die Gegenrichtung.

Innerlich fühle ich mich zweigeteilt ob der baldigen Trennung: Einerseits freue ich mich sehr über Geris Gesellschaft, andererseits habe ich das Gefühl, als wäre es nun doch langsam an der Zeit, meine Reise ganz allein fortzusetzen. Irgendwie habe ich den Anspruch allein zu sein, ganz auf mich allein gestellt zu sein. Nur ich und meine Führung, das Universum, Gott oder wie auch immer man dazu sagen will. Es wartet auf mich meine Aufgabe, mein Abenteuer und vielleicht ja meine „Erleuchtung". Allein muss ich sein, ganz allein mit Gott, wie ein Eremit. Ja, ich freue mich darauf, meine Schritte ganz alleine zu lenken oder lenken zu lassen.

Wir übernachten in einem alten Wehrturm, der über der Küste auf einem Felsen thront, wildromantisch, extrem zugig, aber unvergleichlich schön.

Am nächsten Tag stehen wir wieder vollbepackt am Straßenrand. Ich sehe keine Chancen fürs Stoppen, weil unser Standplatz wirklich schlecht ist, Geri aber ist guter Dinge. Und siehe da, ich kann es kaum fassen, schon ca. 15 Minuten später hält ein Auto an. Wir sind hellauf begeistert und verstauen unsere Rucksäcke im Kofferraum. Ich setze mich nach vorne, Geri nimmt auf der Rückbank Platz und los geht es.

Unser Fahrer spricht … ja, welche Sprache eigentlich? Ein paar Brocken Französisch können wir verstehen, ein bisschen Englisch kann unser Gegenüber auch noch. Aber auch wir sind keine wirklichen Sprachtalente. Nach ca.

zehnminütiger Fahrt halten wir am Straßenrand an. Stirnrunzelnd blicke ich unseren Fahrer an.

„You driving?“, fragt er mich in fast perfektem Englisch. Was? Ich soll fahren? Nach zehn Minuten gemeinsamen Weges? Ich schaue nur verdutzt und bringe kein Wort über die Lippen. „You driving?“, wiederholt er und deutet auf den Fahrersitz. Ich drehe mich zu Geri um, der mich aber auch nur verwirrt ansieht und mit den Schultern zuckt. Schließlich ringe ich mich zu einer Antwort durch: „I can, but I don't have my driving licence with me!“

„No problem!”, kommt die prompte Antwort. Er steigt aus und deutet mir, auf dem Fahrersitz Platz zu nehmen. Was, no problem? Bitte ... wir sind in Spanien, werden mitgenommen und nach zehn Minuten soll ich ohne Führerschein in einem fremden Land mit einem fremden Auto fahren? Ich bleibe wie versteinert sitzen. Er wartet und wird unruhig. „O.K.?“, kommt es noch einmal von seiner Seite. O.K. ist hier gar nichts, denke ich mir, trotzdem wechsle ich hinüber auf die Fahrerseite.

Nun bin auf einmal ich der Chauffeur. Angespannt fahre ich so umsichtig wie möglich und schaue immer wieder in den Rückspiegel, um Geris Gesicht zu sehen. Was geht hier vor? Achmed, er ist Marokkaner, sitzt ebenso angespannt auf dem Beifahrersitz. Bei jeder Verkehrstafel, die nach Barcelona weist, zählt er ganz laut die noch verbleibenden Kilometer. Geradezu hektisch und ängstlich wird er, wenn er irgendwo auch nur den Hauch von Polizeikontrollen verspürt. In diesem Punkt haben wir ja etwas gemeinsam, denke ich, denn auch ich bin nicht gerade erpicht darauf, ohne Führerschein mit einem fremden Auto erwischt zu werden. Mit der Zeit wird alles noch mysteriöser. Achmed erzählt uns nämlich, er bräuchte von uns unbedingt Geld für seine Diabetikermedikamente. Diabetiker? Er isst fast die halbe Packung unserer mitgebrachten Doppelkekse auf! Unsere Doppelkekse, das Beständigste auf unserer gemeinsamen Reise. Ganz egal, wo und wie wir unterwegs sind, Doppelkekse dürfen nicht fehlen. Ja, und nun sind sie im Nu weg. Achmed, der Diabetiker, liebt sie heiß. Und unser Wasser auch. So schnell können wir gar nicht schauen und die Flaschen sind leer. Nebenbei schiele ich immer wieder im Auto umher. Es gibt nichts, absolut gar nichts Persönliches in diesem Wagen. Ein steriles Gefährt und ein Marokkaner, der die ganze Zeit aus dem Fenster spuckt. Sein einziger Besitz scheinen seine Zigaretten zu sein, von denen er eine nach der anderen gierig „hinunterschlingt". „Attentione", tönt es immer wieder von der Seite, tausende Male „Attentione". Alles scheint ihn zu verunsichern. Außer diesem nervigen „Attentione" und „Circulation", was wahrscheinlich Stau bedeuten mag, gibt es keine Gesprächsversuche von seiner Seite. Immer öfter müssen wir Pausen machen, das Wassertrinken zeigt seine Wirkung. Achmed steigt aus und lässt uns allein im Auto zurück. Der Motor läuft, Geri und ich könnten einfach wegfahren! Wir verstehen gar nichts mehr. Beide fühlen wir uns nicht wohl in unserer Haut, hier stimmt etwas nicht.

Nach zwei Stunden haben wir dann fast kein Benzin mehr. Achmed macht uns klar, dass er kein Geld hätte, er müsste aber unbedingt soviel Treibstoff tanken, dass er wenigstens über die Grenze nach Frankreich kommen könnte. Wir sind noch sprachloser und verwirrter als zuvor. Was hat unser Achmed hier eigentlich vor? Er will noch über die Grenze? Warum? Und dann? Geri bezahlt den Sprit. Ich entschuldige mich bei Geri dafür, dass ich keinen finanziellen Beitrag leiste. Es würde gegen meine selbst aufgestellte Reiseregel verstoßen. Immer wieder habe ich Menschen in meinem Leben getroffen, die sich über die Unmöglichkeit zu reisen beschwerten: „Es ist alles so teuer", „Ich kann mir eine Reise absolut nicht leisten" und viele andere Ausflüchte mehr. Alles Ausreden, dachte ich mir: Ein Mangel an Geld darf nie ein Grund dafür sein, sich von seinen Träumen abbringen zu lassen. Ich werde nichts für die Transportmittel bezahlen und somit allen anderen beweisen, dass es möglich ist, auch ohne Geld von Land zu Land zu reisen. In diesem Moment jedoch komme ich mir Geri gegenüber ziemlich schäbig vor. „Attentione!", vernehmen wir zum hundertsten Mal.

Je länger wir mit Achmed unterwegs sind, desto nervöser werde ich. Ich hoffe nur, dass wir nicht wirklich noch aufgehalten werden oder irgendetwas anderes Schlimmes passiert.

Zum Glück geht alles gut. Nach fast sechs Stunden erreichen wir in der Dämmerung Barcelona. Geri und ich steigen aus, hektisch nehmen wir unsere Rucksäcke aus dem Kofferraum. Nicht, dass Achmed noch mit unserem Hab und Gut auf und davon fährt. Vertrauen in ihn haben wir nach dieser Fahrt absolut keines mehr. Wir winken, Achmed ist weg und wir schauen uns mit großen Augen an. Beide denken wir dasselbe.

In meiner Tagebucheintragung vom 28.11.02 lautet es:

Die Fahrt wird unvergesslich ... Geri und ich sind uns einig: Er hat das Auto gestohlen, hat uns mitgenommen, um nicht aufzufliegen, hat uns zehn Euro für Benzin abgeluchst, weil er kein Geld hat. Hat mich fahren lassen, damit er nicht von der Polizei belangt werden kann. Außerdem ist er zum Klo gehen immer ganz locker ausgestiegen, und Geri und ich hätten einfach davonfahren können. Naja, auf jeden Fall sind wir halt mit einem Autodieb mitgefahren, auch eine neue Erfahrung. Immerhin hat er (eigentlich habe ich) uns super nach Barcelona gebracht ...

Barcelona, unser letztes gemeinsames Reiseziel. Wir haben es geschafft. Hier sind wir auf einmal wieder ganz alltägliche Touristen, schlafen in einer Jugendherberge und verbringen letztendlich drei Tage mit Sightseeing und dem Aufsaugen der besonderen Atmosphäre dieser Stadt.

Dann ist es soweit: Ich bringe Geri zum Bahnhof und es heißt Abschied nehmen, Abschied auf unbestimmte Zeit. Morgen wird Geri wieder in Österreich sein, ich aber weiß nicht, wann oder ob ich jemals wieder zurückkommen werde. Wir beide sind in entgegengesetzte Richtungen unterwegs. Ein trauriger Moment, das „Dreamteam" trennt sich. Geri und ich umarmen uns lange. Wir tauchen ein in unsere eigene Zeit und unseren eigenen Raum. Nichts nehmen wir rundherum wahr. Es gibt nur uns, nur unsere wunderbare Freundschaft. Und die Traurigkeit. Er ist für mich alles in diesem Moment: Alles was von meinem bekannten Leben noch da ist, er ist Österreich, er symbolisiert alle Freunde, meine Familie daheim. Er ist die letzte Verbindung zu meinem früheren Leben. Mit Geri nehme ich auch Abschied von allem Bekannten, allem Alten, allem Vertrauten. Die Umarmung scheint endlos zu sein.

Wir bemerken nicht, dass jemand Geris Fotoapparat stiehlt. Keine Verabschiedung wie aus dem Bilderbuch: Die letzte gemeinsame Aktion ist der Gang zur Wachstube der Bahnhofspolizei. Geri muss noch länger dort verweilen, die Daten werden aufgenommen. Ich kann nicht mehr warten und ihn auch nicht zum Zug begleiten, es wird bald dunkel, ich muss noch weiterkommen. Die Dunkelheit ist der Feind des Stoppers. Noch eine letzte, kurze Umarmung, ich gehe.

Auf der Rolltreppe abwärts fahrend sehe ich Geri in der Wachstube sitzen. Ich winke noch einmal, dann ist er aus meinem Blickfeld verschwunden. Ab jetzt bin ich wirklich allein!

Allein inmitten vieler Menschen

Allein. Allein inmitten einer Millionenstadt. Ich stehe an der Diagonale von Barcelona. Sie erinnert mich an die Tangente in Wien, nur ist sie noch breiter, noch mehr Autos rasen dahin, noch mehr Lärm. Wo soll ich mich positionieren? Hier sind die Autos zu schnell, da bleibt nie jemand stehen. Ich entschließe, stadtauswärts zu gehen. Vielleicht schaffe ich es, in ein ruhigeres Vorstadtviertel zu kommen. Meinen großen Rucksack auf dem Rücken, den kleineren vorne umgeschnallt, mache ich mich auf den Weg. Eine Stunde später ist es dunkel. Die Scheinwerfer der Autos blenden mich. Autos über Autos. Eine einzige Blechlawine. Im Dunkel der Nacht ist der Lärm fast unerträglich. Alles ist schnell, zu schnell. Ich finde noch immer keine geeignete Stelle zum Stoppen. Eine Laune des Lebens: Es gibt tausende Autos, aber die Chancen mitgenommen zu werden, sind fast null. Die Dunkelheit und die Großstadt werden zu meinem Feind. Die Zeit vergeht und meine Verzweiflung wächst. Der Lärm macht mich halb wahnsinnig. Was für ein Albtraum. Aber es ist und bleibt meine Reiseregel: Bis ich in Südamerika angekommen bin, darf ich unter keinen Umständen ein öffentliches Verkehrsmittel benutzen. Also per Anhalter weiter oder zu Fuß, es gibt keine andere Möglichkeit. Das ist mein Auftrag, meine Reise, meine Entscheidung.

Der Lärm hämmert auf mich ein. Ich schreie im Marsch meine Wut heraus, ich versuche lauter zu sein als alle Fahrzeuge. Die Blechlawine ist jetzt mein größter Gegner, obwohl die Autos auch meine einzige Rettung sind.

Ich setze meinen Walkman auf, lege eine Kassette „Spanischsprachkurs“ ein und schalte auf laut. Die Wörter, obwohl ich sie nicht verstehe, geben mir wieder Sicherheit und Halt. Ich marschiere weiter. Irgendwo halte ich wieder an. Ich muss auf die andere Straßenseite kommen, an den Zubringerstraßen habe ich vielleicht noch eine Chance. Aber wie? Sechs Fahrbahnspuren, eine Mauer aus vorbeibrausenden Lichtern und die Dunkelheit trennen mich von der anderen Seite. Ich habe keine andere Wahl. Ich drehe den Walkman auf volle Lautstärke. In der Nacht sind die Entfernungen und Geschwindigkeiten der Autos schwer abzuschätzen. Jetzt los! Ich renne, so schnell ich kann. Geschafft! Ich stapfe eine Zubringerstraße hoch und warte im Licht einer Straßenlampe.

Ich strecke den Daumen hinaus. Minuten werden zu Stunden. Meine Hoffnung schwindet immer mehr. Auf einmal hält eines dieser durch die Nacht schießenden Lichter an. Ein Kopf beugt sich aus den nur schemenhaft wahrnehmbaren Umrissen des Autos heraus und fragt: „Where do you want to go?“ Der Gedanke, dass mein Albtraum vielleicht gleich zu Ende sein könnte, verschlägt mir die Sprache. Ich sammle mich und stammle: „Doesn´t matter. Just out of the town!“

Ich drücke mich auf die Rückbank, verkrieche mich hinter meinem Rucksack, bedanke mich bei meinen Rettern. Ein Auto wie hunderttausend andere wird von einem Moment zum anderen für mich zu einer Insel des Friedens und der Ruhe. Ich fühle mich, als ob ich gerade aus schwerer Not gerettet worden wäre, obwohl ich doch „nur“ neben der Diagonale in Barcelona durch die Nacht marschiert bin. Jetzt im Auto verstehe ich nicht, wie das alles so extrem, so bedrohlich wirken konnte, aber noch vor einigen Minuten habe ich einen Kampf ausgefochten, auch wenn dieses Szenario, jetzt im Auto sitzend, schon wieder weit entfernt und irreal erscheint.

Irgendwo nach zweistündiger Fahrt auf der Autobahn werde ich an einer Abfahrt wieder ausgesetzt. Dankbar nicke ich meinen Rettern zu und schließe die Autotür. Auf einem nahe gelegenen Feld beziehe ich meinen Schlafplatz.

Jetzt ist soweit: Zum ersten Mal gilt es, mein eigenes Zelt aufzubauen. Mit Geri habe ich in einem 2-Mann-Zelt geschlafen, nun aber reise ich mit einem Einmannzelt im Gepäck. Es ist zwar sehr spät und ich bin extrem ausgelaugt, aber diesen großen Moment gilt es zu zelebrieren. Wochenlang habe ich daheim nach der besten Kombination von Gewicht, Platzangebot und Wettertauglichkeit gesucht. Schließlich habe ich mich für das „Akto" von Hilleberg entschieden. Bedächtig und vorsichtig stelle ich es auf. Eine einzige Zeltstange in der Mitte, mit den Heringen spanne ich es ab. Fertig! Das ist mein neues Zuhause. Neben aller Müdigkeit und Erschöpfung finde ich Gefallen an meinem Abenteuer. Ich habe es aus Barcelona herausgeschafft! Und mein Zelt sieht einfach perfekt aus! Diese 195 cm mal 100 cm große Behausung wird nun meine Wohnung für unbestimmte Zeit sein. Das Zelt ist auch Teil meines Reisestils, denn in einer fixen Unterkunft zu schlafen, wäre erstens viel zu teuer und zweitens auch nicht so abenteuerlich. Ich krieche hinein. Unter der Zeltstange sollte man normalerweise sitzen können, aber ich bin eindeutig zu groß dafür. Das Außenzelt überragt das Innenzelt auf eine Seite hin, so dass dort ein Stauraum für meinen Rucksack entsteht. Ich kuschle mich in meinen Schlafsack. Wenn ich gerade auf dem Rücken liege, habe ich rechts und links von mir noch etwa 15 cm Freiraum. Mit dem Gesicht stoße ich fast ans Innenzelt, mit den Füßen ist ein Kontakt ohnehin nicht zu vermeiden. Klein, sehr klein ist das alles. In diesem Moment fühle ich mich aber königlich. Ich esse noch einen Salat. Ein Menü im 5-Sterne-Restaurant könnte nicht köstlicher sein. Erschöpft, aber sehr dankbar und glücklich schlafe ich ein.

Am nächsten Morgen versuche ich, mich zuerst einmal zu orientieren. Ich bin in der Nacht also bis nach Lleida gekommen. An einem Kreisverkehr – wieder lasse ich mich mit spanischen Vokabeln über meinen Walkman berieseln – warte ich geschlagene vier Stunden. Ein Campingbusbesitzer nimmt mich mit. Ich versuche, mich mit ihm auf Englisch zu verständigen, aber damit komme ich nicht weit. Na klar, ich bin ja auch in Spanien. Aber ich kann noch kein Wort Spanisch, nichts, gar nichts. Gerade mal „Hola, que tal?“ (was soviel heißt wie „Hallo, wie geht's?“) kommt über meine Lippen. Mein Gegenüber sagt irgendwas, ich verstehe nichts, dann ist es eine Zeit lang ruhig.

Hätte ich doch mehr gelernt, hätte ich wenigstens einen Kurs gemacht! In Gedanken drifte ich ab und erinnere mich an meine Schulzeit. Nie war ich ein Fremdsprachenfan, ja nicht einmal begabt. Fest hatte ich mir nach der Matura vorgenommen, auf keinen Fall andere Länder zu bereisen. Nicht im Entferntesten wäre es mir in den Sinn gekommen, in meinem Leben noch einmal eine Fremdsprache zu verwenden, geschweige denn eine neue Sprache zu lernen. Fremdsprachen waren absolut tabu. In Graz habe ich dann viele Jahre später zum ersten Mal meine Abneigung überwunden und mich zu einem Spanisch-Kurs angemeldet. Wenn schon, denn schon, dachte ich mir und meldete mich gleich zu einem Kurs für Fortgeschrittene an. Es waren zweifellos die längsten und unangenehmsten eineinhalb Stunden meines Lebens. Die Zeit schien still zu stehen und ich wäre am liebsten im Erdboden versunken. Alle anderen konnten sich schon auf Spanisch austauschen und auch ich wurde immer und immer wieder gefragt und konnte einfach … nichts. Mir war es unheimlich peinlich und ich ließ mich nie wieder in diesem Kurs blicken. Aber ein Anfängerkurs, das wäre doch wirklich eine gute Idee gewesen.

Zu spät! Jetzt bin ich in Spanien und „learning by doing“ heißt der Zauberspruch. Mit Händen und Füßen, vor allem auch unter Zuhilfenahme meines kleinen gelben Wörterbuchs, schaffen wir es in vier Stunden gerade einmal, die Verwandtschaftsverhältnisse des Campingbusbesitzers klarzulegen. Irgendwie kann ich ihm auch noch erklären, dass ich mit einem Schiff per Anhalter über den Atlantik möchte. Meine Idee findet er nicht einmal einer Antwort wert. Du bist wohl total übergeschnappt, deutet er mir mit seinen Händen. Dann fragt er mich noch, ob mir überhaupt bewusst sei, dass wir das Jahr 2002 schreiben. Meine Erwiderung nicht abwartend, schüttelt er mehrmals den Kopf, dann beginnt er lauthals zu lachen. Immer wieder wiederholt er: „Mit dem Schiff über den Atlantik stoppen." Gleichzeitig verneint er für sich selbst diese Idee und bricht erneut in schallendes Gelächter aus.

Ich merke, wie ich immer nervöser und aufgebrachter werde. Ist meine Idee, mein Traum denn so abgehoben, so irreal? Ich spüre, wie sich mein Inneres zusammenzieht. Ist meine Reise so weltfremd? Ist das alles ein Abenteuer ohne Zukunft? Das Lachen, es geht mir durch Mark und Bein. Was passiert gerade mit meinem Traum? In diesem Moment wird mir bewusst, dass ich einzig und allein auf mich und das Leben, auf Gott vertrauen kann. Ich darf mich nicht durch äußeres Unverständnis und negative Erlebnisse, Rückschläge, Aussagen, Vorurteile oder Sonstiges von meinem Weg, meiner Reise abbringen lassen. Soll er lachen, soviel er will, ich habe einen Traum, ich vertraue auf meine Führung, ich werde meinen Traum verfolgen, koste es, was es wolle.

„Muchas gracias." Nachdem ich mich von ihm verabschiedet habe, spüre ich, dass ich innerlich noch stärker geworden bin.

Dazu schreibe ich am 30.11.02 in mein Tagebuch:

Mir war total unwohl zumute, denn mir wurde die Tragweite meiner Reise immer mehr bewusst. Ich habe echt Angst, und rein das Vertrauen auf Gott und die Sinnhaftigkeit meiner Reise lässt mich weiter machen und weiter hoffen.

Die normale Gesellschaft, die Menschen sind weit weg, die Sprache allein trennt mich hier meilenweit von ihnen. Ich lerne, nur für heute zu denken, denn würde ich vordenken, wäre ich sicher nicht in der Lage, meine Reise fortzusetzen. Ich vertraue einzig und allein auf die Führung Gottes. Er ist alles, was ich im Moment habe.

In der Nähe von Logrono schlage ich mein Zelt auf. Hinter einer Tankstelle im hohen Gras, gut vor Blicken geschützt, ziehe ich mich in meine Welt zurück. Begleitet vom Trommeln der Regentropfen schlafe ich ein. Auch am nächsten Morgen, den ganzen Tag und die nächste Nacht regnet es in Strömen. Ich liege in meinem Zelt und lausche dem Wind und dem Regen. Zwischendurch lerne ich Spanisch oder lese in meinem Buch. Kochen kann ich unter meinem Vorzelt, wobei ich aber sehr aufpassen muss, dass meine Behausung dabei nicht in Flammen aufgeht. Sonst wage ich mich nur für die notdürftigsten Verrichtungen ins Freie. Ich fühle mich geborgen in meinem kleinen Zuhause und werde innerlich immer ruhiger. Auf eine unerklärliche Art und Weise wirkt der Regen wie ein Schutzwall für mich und ich versinke in meiner Welt. Wie lange es auch immer regnet, Zeit spielt keine Rolle, nicht jetzt und auch nicht später. Meine Reise dauert solange sie dauert, ich habe alle Zeit der Welt.

Nach zwei Regentagen und -nächten bessert sich das Wetter. Mein erster Gang führt mich auf die Toilette der Tankstelle. Zuerst reinige ich meine Hände, dann stecke ich die Füße in das Waschbecken, was für eine Wohltat. Ich grinse in den Spiegel und schwemme noch meinen Oberkörper ab: fertig geduscht. Als ich herauskomme, steht ein Polizeiwagen vor der Tür. Ängstlich zucke ich zusammen. Was will die Polizei hier? Ich fühle mich auf einmal wie ein Aussätziger. Ich schlafe an Tankstellen, „dusche“ mich auf Toiletten und fahre per Anhalter, lebe in meiner eigenen Welt. Ich werde doch nicht gesucht? Ich schüttle den Kopf und versuche, mich wieder zu beruhigen. Komisch, wie schnell ich mich nicht mehr als Teil der Gesellschaft betrachte. Das Polizeiauto biegt auf die Schnellstraße. Wahrscheinlich haben sie hier nur getankt wie so viele andere auch.

Wieder beginnt die Suche nach einer Mitfahrgelegenheit. Indem ich einzelne Wörter aus meinem kleinen Wörterbuch heraussuche, kann ich die LKW-Fahrer an der Raststation zwar etwas fragen, aber die Antwort verstehe ich nie und nimmer. Viele schütteln einfach nur den Kopf, manche weisen mich freundlicher, manche unfreundlicher ab, manche lachen mich aus oder an. Stunden um Stunden vergehen. Ich komme mir vor wie ein Obdachloser, den keiner will. Nichts bewegt sich an diesem Tag. Und es ist kalt, eisig kalt. Der Wind faucht über die karge Landschaft und es nieselt immer wieder.

Nur ein paar Kilometer, bitte! Mit einem Auto komme ich 20 km, mit dem nächsten ca. 30 km weiter. Dann warte ich neuerlich, den Daumen auf die Fahrbahn hinausgestreckt. Zwischendurch laufe ich auf und ab und massiere meine Hände. Meine Verzweiflung wächst und wächst. 50 km habe ich bis jetzt geschafft, ein ganzer Tag und nur 50 km! Die Entfernung nach Portugal, zum Atlantik, erscheint endlos und es beginnt schon zu dämmern.

Eine Stunde später sitze ich auf dem Beifahrersitz und strahle über das ganze Gesicht. Alle Anstrengung ist vergessen. Die Angst, nicht mehr weiterzukommen, die stundenlange Warterei in der Kälte, alles ist wie weggeblasen. Auf einmal ist nur Freude da, die pure Freude. Das Leben ist gut zu mir, wieder einmal habe ich Glück gehabt. Der Motor des LKWs brummt. Elvis Presley tönt aus den Lautsprechern. In der Führerkabine ist die Stimmung perfekt. Sutachi, ein braungebrannter Portugiese, und ich versuchen uns immer wieder lautstark im Mitsingen. „Return to sender …“ Wir grinsen uns an. In den Gesangspausen wird das Wörterbuch hin und her gereicht. Manchmal wird mir ein bisschen mulmig zumute, wenn Sutachi herumblättert, immerhin ist er ja der Fahrer, aber er lässt es sich einfach nicht nehmen, Wort für Wort nachzuschlagen. Einfache Erklärungen dauern Stunden. Immer wieder brechen wir in schallendes Gelächter aus, die Situation ist einfach zu grotesk. Endlich habe ich wieder einen Satz verstanden. Wir lachen uns an und mir wird bewusst: Obwohl wir nicht die gleiche Sprache sprechen, verstehen wir uns ausgezeichnet. Das Leben ist einfach, einfach wunderbar. Um zu essen, halten wir an. Sutachi packt seinen Gaskocher und seine Pfanne aus und zaubert aus einfachen Zutaten mit viel Liebe ein ganz vorzügliches Mahl. Andere LKW-Fahrer gesellen sich dazu. Es wird viel geredet, ich verstehe nichts, ein Lachen geht durch die Runde. Obwohl ich Vegetarier bin, soll ich unbedingt auch das Fleisch probieren. Freundliche Ablehnung hat keinen Zweck: Ich muss ein Stück essen. Wieder lachen alle, ich lache mit, worüber auch immer. Dann geht es weiter.

Zwei Tage dauert unsere gemeinsame Fahrt von Spanien nach Portugal. Zwei Tage lebe ich mit Sutachi in seiner Welt. Den Großteil seiner Zeit verbringt er hier in seinem LKW, er fährt, schläft, isst und fährt. Hunderte Kilometer legt er Tag für Tag zurück. Pausen gibt es nur wenige, das Motto lautet: „Wer mehr fährt, der mehr verdient.“ Der LKW ist nicht nur sein Fahrzeug – hier in der Führerkabine ist Sutachis wahres Zuhause. Fern von daheim verdient er das Geld für die Familie, die er nur alle zwei Wochen zu Gesicht bekommt. Seine Arbeit ist fast sein ganzes Leben und ich bin sehr dankbar, dass er mich als Unbekannten in dieses Leben eintreten lässt, dass ich in seiner Wohnung mitfahren darf.

Ich könnte mit Sutachi direkt nach Porto, direkt bis an die Atlantikküste fahren. Ich zücke meine Landkarte. Mein

Blick fällt zufällig auf den Namen Fatima. Fatima? Der Pilgerort? Der liegt in Portugal? Das wusste ich gar nicht. Da muss ich unbedingt hin, mein Gefühl ist eindeutig, der Atlantik muss noch warten. Ein Foto noch von Sutachi und seinem LKW, eine herzliche Umarmung, dann bin ich wieder allein auf der Straße.

Ca. 100 km nördlich von Fatima liegt die Stadt Coimbra. Wieder stehe ich stundenlang. Ärger und Wut steigen in mir hoch. Das soll die viel gepriesene Freiheit des Abenteurers sein? Immer und immer wieder brauche ich Menschen, die mich ein Stück mitnehmen. Ich bin abhängig wie nie zuvor. So habe ich mir mein Abenteuer nicht vorgestellt. Trotzig schnalle ich meine Rucksäcke um. Pilgere ich halt zu Fuß nach Fatima, Zeit hab ich ja! In der linken und rechten Hand noch je eine Plastiktasche mit Wasser und Proviant, so marschiere ich los.

Die Last meiner Rucksäcke drückt schwer. 35 kg sind einfach zu viel. Mein großer Rucksack, er ist zu alt, zu billig, am falschen Fleck gespart. Die Riemen schnüren mir die Oberarme ab. Immer wieder muss ich den Rucksack auf der Leitplanke abstellen. Weiter, ich muss weiter, marschieren, Pause, marschieren. Eine, zwei, drei, vier Stunden vergehen. Dann endlich, eine rettende Tankstelle. Ich kann kaum noch mein Zelt aufstellen. Meine Arme und Finger sind bis zu den Schultern hinauf wie gelähmt. Kontrollierte Bewegungen sind fast unmöglich. Nach einer halben Ewigkeit steht das Zelt. Endlich. Völlig erschöpft krieche ich in meinen Unterschlupf. Hoffentlich spüre ich morgen meine Arme und Hände wieder!

Noch bevor ich in der Früh die Augen öffne, tast ich mit der linken Hand meine andere Hand und den rechten Arm ab: Glück gehabt, alles ist wieder normal.

Ich sehe auf der Karte nach: Immerhin habe ich in der Nacht etwas mehr als 25 km zurückgelegt. Aber um welchen Preis? Ich leiste einen Schwur: Nie mehr werde ich so weite Strecken zu Fuß mit vollem Gepäck zurücklegen. Nie mehr wieder. Und sollte ich irgendwo tagelang warten oder vergammeln, so eine Qual will ich nicht noch einmal erleben.

Am Vormittag scheint die Sonne und ich nutze die Zeit, um einen Teil meiner Ausrüstung zu reinigen. Das Zelt plus Unterlage, der Kocher, meine Unterlegsmatte, mein Gewand und andere Dinge mehr wollen endlich einmal gewaschen, geputzt und gepflegt werden. Überall an der Tankstelle sind Sachen von mir verteilt. Der Inhaber ist freundlich, er scheint nichts dagegen zu haben. Ich hetze nicht. Meine Ausrüstung hat es verdient, gut gepflegt und behandelt zu werden. Ich überlege mir schon, ob ich meinem Zelt einen Namen geben soll. In diesem Moment erinnere ich mich an mein „Fuxerl", meinen heiß geliebten VW Golf II. Geri wird wahrscheinlich schon mit ihm in Österreich herumkurven. Das Zelt, mir fällt noch kein Name ein. Vielleicht ein anderes Mal. Nun muss ich nur noch warten, bis die Sonne alles trocknet, zufrieden setzte ich mich ins Gras.

Einige Stunden später stoppe ich weiter Richtung Fatima. Heute habe ich mehr Glück als gestern, und am frühen Abend des 4.12.02 komme ich in Fatima an. Ich steige aus und schon der riesengroße Platz vor der Kirche zieht mich in seinen Bann. Mitten auf dem Platz steht eine weiße, hohe Steinmauer. Durch ein Tor führt ein gepflasterter Weg geradeaus Richtung Kirche. Über dem Tor steht in den Sprachen der Welt: „Gott ist Liebe." Ich bleibe wie angewurzelt stehen. Ich hatte keine Vorstellung von Fatima, von der Kraft dieses Ortes. Regungslos starre ich auf das Tor in der Mauer, jede einzelne Körperzelle scheint zu vibrieren. Plötzlich werde ich von einer unglaublich großen Liebe innerlich so tief berührt, dass mir die Tränen über das Gesicht rinnen. Ich weiß auf einmal, dass ich durch ebendieses Tor gehen muss.

Dazu schreibe ich am 5.12.02 in mein Tagebuch:

Die Liebesenergie hier ist unbeschreiblich groß, und schon auf dem Platz vor der Kirche muss ich weinen...

Da ging ich dann durch das Tor durch, das mir noch einmal ganz klar machte, dass mein Leben Gott gehört. Es sind total heilige Momente. Die Tränen rinnen und rinnen und ich fühle Befreiung und Freude ... Das Gefühl ist unbeschreiblich, und ich habe die Vision von einer ganz heilen Welt, einer Welt der Liebe und der Einheit. Der Platz, auf dem die Erscheinungskapelle steht, ist so aufgeladen mit Freude, Verzeihung, Liebe und Herrlichkeit, dass es einfach nur schön ist.

Fatima: Irgendetwas unbeschreiblich Schönes, Heilendes, Liebendes hat mich berührt. Ich bin kaum angekommen und schon darf ich mich so geborgen und aufgehoben fühlen wie selten zuvor. In diesem Augenblick weiß ich: Hier möchte ich noch einige Tage bleiben.

Am Informationsschalter auf dem großen Platz vor der Kirche klärt mich eine Dame sehr freundlich über die verschieden Unterkunftsmöglichkeiten auf. „Viele Glaubensgemeinschaften in Fatima bieten den Pilgern kostenlose Unterkunft und Verpflegung für bis zu drei Tage an. Ab dem vierten Tag wird Mitarbeit in unterschiedlichster Form als Ausgleich für Unterkunft und Verpflegung erwartet. Hier haben Sie die Unterlagen. Alles Gute und Gottes Segen." Ich entscheide mich für die Gemeinschaft Pao da vida (Brot des Lebens). Etwas nervös klopfe ich an die Tür, eine Frau um die Vierzig öffnet mir. Ich muss gar nicht viel sagen, sie geleitet mich durch das Haus, teilt mir noch die Zeiten für Gebet und Essen mit und ist wieder verschwunden.

Nach all den Entbehrungen kann ich mich nun endlich entspannen und neue Kraft, Energie und Motivation für die nächsten Schritte sammeln. Kein Stoppen, kein Schlafplatzsuchen, kein Kochen neben der Straße, sondern ein Bett, drei Mahlzeiten täglich und eine Dusche erwarten mich nun. Wunderbar!

Trotz allem Positiven spüre ich in mir ein Gefühl hochsteigen, dass ich noch nicht kenne oder zumindest noch nicht wahrgenommen habe: Einsamkeit. Daheim in Österreich habe ich viele Freunde und so hetzte ich sogar oftmals von einem Treffen zum anderen. Einsamkeit, dieses Gefühl kannte ich bis jetzt nicht. Eher suchte ich die Stille, weg vom Rummel und den vielen Menschen. Allein ging ich in die Berge, manchmal tagelang. Nur ich, die Natur und Gott, in diesen Momenten fühlte ich mich am wohlsten. Aber jetzt auf einmal fühle ich mich, vielleicht zum ersten Male, richtig einsam. Ich bin kein richtiger Tourist, aber natürlich auch kein Einheimischer. Ich stoppe, dann warte ich an der Tankstelle oder sonst wo, schlafe irgendwo im Nirgends, kenne die Sprache nicht, lebe in meiner eigenen kleinen Welt. Niemanden habe ich bis jetzt getroffen, der so unterwegs ist wie ich. Meine Reise hat mich jetzt schon ein wenig einsam gemacht, ich gehöre nirgends dazu. Nun möchte ich mich austauschen, einen Freund neben mir haben, nicht mehr alleine sein. Die Zeit in der Gemeinschaft kommt also wie gerufen.

Mit Pilgern aus ganz Europa führe ich viele interessante Gespräche. Die meisten Begegnungen sind sehr berührend und ich fühle mich von den Menschen angenommen und verstanden. Wir alle suchen und sehnen, der eine mehr, der andere weniger. Wir sind auf dem Weg, jeder macht seine persönliche Reise und ich bemerke, dass auch ich ein Pilger bin: Mein Pilgerweg führt mich nach Südamerika.

In diesen Tagen finde ich mich immer wieder in der Erscheinungskapelle ein, nehme an den Prozessionen teil, besuche die Messe und wandle zu den Ursprüngen der Entstehungsgeschichte von Fatima. Wie schon am Abend bei meiner Ankunft darf ich noch öfter für kurze Zeit diese unbeschreibliche Liebe in mir spüren. Dies erinnert mich an die wenigen Momente meines Lebens, in denen ich mich mit der Liebe des Universums, mit Gott so intensiv verbunden fühlte. Niemals werde ich sie vergessen. Nur diesmal ist das Gefühl dieser grenzenlosen Liebe ein anderes: Es ist so, als würde ich die weibliche Seite der göttlichen Liebe erfahren dürfen. Gott wird für mich weiblich und ihre Liebe und ihr Licht durchströmen mich und lassen mich für Augenblicke ihre Herrlichkeit schauen: Ich fühle mich ganz, heil, vollkommen geborgen und geliebt, grenzenlos freudig.

Insgesamt verbringe ich fünf Tage in Fatima. Am sechsten Tag heißt es Abschied nehmen. Es ist an der Zeit, meine Reise, meinen Pilgerweg, fortzusetzen. Ich bin erfüllt von Dankbarkeit und Demut für all das Schöne, das ich hier erleben durfte. Mit einer herzlichen Umarmung, einem Kreuzzeichen auf die Stirn und innigen Segenswünschen der Gemeinschaftsmitglieder werde ich wieder in meine Reisewelt entlassen.

Nur mehr wenige Kilometer bis zum Atlantik, nur mehr ca. 100 km bis nach Lissabon. Diesmal geht alles schnell und einfach. Schon bin ich da. Meine Gedanken überschlagen sich. Es ist der 9.12.2002. 4.600 km per Anhalter über Deutschland, Frankreich, Spanien und Portugal liegen hinter mir, der Atlantik vor mir. Ich sprühe vor Freude und Dankbarkeit.

Die große Suche

In Lissabon angekommen, quartiere ich mich am Campingplatz ein. Dieser ist für mich Luxus pur. Es gibt alles, was mein reisendes Herz begehrt: Sanitäranlagen, schöne Zeltplätze in einem großen Park und sogar einen kleinen Supermarkt mit Restaurant. Der Campingplatz wird für die kommende Zeit ein wichtiger Ruhepol für mich sein, denn nun beginnt die Suche nach einem Schiff, das mich über den Atlantik bringen soll. Meine Vorstellungen von der Schiffssuche sind sehr klar und einfach: Ich gehe in den Hafen zu den großen Passagierschiffen und frage, ob ich, als Gegenleistung für Arbeits- und Hilfsdienste an Bord über den Atlantik mitgenommen werde. Irgendwo und irgendwie wird man mich schon brauchen können. Egal was, ich werde alles tun, um mitzufahren. In Gedanken sehe ich mich schon auf einem Kreuzfahrtschiff den Atlantik überqueren. Mit einem breiten Grinsen werde ich die Deckbalken des Schiffes putzen oder was auch immer machen. Eine Woche später werde ich dann schon südamerikanischen Boden betreten. Alles ganz einfach, alles ganz klar.

Motiviert und überaus freudig spaziere ich in den Hafen von Lissabon. Gemütlich schlendere ich am Pier entlang und bin überrascht, wie klein das ganze Areal wirkt. Wo sind meine Kreuzfahrtschiffe, wo haben sie sich versteckt? Nichts. Das ganze Hafengebiet ist wie leergefegt. Verdutzt lasse ich meinen Blick über das Gelände und die angrenzenden Häuserblocks schweifen. Kein Schiff weit und breit. Die dahinterliegende Straße ist gesäumt von Reiseagenturen, auf deren Werbeschildern luxuriöse Schiffe prangen und Kreuzfahrten angeboten werden. Ich entschließe mich, dort nachzufragen, wann das nächste Schiff in Lissabon eintreffen wird. Dann könnte ich auch gleich gezielt zu diesen Zeiten in den Hafen kommen. Gedacht, getan.

Minuten später stehe ich wie angewurzelt mit langem Gesicht und großen Augen vor dem Agenturschalter. „Um diese Jahreszeit fährt kein einziges Passagierschiff von Lissabon über den Atlantik. Wissen Sie, bei der Kälte, da würde doch niemand mitfahren!"

„Auch nicht ein kleines Stück, wenigstens in Richtung der kanarischen Inseln?", frage ich beklommen.

„Nein, leider, nicht einmal ein Stück." Die Dame schüttelt mitfühlend den Kopf. Nicht einmal ein Stück! Immer und immer wieder höre ich in mir die Aussage widerhallen. Aber das kann doch nicht sein! Ich bin wie vor den Kopf gestoßen. Nein, das kann ich nicht glauben, ich werde noch weiter fragen. Tür um Tür öffne ich und immer und immer wieder erhalte ich dieselbe Antwort. Das Tor der letzten Agentur fällt hinter mir ins Schloss.

Ich muss mich der Realität stellen: Es gibt kein Passagierschiff, nicht jetzt, nicht in einem Monat und daher für mich überhaupt nicht. Niemals habe ich mich auch nur einen Deut darum gekümmert, wie diese Überfahrt im Detail ablaufen sollte. Es schien alles so einfach zu sein, so unkompliziert. Jetzt bin ich zutiefst schockiert: Es gibt gar keine Passagierschiffe, die um diese Jahreszeit von Lissabon auslaufen! Meine Vorstellung war völlig falsch. Niedergeschlagen und enttäuscht trete ich meinen Heimweg zum Campingplatz an. Der erste Tag in Lissabon ist ein totaler Reinfall.

Am Abend, wieder bei meinem Zelt angekommen, versuche ich, mich mit einem besonders leckeren Essen aufzuheitern – Tortellini mit Käsesoße –, aber meine Stimmung bleibt im Keller. Trübsal blasend starre ich vor mich hin. Ein drahtiger junger Bursche setzt sich neben mich. Am liebsten möchte ich allein bleiben und weiter über meine missliche Lage sinnieren, aber Alex plaudert frisch drauflos. Er kommt aus Rumänien und versucht, hier in Lissabon Geld für seine Familie zu verdienen, indem er Gemälde billig ein- und dann den Touristen auf der Straße teuer verkauft. Mit einem guten Deal kann er an einem Tag soviel verdienen wie in Rumänien in einem ganzen Monat. Allein hierher zu kommen, ist schon ein großes Abenteuer für ihn gewesen, denn die Grenzüberschreitung in ein EU-Land ist mit vielen Schwierigkeiten verbunden. Meine eigenen Probleme werden auf einmal wieder relativiert und ich bin einerseits schockiert, wie ungerecht die Welt ist, in der wir leben, und anderseits froh, in Österreich geboren worden zu sein. Auch ich erzähle von meiner Reise und schildere ihm meine Gefühlslage. Nachdem ich meinen ersten Tag in allen Details erzählt habe, meint er nur: „Kein Problem, dann probier es doch mit Frachtschiffen! Und lass dich nicht unterkriegen!“

Frachtschiffe, daran hatte ich nicht gedacht. Eine neue Möglichkeit! Nach einer herzlichen Verabschiedung sieht meine Lage schon wieder viel besser aus.

Den nächsten Morgen beginne ich wieder im Hafen von Lissabon. Ich stelle mich auf die Hafenmauer, um einen guten Überblick zu haben. Der gleiche Anblick wie gestern: Leer, keine großen Schiffe, keine Frachtschiffe. Ich schließe meine Jacke und ziehe die Kapuze über den Kopf. Es regnet und der Wind treibt mir die Tropfen ins Gesicht. Etwas außerhalb des Hafens sehe ich die „Capitania“, das klingt irgendwie nach Menschen, die mir weiterhelfen könnten. Nichts, neuerlich eine Enttäuschung. Man schickt mich zur Hafenpolizei, zur Hafenmeisterei und von dort weiter zur „Navigation Agency“. Die Aussagen bleiben die gleichen: Es ist nicht möglich, auf Frachtschiffen im Hafen anzuheuern, ich würde nicht einmal so richtig in ihre Nähe kommen. Niemand scheint mir helfen zu können. Immer wieder bekomme ich fragende und zweifelnde Blicke als Antwort, wenn ich den Menschen von meinem Vorhaben erzähle. Manche lachen mich aus, halten mich für verrückt, ich werde abgewiesen oder weitergeschickt. Fast kommt es mir wie eine Verschwörung vor. Auch das Wetter scheint gegen mich zu sein. Es regnet schon den ganzen Tag, der Wind zerrt an meinem Gewand und Besserung ist nicht in Sicht.

Mit einer Tafel Schokolade versuche ich, meine Stimmung wieder aufzuhellen. Mit neuer Energie wende ich mich direkt an die Büros der Frachtschifffirmen. Eines nach dem anderen klappere ich ab. Auch hier kann man mir nicht helfen, da die Schiffshalter alle irgendwo in Europa verstreut sind und nur diese Entscheidungsbefugnis haben. Meine Motivation sinkt von Stunde zu Stunde. Am späten Nachmittag habe ich letztendlich alle Gesellschaften durchgefragt und meine Situation hat sich kein bisschen verbessert. Schluss für heute, ich kann nicht mehr.

Eine Hoffnung bleibt noch: Morgen werde ich die Zentralen der Cargogesellschaften in ganz Europa telefonisch kontaktieren. Aus verschiedenen Journalen in den Büros habe ich mir die wichtigsten Adressen mitgenommen. So schnell gebe ich nicht auf! Mit gesenktem Kopf wandere ich heimwärts. Der Regen begleitet mich zum Campingplatz; so wie die Serie an Misserfolgen hat sich heute auch am Wetter nichts mehr geändert.

Ausgeschlafen und mit neuem Elan führt mich mein erster Weg am nächsten Morgen zur Telefonzelle am Campingplatz. Ich kontaktiere die Schiffshalter in den Niederlanden, Deutschland, Italien, England ..., kaufe eine neue Telefonwertkarte und dann noch eine, rufe viele weitere Firmenniederlassungen in ganz Europa an. „Leider nein, wir können Ihnen nicht helfen." – „Das ist leider nicht möglich, ich glaube nicht, dass Sie da Chancen haben." – „Da müssen Sie sich Monate früher bewerben und außerdem haben Sie keine Erfahrung in diesem Bereich", und so weiter und so fort.

Dann bekomme ich auf einmal ein Angebot: Ein Cargoschiff fährt von Italien via Lissabon nach Brasilien. Es ist noch ein Platz frei. Vor meinem inneren Auge sehe ich mich schon an Bord gehen. Ich bin ganz aufgeregt, weiß nicht, was ich denken soll, und warte schon auf die erlösende Zusage. „1.500 Euro, one way." Alles vorbei, ich wurde falsch verstanden. Mit jedem enttäuschenden Gesprächsverlauf zweifle ich mehr und mehr an der Durchführbarkeit meines Vorhabens, nichts, aber auch gar nichts scheint zu funktionieren.

Ein weiterer Tag vergeht.

Nach meinen endlosen Telefonaten probiere ich es noch einmal direkt im Hafen. Diesmal habe ich Glück: Ein großer Frachter liegt am Pier. Mit viel Vorsicht und einem mulmigen Gefühl schwindle ich mich durch die Sicherheitsabsperrungen. Wie ein Einbrecher komme ich mir vor. Endlich, ich stehe vor dem Schiff. Mein Herz schlägt laut, ich muss schnell den Kapitän finden. Vielleicht kann er mir helfen und meine Suche damit beenden! Da ist er, ich muss mich zurückhalten, um nicht zu forsch auf ihn zuzustürzen. Mit der Frage, ob ich kurz sein Schiff von innen besichtigen könne, erhoffe ich mir einen kleinen Vorteil für meine schon geplanten weiteren Fragen. Der Kapitän ist sehr nett, zuvorkommend und führt mich auf dem Schiff herum. Schlussendlich ist die Antwort aber wiederum die gleiche: „No way, it's not possible at all."

Als ich vom Schiff gehe, werde ich von einem der Sicherheitskräfte bemerkt und unter wilden Drohungen vom Gelände verwiesen. Mir ist klar, dass ich mich hier nie wieder blicken lassen kann. Alles ist vorbei. Nach tagelangem Fragen, Suchen und Probieren sowie dem Ausloten aller erdenklicher Möglichkeiten steht für mich fest: Es funktioniert nicht, ich habe versagt. Ich habe alles getan und ausgekundschaftet, was in meiner Macht steht. Ich bin tagelang von früh bis abends unterwegs gewesen und immer wieder habe ich nur Ablehnung und niederschmetternde Absagen erfahren. Ich erinnere mich an den Campingbusbesitzer, der mich in Spanien mitgenommen hat. Es ist so, als würde er direkt vor mir stehen: Er schüttelt den Kopf und lacht und lacht … Ich habe dem Lachen nichts entgegenzusetzen. Mein Gesicht ist nass, aber diesmal regnet es nicht. Ich stehe an der Hafenmauer und weine. Meine Verzweiflung ist grenzenlos. Was soll das alles? Was ist mit meinem Leitspruch: „Lebe deine Träume!"? Ist alles wahrlich nur ein Traum?

Auf einmal spüre ich neben der Traurigkeit und Hilflosigkeit noch ein neues Gefühl in mir aufsteigen: Zorn! Ich bin zornig, zornig auf Gott. Lautstark beginne ich innerlich mit ihm zu streiten. „Warum dieser Traum von Südamerika und warum wird er mir hier in Fetzen zerrissen? Was willst du von mir, Gott? Dir soll ich vertrauen? Auf einen Gott, der mir meine Träume nimmt, soll ich mich verlassen?" Ich schreie meine Wut hinaus. „Nein, so einen Gott will ich nicht, an so einen Gott kann ich nicht glauben!" Plötzlich, in der tiefsten Verzweiflung, taucht wie eine Eingabe ein Gedanke auf: „Probier es doch einfach mit Segelschiffen!"

Ungläubig starre ich ins Leere. Die Verzweiflung, der Zorn, die Tränen sind von einer Sekunde auf die andere wie weggeblasen. Stattdessen durchflutet Wärme, Liebe und Freude mein Sein. Gott hat zu mir gesprochen, ganz direkt, ganz eindeutig. Ein neues Ziel, eine neue Möglichkeit hat sich aufgetan. „Wenn du glaubst, es geht nicht mehr, kommt von irgendwo ein Lichtlein her." Ich muss schmunzeln und gleich darauf lache ich lauthals los. Am eigenen Leib habe ich dieses Sprichwort wohl noch nie so intensiv erlebt. Ich bin zutiefst dankbar.

Meine Schritte führen mich aus dem Hafengelände hinaus. Auch der ständige Regen in Lissabon kann mich nun nicht mehr demotivieren. Alles Negative prallt von mir ab.

Ich fühle mich stark, geliebt, innerlich völlig klar und ausgeglichen.

An ein Segelschiff für die Überfahrt hatte ich nicht einmal im Traum gedacht, die Möglichkeit existierte einfach nicht. Alle Niederlagen zuvor erscheinen nun in einem neuen Licht, sie haben endlich einen Sinn bekommen. Schon tauchen Bilder aus meiner Phantasie auf. Ich stehe vorne am Bug, die Wellen schlagen über das Schiff, ich bin so klein im riesigen Atlantik. Es ist sicherlich noch viel abenteuerlicher, spannender und erlebnisreicher, als auf einem großen Schiff überzusetzen. Genau das Richtige für mich!

Ich hole mich wieder zurück aus der Welt meiner Phantasie und muss mir eingestehen, dass ich keine Ahnung habe, wie es auf einem Segelschiff zugeht, und schon gar nicht, was es bedeutet, über den Atlantik zu segeln. Noch nie habe ich auch nur einen Fuß auf ein Segelschiff gesetzt. Aber das ist jetzt alles egal, ich bin fokussiert auf mein neues Ziel: Finde ein Segelschiff! Zum ersten Mal seit meiner Ankunft in Lissabon kehre ich voller Hoffnung und Freude zu meinem Zuhause zurück.

Der nächste Tag beginnt in der gewohnten Weise. Nur gibt es jetzt nicht einen großen Hafen, sondern viele kleine Häfen, in denen Segelschiffe vor Anker gehen können. Schon stehe ich vor einem großen Segelschiff. Ich komme mir albern vor. Wie soll das funktionieren? Die Segler werden doch auf so einem großen Trip nicht irgendeinen dahergelaufenen Alpenösi mitnehmen. Ich habe keine andere Wahl, entweder es klappt so oder gar nicht.

„Segeln Sie Richtung Südamerika?“, frage ich. Die erste Absage. „Segeln Sie Richtung Südamerika?“, und wieder und wieder.

Tag für Tag marschiere ich kilometerweit gehe von einem Hafen zum nächsten. Jedes Segelschiff klappere ich ab, wo ich niemanden antreffe, komme ich später noch einmal vorbei. Viele raten mir überhaupt von meinem Vorhaben ab. Es wäre schon viel zu spät, und um diese Zeit würden keine Segelschiffe mehr Richtung Südamerika unterwegs sein. Ein, zwei Monate früher, das wäre die optimale Zeit gewesen, da hätte ich gute Chancen gehabt. Aber ich bin jetzt hier, und ich muss jetzt weiterkommen, ein Schiff finden! Manche meinen, ich könnte es weiter im Süden von Lissabon oder Spanien probieren.

Die Tage vergehen ... Ich kenne die Häfen und Segelschiffe jetzt schon auswendig und habe alle Segler befragt: Nichts bleibt mehr. Wieder bin ich an einem Tiefpunkt angelangt. Niedergeschlagen liege ich in meinem Zelt. Ich bin allein, ohne Schiff, alle Möglichkeiten sind ausgeschöpft. Von Lissabon aus komme ich anscheinend nicht weiter. Ich muss wohl oder übel weiter in den Süden stoppen, an die Algarve oder überhaupt nach Cadiz in Spanien. Alle Mühen umsonst, viele Tage der Suche und der Entbehrungen für nichts. Ich beschließe, morgen meine Sachen zu packen, Lissabon den Rücken zu kehren und in Richtung Süden zu stoppen. Meine Entscheidung fühlt sich gut und richtig an.

Wieder stehe ich am Pier. Aber heute bin ich nicht wegen der Schiffe, sondern wegen der LKW gekommen, die voll beladen das Gelände verlassen. Auch ich bin voll bepackt mit meinen Rucksäcken. Ein letztes Mal schweift mein Blick über die Anlage. Hoffentlich läuft es im Süden besser für mich. Ich schaue noch einmal bei der Hafenmeisterei vorbei. Sie waren während meiner Suchaktionen sehr hilfsbereit und nett zu mir und ich möchte mich bei ihnen persönlich verabschieden. Dankbar schüttle ich die Hände und erzähle von meinem Vorhaben, nach Süden weiterzureisen. „Warte, ich ruf' für dich noch im Hafen von Cascais an", meint der Hafenmeister. Nach kurzer Pause am Telefon legt er auf: „Da gibt es ein einziges

Schiff, das Richtung Westen segelt, es soll nach Madeira gehen“.

Fassungslos sehe ich ihn an. Jetzt auf einmal soll es ein Schiff in meine Richtung geben? Jetzt, wo ich schon alles zusammengepackt habe und weiterziehen will? Rettung in letzter Sekunde? Überschwänglich bedanke ich mich. Alles muss jetzt sehr schnell gehen, da ich nicht weiß, wie lange das Schiff noch im Hafen liegen wird.

Stunden später sitze ich auf einer Bank im Hafen von Cascais und starre auf das Schiff. Es sind nur ca. 30 Meter, die mich vom Schiff trennen und doch ist es eine unüberwindbare Distanz: Alles ist abgesperrt. Wie ein Adler sitze ich auf meinem Posten und warte und warte. Mein Blick ist starr auf das Objekt gerichtet, das meine Erlösung bedeuten könnte. Nichts tut sich. Auch andere Segler, die von ihren Schiffen aufs Land gehen, lehnen es ab, mich durch die Sicherheitsabsperrung durchzuschleusen. Ich kann nichts weiter tun als zu warten. Meine Geduld wird auf eine große Probe gestellt.

Ganze anderthalb Tage verharre ich auf meinem Posten. Dann endlich: Ein Segler nimmt mich mit und ich kann durch die Absperrung hindurch. Ich stehe vor meiner letzten Hoffnung: „Libre“ (Freiheit) steht auf dem Rumpf des kleinen, schwedischen Segelschiffs. Was für ein Name! Auch für mich könnte dieses Schiff ein Ticket in die Freiheit sein. Heraus aus meiner Gefangenschaft des Festlandes, hinaus aufs offene Meer, in eine neue Welt.

Meine Anspannung ist riesengroß. Die nächsten Momente, die nächsten Minuten werden über meine Zukunft entscheiden. Ich bleibe noch einen Moment still, dann klopfe ich an die Bordwand und mache mich lautstark bemerkbar. Ein Kopf erscheint aus der Luke. „Hello, what´s going on?“

Nervös, aber doch bestimmt trage ich mein Anliegen vor.

„Well, let's see, come down and have Dinner with us, then we'll talk about it." Ich atme auf, zumindest keine Absage.

„Hello, how are you?"

„Hello, o.k., thanks." Freundlich werde ich auch von den anderen zwei Besatzungsmitgliedern unter Deck empfangen. Kurze Zeit später gibt es Abendessen und die drei Schweden Per, Victoria und Jack erzählen von ihren Segelabenteuern. Meine Nervosität ist fast verschwunden. Ich habe vom ersten Moment unserer Begegnung an ein gutes Gefühl. Jetzt bin ich innerlich ruhig. Ich weiß, dass ich alles getan habe, was in meiner Macht stand. Ich darf loslassen, ich kann nichts mehr tun, außer ihre Gesellschaft zu genießen. Sie werden erst morgen entscheiden, ob sie mich mitnehmen oder nicht. Ich lächle, das Essen schmeckt wunderbar.

Es ist der Morgen des 17.12.02. Ich habe die Nacht auf dem Schiff verbracht. Sehr ruhig haben mich die Wellen in den Schlaf geschaukelt. Wir sitzen beim Frühstück und die drei grinsen mich an. „It's o.k. We will try it and take you to Madeira, if you want to." Wenn ich will? Ja, ich will, ich will, ich will.

Endlich! Ich habe es geschafft, ich bin hierher geführt worden! Jede Zelle in mir scheint zu vibrieren. Es ist vollbracht! Fast auf den Tag genau ein Monat nach meiner Abreise, habe ich die Zusage für eine Passage von Lissabon nach Madeira. Meine Freude ist überschwänglich.

Schiff ahoi!

Ich beziehe mein Bett im Rumpf der etwa elf Meter langen *Libre*. Ich lege mich probeweise hin. Meine Füße reichen unter den Navigationstisch hinein, und über meinem Kopf sind Kartenfächer angebracht. Neben mir müssen meine Rucksäcke Platz finden, alles ganz schön eng. Aber egal, Hauptsache, ich bin auf dem Schiff. Ob ich überhaupt seetauglich bin, schießt es mir kurz durch den Kopf. Je nach Wind und Wetter wird unsere Überfahrt etwa vier bis sechs Tage dauern. An die 1.000 km sind zu überwinden, 1.000 km ohne Möglichkeit, dem Meer zu entfliehen.

Ich verdränge den Gedanken und freue mich, überhaupt ein Schiff, eine Crew gefunden zu haben, die mich ohne Vorkenntnisse jeglicher Art zu so einem Abenteuer mitnimmt.

Zwei Tage lang liegen wir noch im Hafen, um das Boot startklar zu machen. Wir müssen viele Dinge besorgen, alles einräumen, seefest verstauen und anderes mehr. Es müssen noch einige Bootsteile besser abgedichtet werden. Jack, der Kapitän und Eigentümer des Schiffs, meint, es wäre auf den letzten längeren Passagen doch zu viel Wasser eingedrungen. Was für ein Aufwand. Nie hätte ich mir gedacht, dass es für die paar Tage soviel zu bedenken, zu planen und vorzubereiten gibt. Neben den Arbeiten scherzen wir viel und die Zeit vergeht wie im Flug.

Trotz all der Freude und dem guten Lauf der Dinge ist da aber auch ein Teil in mir, der Schmerz und Traurigkeit empfindet. Es weihnachtet schon sehr und gerade diese weihnachtliche Stimmung, die Gedanken an das bald zu feiernde, große Fest und die damit verbundenen Erinnerungen an die Weihnachtsfeiern mit meiner Familie stimmen mich sehr melancholisch. Ich vermisse die Geborgenheit, die Freunde und die Familie um mich herum. Werden es ein, zwei oder viele Weihnachten sein, die ich fern von zuhause verbringen werde? Wie lange werde ich unterwegs sein? Alles ist offen, es gibt keinen geplanten Rückkehrtermin, es gibt nur meinen Weg, es gibt nur das Jetzt. Mir ist ganz klar bewusst, dass meine Reise auch ein Prozess des Loslassens, der Loslösung von meiner Familie, besonders von meinen Eltern ist. Es geht darum, mich selbst immer mehr kennenzulernen, ganz ich zu sein, meine Wünsche, meine wahren Überzeugungen und Glaubensgrundsätze in mir selbst zu finden, mein Leben ganz neu in die Hand zu nehmen, sei es in alltäglichen oder in Extremsituationen.

Mein innerlicher Zwiespalt bleibt: Auf der einen Seite die große Freude über die Zusage und die bevorstehende Überfahrt, auf der anderen Seite diese Traurigkeit.

Doch dann ist es soweit. Die letzten Vorbereitungen sind abgeschlossen und am Abend des 19.12.02 geht es los. Es ist fast windstill und Vollmond. Einzig und allein der tuckernde Motor stört die Stille der Nacht. Mein Herz klopft bis zum Hals. Wir verlassen den Hafen. Das Boot schaukelt hin und her, die Wellen klatschen gemütlich gegen den Bootsrumpf. Niemand spricht. Ruhig gleiten wir über die fast stille See. Ich schaue zurück. Langsam werden die Lichter der Stadt immer kleiner und kleiner.

Alles zieht noch einmal an mir vorbei: die vielen Kilometer von Österreich nach Portugal, die große Suche, die Unsicherheit, die Entbehrungen meines Reiselebens, die vielen demotivierenden Aussagen, Absagen und Antworten, die zweifelnden Gesten und Blicke, die Einsamkeit und Traurigkeit. Alles hat nun einen Sinn bekommen. Die Lichter der Stadt tauchen meine Erlebnisse in ein warmes, freundliches Licht und alles Schwere und Frustrierende der letzten Zeit wird von den sanften Wellen davongetragen und aufgelöst. Allein für diesen Moment hat sich alle Anstrengung gelohnt. Ich bin hier, wir segeln Richtung Südamerika.

Um Mitternacht beziehe ich zum ersten Mal meine Schlafstätte. „Umziehen zahlt sich gar nicht aus, denn in vier Stunden müssen wir sowieso wieder an Deck", hat mir Per noch vorher erklärt. Zuerst bin ich etwas verwundert darüber, merke jedoch sofort, dass ein Aus- und Anziehen bei ständig wechselnder Schräglage extrem viel Zeit in Anspruch nehmen würde. Also nur Jacke aus und fertig. Angezogen liege ich da und starre ins Dunkel. Ich mache die Augen zu, an Schlafen ist nicht zu denken. Alles ist so neu, die Geräusche im Boot, das Schaukeln und vor allem – die Übelkeit. Ich werde doch nicht seekrank werden, jetzt, da von richtigen Wellen noch weit und breit keine Spur ist? Das Boot schaukelt und auch mein Magen schaukelt sich immer mehr und mehr auf. Nur Minuten später ist mein Abendessen schon in der Toilette und somit in den Tiefen des Ozeans verschwunden. Wie soll das weitergehen? Neuerlich strecke ich mich auf meiner Matratze aus, diesmal fühlt sich alles viel besser an. Ich nicke kurz ein. Um vier Uhr früh lösen Per und ich die beiden anderen ab. Das Steuer muss immer besetzt sein und in der Nacht gilt es, Ausschau nach anderen Schiffen zu halten. Im 4-Stunden-Takt werden wir uns abwechseln, bis wir Madeira erreicht haben. Kein Autopilot nimmt uns Arbeit ab, an Bord sind sowieso nur die notwendigsten elektronischen Geräte vorhanden. Ich kann also das Segeln in seiner reinsten Form kennenlernen. Per führt mich in die Grundlagen ein. Der Wind hat aufgefrischt, die Segel sind gesetzt und schon einige Zeit später darf ich zum ersten Mal das Steuerrad selbst in die Hand nehmen. Was für ein Moment!

Ich fühle mich wie ein Kind, das eine neue Welt entdeckt. Meine Augen müssen strahlen wie Lichter, so ist zumindest mein Gefühl, und mit großer Neugierde und Lerneifer sauge ich alles Neue auf. Ich bombardiere Per mit

Fragen über Fragen, er antwortet geduldig. Die Zeit vergeht wie im Flug und es wird schon wieder hell. Mit großer Vorfreude erwarte ich meinen ersten Sonnenaufgang auf See. Wunderschön hebt sich der gelbe Ball Stück für Stück über den Horizont. Ich bin sprachlos vor Glück. Meine erste Schicht ist zu Ende.

Die Stunden vergehen sehr gemütlich und ich fühle mich so leicht und frei wie vielleicht nie zuvor. Alles ist im Fluss, alles ist wunderschön: Segelschicht, Ruhephase, Essen kochen, essen, Segelschicht ... und so weiter und so fort.

Die drei Schweden kümmern sich rührend um mich und stehen mir jederzeit mit Rat und Tat zur Seite. Jeder einzelne ist auf seine Weise sehr speziell und ich fühle mich in ihrer Gesellschaft ausgesprochen wohl.

Per ist ein groß gewachsener, schlanker, fast immer lächelnder und gut gelaunter Mensch, der nach eigener Aussage nichts von dem Motto „Man muss die Tiefen des Lebens durchmachen, um die Höhen richtig wertschätzen zu können“ hält. Er lebt nach seinem Grundsatz, der da lautet: „Mir geht es gut und das kann und wird auch so bleiben.“ Bezeichnend ist auch sein Leitsatz, der sich in einem Lied wiederfinden lässt: „Time Is On My Side“.

Victoria, blond und groß gewachsen, wie es sich nun mal für eine ‚richtige‘ Schwedin gehört, ist auch sonst die ‚große Dame‘ in unserer Männerrunde. Als Frau beweist sie absolute Stärke in verschiedensten Situationen. Mit ihrer sonst sehr sensiblen Art hat sie es aber nicht immer leicht, sich gegen die doch eher schroffen Aussagen und Umgangsformen ihres Freundes Jack sowie Per gegenüber zu behaupten.

Auch Jack hat ein sonniges Gemüt, obwohl er als Organisator und Kapitän des Schiffs ebenso eine gewisse Überlegtheit und Nüchternheit sowie teilweise Ernsthaftigkeit an den Tag legt, die aber durchaus wichtig und erforderlich sind. Trotz seiner Verantwortung kommt er seinem Grundmotto „Don`t forget to smile“ sooft wie möglich nach.

Neben den Tipps und Tricks, die ich von ihnen bekomme, lerne ich unaufhörlich ebenso von Wind, Wellen, Wetter, Meer und Schiff. Selbst eine einfache Mahlzeit an Bord zuzubereiten, ist eine große Herausforderung. Mit gespreizten Beinen verkeile ich mich in der Kochecke. Ich öffne vorsichtig das erste Kästchen, schon kommen mir die Aludosen entgegengeflogen. Meine erste Lektion: Kästen darf ich nur öffnen, wenn das Boot auf die richtige Seite hängt, sobald die Schräglage sich wieder ändert, muss ich sie sofort wieder schließen. Nachdem ich die Dosen unter Bänken, Tisch und sonst wo hervorgeholt habe, kehre ich abermals in meine Verkeilposition zurück. Nun schon an Erfahrung reicher, schaffe ich die ersten Zutaten auf die Arbeitsfläche. Aber auch diese sind nicht gegen das starke Hin- und Herschwanken gefeit. Als ich neuerlich alles zusammengesammelt und mich wieder verkeilt habe, ist mir sonnenklar: Kochen an Bord ist harte Arbeit. Dosen und Fertiggerichte spielen hier erst so richtig ihre Vorteile aus. Selbst Zwiebel für die Soße zu schneiden, ist ein Abenteuer für sich. Nach einigen Misserfolgen habe ich endlich den Ablauf perfektioniert: Ich mache einige Schnitte, wenn mich die Schräglage zur Kochecke hindrückt, dann warte ich auf den Schräglagenwechsel, halte die Zwiebel mit der einen Hand fest und mit der anderen fixiere ich mich noch zusätzlich in meiner Position, um nicht auf die andere Bootsseite zu rutschen. Ich mache eine Pause, versetze mich in den Rhythmus des Bootes und warte wieder auf die Umkehrphase, in der ich abermals versuche, die Zwiebel zu schneiden. Eine Ewigkeit später ist das leckere Essen endlich servierfertig. Es ist ein Ein-Gangmenü geworden: Nudeln mit Tomatensoße, verfeinert mit selbst geschnittener Zwiebel.

Noch ist es nicht vorbei, ich muss die Teller erst ohne Zwischenfall an Deck bringen. Ich hantle mich von einem Abstützpunkt zum nächsten, dann noch die Leiter hinauf: Geschafft! Erschöpft sinke ich auf meinem Platz nieder, die dankbaren Blicke entschädigen mich etwas für den Kochmarathon. Von Nichtstun an Bord kann also keine Rede sein.

Auch das Wetter lässt keine Langeweile aufkommen. Seit unserer Abfahrt vor drei Tagen ist es immer stürmischer geworden. Ich habe das Gefühl, als würde mich die Natur langsam in ihr neues Element, in diese neue Welt einführen und Tag für Tag mehr und mehr fordern. In der dritten Nacht ist es plötzlich soweit: Der Sturm peitscht die See auf, die Wellen werden immer höher und die Regentropfen brennen uns wie Hagelkörner im Gesicht. Das Boot ächzt. Die Wellen schlagen auf uns ein, ein Kommando wird hier geschrien, eines da. Kaum, dass man sich noch hört, der Wind tobt. Lautes Knacken, irgendetwas hat sich im Inneren des Bootes losgelöst und schlägt bei jeder Welle erneut hin und her. Weiter hinauf und hinunter. Das Boot hebt ab und mit einem ohrenbetäubenden Krachen schlägt es auf der nächsten Welle auf. Das Wasser ist hart, wie Beton wirft es sich gegen uns. Wie klein wir doch sind in unserer Nussschale. Es scheint mir, als ob die Schwärze der Nacht uns jeden Moment verschlingen wird.

Das Wasser dringt von oben und von unten in unser Boot. Wasser überall. Im Bootsrumpf steht nun das Wasser schon sehr hoch, wir haben anscheinend doch nicht alle undichten Stellen repariert. Die Pumpen arbeiten mit Höchstleistung, halten den Wasserspiegel im Rumpf aber gerade mal auf gleichem Niveau.

Der Sturm lässt die See kochen, der Wind wird noch lauter, die Wellen noch höher. Immer wieder wirft sich das Boot gegen die Wellen. Es ist ein Abheben und ein Aufprallen, Welle für Welle.

Jack und Victoria haben sich unter dem Schutz des sogenannten „Doghouse“ verkrochen. Sie sind seekrank und damit völlig außer Gefecht. Nur Per und ich sind noch zurechnungs- und einsatzfähig. Ich habe zum Glück seit meiner ersten Nacht keine Probleme mehr mit meinem Verdauungsapparat und versuche, den Kommandos von Per so gut wie möglich Folge zu leisten. Es ist fast ein Ding der Unmöglichkeit. Der Sturm tobt unermüdlich, der Lärm übertönt alles. Die Naturgewalten halten uns gefangen. Zeit zu denken bleibt mir nicht. Ich funktioniere wie eine Maschine, so präzise und schnell wie möglich. Trotz des Sturmes habe ich keine Angst. Ich weiß, wir tun das Bestmögliche, alles andere liegt nicht in unseren Händen.

Das Boot ächzt, stöhnt und dröhnt. Die Zeit scheint stehenzubleiben und wir kämpfen und ringen weiter und weiter. Trotz der vielen Kleidungsschichten, die jeder von uns trägt, sind wir durchgefroren und nass bis auf die Knochen. Die Hände sind starr vor Kälte, der Wind dringt bis in die kleinsten Poren. Wie lange werden wir noch aushalten müssen? Wir haben unsere Leistungs- und Belastungsgrenze schon längst überschritten, aber der Sturm lässt uns nicht aus. Ewigkeiten scheinen zu vergehen.

Dann lässt der Sturm langsam nach, das Meer, der Wind und die Wellen beruhigen sich und wir erleben die Ruhe nach dem Sturm. Wir alle sind unversehrt und auch unsere *Libre* hat alles durchgestanden, nur im Rumpf befinden sich noch viele Liter Meerwasser als Erinnerung und Mahnung.

Per schleppt sich unter Deck. Er hat von uns allen am meisten geleistet. Ich bleibe weiter am Steuer und schaue und staune. Vor einigen Minuten waren wir noch im Sturm gefangen. Und nun? Alles ist wie verflogen. Das Meer ist wieder ruhig. Auch die Nacht ist vorüber, es beginnt zu dämmern. Der Sonnenaufgang nach diesem großen Sturm ist unbeschreiblich schön. Ich bin sehr froh, dass wir alles heil überstanden haben, aber so richtig einzigartig wird dieser Moment erst durch das Gefühl der wahren, inneren Demut: Demut vor der Größe, der Schönheit, der Macht und der Einzigartigkeit der Natur, der Schöpfung, die ich nach diesem Erlebnis wieder mit neuen Augen betrachten kann. Wie groß glauben wir Menschen doch oft zu sein, und wie klein sind wir in Wirklichkeit? Das Leben, alles um uns herum ist ein unvorstellbar großes Geschenk. Leise vor mich hin singend steuere ich in einen neuen Morgen und gleichzeitig fühle auch ich mich wie neu geboren. Ich bete und danke auf meine Weise.

Um neun Uhr Früh, nach dieser durchwachten, durchkämpften Nacht, falle ich todmüde auf meine Matratze. Ich schließe die Augen und bin dankbar für mein Leben. Kurz vor dem Einschlafen höre ich noch die Pumpe. Sie läuft beständig weiter und befördert noch immer das Wasser aus unserem Bootsrumpf hinaus.

Die Tage vergehen und der Zusammenhalt unserer Gemeinschaft, sowohl zwischen uns als auch zwischen uns und der Natur, wächst und wächst. Von Zeit zu Zeit begleiten Delphine unseren Weg und auch eine Meeresschildkröte gibt uns die Ehre.

Da wir von Beginn an schon immer gegen den Wind segeln müssen, verlängert sich unsere geplante Überfahrtsdauer. So verbringen wir auch Weihnachten, das leider etwas unspektakulär und wenig feierlich über die Bühne geht, an Bord der *Libre*. Am Nachmittag des sechsten Tages erreichen wir die Insel Porto Santo, die etwas östlich von Madeira liegt. Anker raus, alles fertig machen und los. Wir stürmen an Land. Endlich spüre ich wieder festen Boden unter den Füßen. Festen Boden? Ganz im Gegenteil: Es fühlt sich an, als würde sich der Untergrund ständig auf und ab bewegen.

Per sieht mich belustigt an. „Das ist ganz normal, wenn man nach längerer Zeit auf See wieder an Land geht.“ Ich lache und schwanke fröhlich weiter Richtung Hafengebäude. Stolz und mit dem Gefühl, schon ein richtiger Seebär zu sein – immerhin habe ich meine erste Segeletappe hinter mich gebracht und sogar einen Sturm heil und ohne Seekrankheit überstanden –, stelle ich mich in die Duschkabine. Wie gut das tut, endlich wieder Süßwasser am Körper zu spüren. Was für ein Luxus!

Bei einem wohlverdienten Abendessen lachen und scherzen wir ausgelassen über die vergangenen Ereignisse. Jack, Per und Victoria sind sehr gute Freunde geworden, die gemeinsame Zeit hat uns alle zusammengeschweißt. Die drei haben noch keine genaueren Pläne, wie es weitergehen soll, und sind eher gemütlich und langsam unterwegs. Sie wollen noch Madeira ansehen und Silvester dort verbringen. Ich jedoch verspüre den Wunsch, sobald wie irgend möglich weiterzusegeln. Und außerdem: In einem kleinen, lecken Schiff über den Atlantik zu segeln, stelle ich mir sehr grenzwertig vor. Sechs Tage nach Madeira sind eine Sache, aber fast drei Wochen während der Atlantiküberquerung eingesperrt, eingezwängt, mit Wasser im Bootsrumpf? Nein. Die Tage auf der *Libre* waren alles in allem wunderschön und sehr reich an Erfahrung, aber auch sehr anstrengend. Ich möchte ein anderes Schiff für die Überfahrt finden. Schon beim Abendessen teile ich den dreien meinen Entschluss mit. Noch einige Gläser Wein, ein paar Segelgeschichten, dann fallen wir in unsere Betten.

Am nächsten Morgen genießen wir ein ausgiebiges Frühstück mit frischem Gebäck! Stundenlang könnte ich nur so dasitzen, essen und plaudern. Direkt unserer *Libre* gegenüber sehe ich aber ein niegelnagelneues Segelschiff im Hafen liegen. Ich habe keine Zeit zu verlieren, so schnell wie möglich starte ich hinüber. Schon nach einem kurzen Gespräch mit Erich, einem Franzosen deutscher

Abstammung, der allein mit seiner vierzehn Meter langen Aluyacht *Siboney* unterwegs ist, habe ich die Zusage in der Tasche: Von Porto Santo, unserem jetzigen Hafen, soll es direkt zur Insel St. Martin in die Karibik gehen. Karibik, wie das Wort schon klingt, vor meinem inneren Auge ziehen die Bilder aus den Reisekatalogen vorbei: Palmen, wunderschöne Sandstrände, das grüne, blaue, kristallklare Wasser, die Unterwasserwelten. Vielleicht schon bald werde ich dieses Paradies mit eigenen Augen sehen. Und dann? Wie weit ist es dann noch bis Südamerika? Nur ein Sprung noch, wahrscheinlich!

Ich schüttle ungläubig den Kopf. So schnell kann es also gehen, morgen werde ich schon weitersegeln. Und noch dazu über den Atlantik, fantastisch! Ein guter Ausgleich zu meiner elendslangen Suche in Lissabon.

Eine letzte Nacht an Bord der *Libre*, und mit den ersten Sonnenstrahlen verabschiede ich mich von meinen lieb gewonnenen schwedischen Freunden. Als Abschiedsgeschenk überreichen sie mir die österreichische Flagge, die sie während unserer Überfahrt für mich gehisst haben. Ich freue mich und bin sehr dankbar, ja, es ist eine Ehre, dieses Geschenk aus der Hand von drei erfahrenen Seeleuten zu erhalten.

Ich packe zusammen und siedle von der *Libre* auf die *Siboney*. Gerade mal 50 Meter muss ich meine Rucksäcke tragen. Besser kann es nicht laufen. Ich beziehe mein Quartier. Luxuriös werde ich ab nun hausen, habe ich doch ein Doppelbett und eine große Koje ganz für mich allein. Nur Erich und ich werden auf diesem schönen Schiff den Atlantik überqueren. Einfach wunderbar!

Am 28.12.02 legen wir vom Hafen in Porto Santo ab. In knapp drei Wochen werde ich meinen Fuß auf St. Martin in der Karibik setzten, dessen bin ich mir sicher, ganz sicher! Mit dem Gefühl, als könnte absolut nichts mehr schief gehen, winke ich noch einmal meinen schwedischen Freunden zum Abschied zu.

Auf ein Neues

Am zweiten gemeinsamen Segeltag mit Erich ist der Ozean glatt wie ein Spiegel, kein Lüftchen regt sich. Der Motor läuft, ansonsten sind keine Geräusche zu hören. Wir liegen an Deck und genießen die Stimmung. Als ich meinen Blick über diese weite Fläche schweifen lasse, sehe ich auf einmal, etwa zwanzig Meter von unserem Boot entfernt, eine Art Strudel auf der ebenen Fläche. Das Wasser scheint sich an einer Stelle nach unten, gleichzeitig aber auch nach oben zu bewegen. Ich kneife die Augen zusammen und konzentriere mich. Plötzlich steigt an dieser Stelle ein Orca senkrecht aus der spiegelglatten Oberfläche des Ozeans empor. Bis zur Schwanzflosse katapultiert er sich aus dem Wasser. Die Sekunden werden zu einer Ewigkeit. In diesem Augenblick scheint es mir, als würde ich jede Einzelheit dieser prachtvollen Kreatur wahrnehmen können – die Stärke und Kraft, die Schönheit und Eleganz und vieles mehr. Wie in Zeitlupe steigt er empor, scheint sich zu strecken und mit einem leisen Platschen taucht er wieder in die Tiefen des Meeres ein. Regungslos starre ich mit weit geöffnetem Mund auf die Stelle, an der das riesige Tier spurlos verwunden ist, so als wäre es nie dagewesen. Ich stehe in diesem Moment ganz oben in der Rangliste der glücklichsten Menschen der Welt.

Abgesehen von diesem Erlebnis, bin ich aber seit unserer Abfahrt Schritt für Schritt griesgrämiger geworden. Die gemeinsame Zeit auf dem Schiff wird nämlich von vielen Streitereien und Uneinigkeiten überschattet. Außerdem segeln wir jetzt nicht mehr auf direktem Kurs Richtung Karibik. Von unserer geplanten Route haben wir schon bald nach unserer Abfahrt abweichen müssen. Erich hat vergessen, die Gasvorräte und manch andere Kleinigkeiten für zwei Personen zu berechnen. Wir steuern also gerade auf die kanarische Insel Gomera zu.

Das Boot, die Stimmung an Bord – alles ist so anders. Der Luxus ist wunderbar und ich genieße ihn in vollen Zügen. Alles ist nagelneu, mit allen technischen Raffinessen ausgestattet und das Schiff steuert sich quasi von alleine. Trotzdem denke ich mit Wehmut an die Zeit mit den Schweden zurück – die Gemeinschaft, das Segeln per Hand, die Gespräche, das Abenteuer. Alles in allem bietet die *Siboney* eine gemütliche, bequeme und entspannte Segelfahrt, für mich aber schon zu entspannt. Auch zu zweit zu segeln, ist für mich eine völlig neue Erfahrung. Wir sind ganz auf uns allein gestellt, jede Minute nur wir zwei. In der Nacht wechseln wir uns mit der Wache an Deck ab, wieder im 4-Stunden-Takt. Das Meer, der Mond, die Sterne, die Wellen, der Wind ... die Welt und ich, ganz allein.

Meine gerade erlernten Fähigkeiten kommen aber leider kaum zum Einsatz, denn zum Steuerrad greifen wir nur, wenn es unbedingt sein muss. Schade, aber man kann nicht alles haben. Dafür schlafe ich in einer eigenen Koje und das Boot ist nicht leck.

Kopfzerbrechen bereiten mir jedoch Erichs seglerische Fertigkeiten und Fähigkeiten. Mit der Zeit muss ich erkennen, dass Erich zwar ein schönes Schiff, dieses aber leider überhaupt nicht unter Kontrolle hat. Oftmals fühle ich mich sehr unwohl bei dem Gedanken, mit ihm als Kapitän über den Ozean zu segeln. Bei den Schweden habe ich viel gelernt, was die Sicherheit auf dem Schiff anbelangt, aber Erich sieht jede Anregung meinerseits als Kritik an seiner Person. Außerdem bin ich ja nicht ernst zu nehmen, habe ich doch gerade erst ein paar Tage auf einem Schiff verbracht. Die allgemeine Stimmung ist folglich ziemlich mies und angespannt. Dennoch bin ich bereit, die Situation so hinzunehmen und auszuhalten, immerhin geht es darum, Südamerika so bald wie möglich zu erreichen.

Am dritten Tag, einige Stunden vor unserer geplanten Ankunft auf Gomera, fühle ich mich sehr abgeschlagen. Zur Stärkung meiner Abwehrkräfte genehmige ich mir eine dieser halbmondförmigen, geruchsintensiven Zehen, kurz: ein Stück Knoblauch. Eine kleine Tat mit großer Auswirkung. Als Erich aus seiner Koje kommt, rümpft er die Nase und schon hageln die Schimpfwörter auf mich ein. Ich weiß nicht, wie mir geschieht. Er fuchtelt wild um sich und verbietet mir in nicht gerade gepflegten Worten, sein neues Schiff geruchsmäßig so zu belasten und jemals wieder Knoblauch zu essen. Ich solle ihm dies hoch und heilig versprechen.

„Aber hier und da verlangt mein Körper nach Knoblauch. Ich kann ihn ja auch draußen an der frischen Luft essen, da gibt es kein Geruchsproblem“, entgegne ich ihm. Erich schäumt vor Wut und fragt mich, ob ich noch ganz bei Sinnen sei. Seine geschrienen Worte sind unmissverständlich: „Dann gehst du mitsamt deinem Knoblauch von Bord!“ Ich bin perplex, das hätte ich nicht erwartet. Sollte unsere Segelgemeinschaft wegen einer Knoblauchzehe, einem Knoblauchproblem und vielleicht auch wegen meiner Sturheit ihr Ende finden? Sie tut es. Dahin der Traum von St. Martin.

Auf Gomera trennen sich unsere Wege, und am Silvestertag 2002 stehe ich wieder allein am Pier. So habe ich mir das nicht ausgemalt. Hätte ich mich doch anders verhalten sollen? Wahrscheinlich, aber ein gutes, sicheres Gefühl hatte ich sowieso nicht. Es ist so, wie es ist, somit fängt die Suche von Neuem an.

Zwei Tage lang, von morgens bis abends, drehe ich im Hafen meine Runden. Die Hitze, das Herumwandern und noch vielmehr die dauernden Absagen machen mir sehr zu schaffen. Am Ende des zweiten Tages bin ich erschöpft und demotiviert. Ich denke zurück an die Zeit in Lissabon. Nicht schon wieder, nicht abermals so eine lange Suche, bitte nicht. Auch die schlaflosen Nächte, die ich derzeit in einer Ecke auf einer Baustelle verbringe, tragen nicht gerade zu meiner Erholung bei. Ausgelaugt, traurig und schwach sitze ich auf der Hafenmauer und betrachte das Treiben.

Ich beruhige und entspanne mich so gut es geht und horche nach innen, um zu erfahren, was jetzt wohl zu tun ist, was jetzt richtig für mich ist. Die Antwort kommt so klar und direkt, dass ich erschrecke und versucht bin, diese klare Sprache meines Inneren umgehend als Einbildung abzutun. Aber die Botschaft ist eindringlich und nicht zu überhören: „Du suchst nur nach einem Schiff, weil du nach Sicherheit suchst. Du willst sofort ein Segelschiff für die Weiterfahrt finden, damit du beruhigt bist, dich in Sicherheit wiegst. Diese Art von Sicherheit sollst du aber nicht suchen. Es gibt keine Sicherheit da draußen. Die einzig wahre Sicherheit liegt in dir selbst, in Gott, im Vertrauen auf das Leben! Schau dir die Insel an, entspanne dich einige Tage und dann sieh weiter!“

Mein Erstaunen hält mich für ein paar Minuten gefangen. So klar spricht meine innere Stimme, das Leben zu mir? Langsam löse ich mich aus meiner Starre. Zuerst noch zaudernd, dann mit jedem Schritt entschiedener, kehre ich dem Hafen den Rücken zu.

Stunden später schon wandere ich voll bepackt durch urwaldartige Landschaften im Inneren der Insel. Das Gewicht der Rucksäcke belastet mich sehr und ich setzte nur langsam und bedächtig einen Schritt vor den anderen. Als ich nach einer Pause aufstehe, breche ich fast zusammen. Nicht nur das Gewicht der Rucksäcke ist mein Problem, sondern es geht mir insgesamt viel schlechter, als es mir bis jetzt bewusst war.

Tagebuch vom 03.01.03:

Ich bin ziemlich fertig, mein Körper ist total ausgelaugt, ich habe Schmerzen im Magenbereich und fühle mich ausgepowert. Ich kann kaum schlafen, habe Schweißausbrüche und wahrscheinlich Fieber. Mir wird bewusst, wie viel mein Körper in letzter Zeit ertragen musste. Ich glaube, ich habe ihn soweit über seine Grenzen hinaus belastet, dass ich gar nicht mehr gewusst habe, wie es mir wirklich geht. Die vielen Wechsel, die Tage auf den Schiffen, der Stress hier, die Anstrengung mit Erich, das Schlafen immer irgendwo, das viele Gepäck, die Anforderungen, ein Schiff zu finden, das schlechte Essen, keine Zeit, irgendwelche aufbauenden Übungen zu machen, in zwei Wochen zweimal Duschen, der Klimawechsel, die viele Sonne, kein Mensch, bei dem ich mich wirklich ausreden kann ... Mein Körper hat viel geschafft, aber jetzt zeigt er mir ganz klar, dass es zu viel ist und war.

Am nächsten Tag suche ich auf dem Campingplatz im Nationalpark Unterschlupf, um mich auszukurieren. Eine weise Entscheidung, wie die darauf folgende Nacht zeigt. Ich bin völlig ausgebrannt, schwitze aus allen Poren und habe Durchfall wie noch nie zuvor. Ich komme kaum rechtzeitig aus dem Zelt heraus, geschweige denn schaffe ich die 15 Meter zur Toilette. In kurzer Zeit sind alle Bekleidungsstücke und das Klopapier aufgebraucht. Mit meinem Geschirrtuch als Windelersatz liege ich, mich unter Krämpfen windend, zusammengekauert im Zelt. Ängstlich und angespannt lausche ich den Geräuschen aus meinem Inneren. Keine Sekunde traue ich mich einzuschlafen. Die Nacht scheint endlos zu sein.

Drei Tage lang vegetiere ich so dahin und verbringe die Zeit im Zelt oder damit, neue Rekordmarken im Erreichen der Toilette aufzustellen.

Dann endlich kann ich zum ersten Mal wieder ein wenig feste Nahrung zu mir nehmen und sie auch in mir behalten. Zum Glück heilt die Zeit nicht nur Wunden, sondern auch extremen Durchfall. Bestimmt haben darüber hinaus die Heilerdekapseln aus meiner alternativmedizinischen Reiseapotheke ein wenig zur Genesung beigetragen. Ein Schulmediziner würde meine Ausstattung als sehr dürftig und ziemlich unverantwortlich bezeichnen, ich aber vertraue auf meine Eigenkreation, die sich hauptsächlich aus Heilerde, verschiedenen Ölen und homöopathischen Arzneien zusammensetzt. Die Apotheke hat ihre erste Bewährungsprobe bravourös bestanden, trotzdem hoffe ich, dass ich sie sobald nicht wieder brauchen werde.

Schritt für Schritt fühle ich mich gesünder und stärker. Insgesamt gönne ich mir noch vier Tage der Ruhe, der Regeneration und der Entspannung. Auch meine Motivation für die Schiffssuche steigt wieder. Wo würde ich wohl die besten Chancen für eine Atlantiküberfahrt vorfinden? Hier auf Gomera habe ich schon alle Schiffe abgeklappert, niemand wird von hier aus in absehbarer Zeit Richtung Südamerika oder Karibik aufbrechen. Einige Segler raten mir, es im Hafen von Santa Cruz auf der Nachbarinsel Teneriffa zu versuchen. Ein Segler würde mich in zwei Tagen dorthin mitnehmen, ich aber möchte auf der Stelle Gomera verlassen. Eine Fähre fährt zweimal am Tag direkt nach Santa Cruz. Ich habe mit meinem Gewissen zu kämpfen! Mein Reisekodex verbietet mir, auf öffentliche Verkehrsmittel zurückzugreifen. Ich überlege hin und her, endlich habe ich eine – gerade noch vertretbare – Lösung gefunden: Ich erlaube mir, die Fähre zu nehmen, weil Teneriffa meiner Reiseroute entgegengesetzt liegt und ich sowieso wieder an Gomera vorbeisegeln werde. Glücklich bin ich mit meiner Rechtfertigung nicht, aber sie reicht gerade aus, um mein Gewissen soweit zu beruhigen, dass ich am Ticketschalter nicht umdrehe. Ein paar Stunden später erreiche ich Teneriffa.

Die erste Nacht in Teneriffa verläuft grauenvoll, denn ich benötige Stunden, um einen Unterschlupf zu finden. Es ist schon nach Mitternacht, als ich endlich in einer dunklen Ecke meine Unterlegsmatte sowie meinen Schlafsack ausbreite. Ich mache die Augen zu und atme tief durch, endlich. Doch schon Augenblicke später höre ich knisternde Geräusche neben mir. Zuerst schließe ich meine Augen noch fester und versuche, das Geräusch gar nicht wahrzunehmen, frei nach dem Motto: Ich sehe nichts, also ist auch nichts da. Aber das Knacken und Knistern wird immer lauter, meine kindliche Taktik geht nicht auf. In weggeworfenen Chipspackungen, einen Meter neben mir, treiben einige ca. zehn Zentimeter große Kakerlaken ihr Unwesen. Ich habe in den letzten Wochen überall geschlafen, wo man es sich vorstellen kann, aber Kakerlaken ein Stück neben meinem Kopf, nein. Vor allem die Vorstellung, sie könnten in der Nacht über mich drüber laufen, ich würde mich vielleicht auf sie drauflegen und sie zerdrücken – schrecklich. Spinnen, Käfer, sonstiges Getier ist alles kein Problem, aber Kakerlaken, nein, nein, nein. Ich springe von meinem Schlafplatz auf. Schnellstmöglich packe ich zusammen. Neben der Hauptstraße unter einem Baum breite ich nochmals meinen Schlafsack aus. Gar nicht so schlecht, bis es zu regnen beginnt. Ich fluche und baue mein Zelt auf. Eigentlich könnte ich gleich wachbleiben, viel Zeit zum Schlafen bleibt sowieso nicht mehr.

Dementsprechend schlaff und unausgeschlafen krieche ich am Morgen aus dem Zelt. Schnell, um kein Aufsehen zu erregen, verstaue ich alles wieder in meinem Rucksack und mache mich auf die Suche nach einem Segelschiff.

Das Szenario im Hafen von Santa Cruz gleicht anfangs den Tagen auf Gomera: Eine Absage nach der anderen, viele meinen abermals, es wäre die falsche Zeit, um eine Überquerung zu machen.

Plötzlich wird mir eine Erkenntnis aus all diesen Absagen zuteil: Es ist für meinen Weg nicht wichtig, wie die Chancen im Allgemeinen für eine Mitfahrgelegenheit um diese Jahreszeit bestellt sind. Tag für Tag reden Segler auf mich ein und raten mir von meinem Vorhaben ab. Laut ihrer Aussage hätte ich es zu dieser Jahreszeit nicht einmal von Lissabon hierher schaffen können. Die Wirklichkeit, das wird mir immer klarer, ist in vielerlei Hinsicht relativ. Ein paar mit Sorgen und Zweifeln durchdrungene Sätze in einer Unterhaltung können meine positive Stimmung zunichte machen, obwohl weder mein Gegenüber noch ich irgendetwas über die Zukunft voraussagen können. Alles sind nur Vermutungen und ich werde mich nicht mehr so sehr von der Sichtweise anderer Menschen beeinflussen lassen. Mein Glaube und mein Vertrauen schaffen und öffnen mir immer wieder neue Wege, die für viele Menschen gar nicht existieren. Ich glaube an meine eigene Welt, in der alles möglich ist.

Überrascht ob meiner neuen Erkenntnis lege ich nun neuerlich meine Grundsätze fest: Ja, ich glaube daran, dass alles möglich ist, und ja, ich glaube daran, dass es funktionieren wird. Und nein, ich werde mich nicht mehr von den Menschen um mich herum demotivieren und mich nicht von meinem Weg abbringen lassen. Mein Glaube, mein Vertrauen werden mir nach wie vor den Rückhalt geben, damit ich nicht aufgebe und mein Traum weiterlebt.

Ein zufriedenes Lächeln stiehlt sich auf mein Gesicht. Gut, für heute habe ich genug gelernt. Eine weitere Aufgabe wartet aber noch auf mich: Es ist schon spät und ich muss unbedingt eine andere, kakerlakensichere Schlafmöglichkeit ausfindig machen.

Nur eine Stunde später verstaue ich freudig pfeifend mein Gepäck auf einem Traditionssegler aus Deutschland, der für Reparaturarbeiten im Hafen liegt. Besser kann es für mich gar nicht laufen: Ich werde am Schiff Hilfsdienste im Austausch für Unterkunft und Verpflegung leisten. Somit bin ich direkt im Hafen und kann in meinen Arbeitspausen die Schiffssuche weiter verfolgen, dabei aber viel ruhiger und gelassener in den Tag hinein leben. Die Mannschaftsmitglieder sind sehr freundlich und lebensfroh und ich fühle mich sofort sehr wohl und aufgehoben.

Gleich am nächsten Tag in der Mittagspause erkunde ich von Neuem die Situation in der Segelschiffswelt. Noch immer liegen einige kleine Schiffe an ihren Liegeplätzen und ein großer Zweimaster mit blauem Rumpf an der Hafenmauer. Schlussendlich habe ich bei allen Schiffen eine Abfuhr erhalten, nur der wunderschöne Zweimaster ist noch ausständig.

Als ich, wie schon einige Male zuvor, wieder bei diesem prachtvollen Schiff vorbeigehe, habe ich innerlich den Tag schon abgehakt und bin in Gedanken versunken. So ein schönes Schiff! Wie reich wohl die Besitzer sind? Es ist sicherlich das schönste Schiff im ganzen Hafen! Aber dort anfragen? Nein, soviel Glück kann ich nicht haben, das ist aussichtslos! Oder ...?

Ich schließe einen Pakt mit Gott: Falls ich, wider Erwarten, ein Zeichen bekomme, werde ich meine Zweifel überwinden und auch hier um eine Mitsegelmöglichkeit anfragen. Ich bleibe kurz vor dem Schiff stehen und warte. Eins, zwei … Ich traue meinen Augen nicht: Bei drei macht sich ein Mann daran, die Leiter herunterzusteigen. Dies ist Zeichen genug. Überaus nervös und unsicher lege ich die letzten Meter zum Schiff zurück.

Innerlich total aufgewühlt, stammle ich meine Begrüßung auf Englisch: „Hello, I am Ralf from Austria!“ Mein Gegenüber erwidert die Begrüßung in akzentbehaftetem Deutsch.

„Ich suche nach einer Möglichkeit, weiter Richtung Südamerika zu kommen. Ich kann gut kochen und würde jede Arbeit, die am Schiff anfällt, erledigen. Außerdem bin ich Physiotherapeut und würde liebend gerne meine Fähigkeiten für eine Überfahrt anbieten. Für Notfälle habe ich zwei absolvierte Erste Hilfe Kurse vorzuweisen“, schießt es aus mir gleich so heraus. Ich mache eine kurze Atempause, will noch weiter ausholen und alles, auch jeden noch so kleinen Vorteil hervorheben, der mit einer Mitnahme meiner Person verbunden wäre, doch ich werde je unterbrochen.

„Weißt du, Physiotherapeuten brauchen wir keinen, meine Frau ist Ärztin.“ Was für ein Reinfall, hatte ich es mir doch gedacht, es wäre zu schön gewesen, um wahr zu sein. „Aber mitfahren kannst du trotzdem. Wir fahren nach Martinique in der Karibik. Wenn das für dich in Ordnung ist, bist du an Bord herzlich willkommen. Bezahlen kann ich dich aber nicht!“

In meinem Kopf überschlägt sich alles. Was bitte, wie bitte? Ich bin willkommen an Bord? Und bezahlen? Wer redet hier von bezahlen? Ich will doch nur mitfahren, endlich einen Menschen finden, der mich mitnimmt! Keinen Cent brauche ich für irgendetwas, ein Platz hier an Bord ist mehr, als ich mir je erträumt habe!

Ich muss mich sehr zurückhalten, um meinem Gegenüber nicht um den Hals zu fallen. Er nickt kurz. „Komm um vier Uhr am Nachmittag wieder, dann zeige ich dir alles!“

„Danke, vielen herzlichen Dank!“, bringe ich gerade noch heraus. Alles geht so schnell, viel zu schnell. Wir verabschieden uns. Noch immer bin ich wie hypnotisiert. Ich habe das Gefühl, als würde ich den Boden unter den Füßen verlieren. Martinique, Karibik! Ich setzte mich langsam in Bewegung. Als ich soweit vom Boot entfernt bin, dass mich weder jemand sehen noch hören kann, breite ich meine Arme aus und schreie und hüpfe wie noch nie zuvor in meinem Leben. Ich laufe, die Arme weit ausgebreitet, jubelnd und jauchzend durch das gesamte Hafengelände. Ich laufe und laufe wie ein Betrunkener in Schlangenlinien, schreie meine ganze Freude heraus und höre erst auf zu laufen, als ich völlig außer Atem bin. Sollen sich die Leute im Hafen denken, was sie wollen. Das Gefühl des Glücks, der Freude, der Leichtigkeit und des Losgelöstseins ist überwältigend. Es ist, als würde sich alle Freude der Welt in mir vereinen. Wieder haben sich das Warten, das Fragen und alle Entbehrungen gelohnt. Ich habe ‚mein' Schiff, ‚meine' Crew für die Überfahrt gefunden. Es hat funktioniert, mein Pakt mit Gott, Gott selbst hat es möglich gemacht.

Noch völlig außer Atem komme ich wieder bei meiner Unterkunft auf dem Traditionssegler an und erzähle allen sofort von meiner glücklichen Fügung. Alle freuen sich mit mir, manche wollen wissen, wie ich es geschafft habe, denn der eine oder andere trägt selbst den Wunsch nach einer Überfahrt in sich.

„Alles ist möglich, das ist die Wahrheit", sage ich und lächle dabei. Ich denke zurück an die vielen Segler, durch deren Aussagen ich mir oftmals meine Motivation, nie aber das Vertrauen in diese grundlegende Wahrheit rauben ließ. „Ja, alles ist möglich und das Wichtigste ist: Das Vertrauen in das Leben, in die Führung, in Gott nicht aufzugeben. Es gibt immer einen Weg!", spreche ich voller Nachdruck meine Überzeugung aus. Ein Nicken geht durch die Runde und ich fühle mich verstanden.

Abermals packe ich zusammen, schultere meine Rucksäcke und wandere leichten Schrittes die Hafenmauer entlang in Richtung neues Zuhause. Um Punkt vier Uhr stehe ich vor der *Preciosa*, ‚meinem' neuen Segelschiff. Leo, der Kapitän, begrüßt mich äußerst freundlich. Er zeigt mir meine Koje, und ich habe es sehr eilig, mein Hab und Gut zu verstauen: Wenn mein Gepäck einmal untergebracht ist, kann ich nicht mehr so leicht ausgeladen werden, so denke ich mir das zumindest.

Leo zeigt mir anschließend noch die anderen Bereiche des Schiffs. Es ist unbeschreiblich schön und luxuriös. Nach einem überdachten Deckbereich, auf dem leicht acht bis zehn Personen Platz finden, geht es zwei Stufen hinunter unter Deck, dort befindet sich rechter Hand die Küche und links davon die Essecke. Alles ist mit Holz verkleidet, sehr edel verziert und die Sitzbänke sind in Leder gehalten. Nach dem Passieren der Radar- und Kontrolleinheit geht es abermals einige Stufen hinunter in das „Wohnzimmer". Zuerst eine Bar mit Zapfhahn auf der einen Seite, dann wird der Raum sehr weit und eine riesige Ledersitzgarnitur lädt zum Verweilen ein. Ein Fernseher und ein etwas kitschiger, aber das Flair des Luxus noch unterstreichender, künstlicher Kamin, der auf Knopfdruck betätigt werden kann, rundet die ganze Sache ab. Meine Kabine, mit eigenem Bad mit Dusche und Toilette, befindet sich anschließend an das Wohnzimmer direkt im Bug. Eine Etage tiefer liegen noch weitere Schlaf- und Sanitärräume für die anderen Personen an Bord. Leo lässt mich einen Blick in die Kapitänsunterkunft werfen, deren Anblick mich schlicht und einfach umwirft. Alles in allem bin ich total überfordert von soviel Schönheit und Luxus.

Nach diesem eindrucksvollen Rundgang stellt mir Leo die drei anderen Besatzungsmitglieder vor: Seine Frau Patricia und ihr Bruder Luis Carlos, beide aus Brasilien, sowie Enrique, Leos Freund aus Spanien.

Ich schüttle die Hände, bekomme jedoch nicht wirklich viel mit. In Gedanken spaziere ich nochmals durch die Etagen der Luxusyacht, einem 28 Meter langen Paradies. Wer auch immer die anderen Besatzungsmitglieder sind, auf diesem Schiff kann und wird es mir nur gut gehen, das ist mir sonnenklar.

Leo packt mich am nächsten Tag in sein Leihauto. „Ich weiß ja nicht, was du so isst, also nehme ich dich gleich mit und du suchst dir einfach aus, was du möchtest“, sagt er mit freundlichem Lächeln. Ein Traumschiff und dann darf ich auch noch für mich einkaufen?

Wir schlendern durch die Märkte von Santa Cruz und ich habe Scheu, meine Wünsche kundzutun. Leo ist jedoch ein so herzlicher und offener Mensch, dass ich schon bald auf das eine oder andere Nahrungsmittel zeige. Einige Stunden verbringen wir so gemeinsam, und sehr schnell fühle ich mich umsorgt und mit ihm verbunden. Den Kofferraum randvoll mit Lebensmitteln kehren wir am Abend zum Schiff zurück.

Am 17.1.2003 ist es soweit und wir laufen aus dem Hafen aus. In der Nachmittagssonne erstrahlen nochmals die kanarischen Inseln in ihrer ganzen Pracht. Wir segeln an Gomera vorbei, die Sonne nähert sich dem Horizont. Ich versuche, den Anblick des Festlands in allen Details bildhaft abzuspeichern, denn für mindestens zweieinhalb Wochen werden wir „nur“ Wasser, Wellen, Tiere des Ozeans, Wolken, Sonne, Sterne und Mond zu Gesicht bekommen. Ich genieße jede einzelne Sekunde.

Wenig später versinkt die Sonne im Meer, und wie schon beim Auslaufen mit der *Libre* weist uns auch diesmal der Vollmond den Weg. Tränen der Freude ziehen ihre Bahn über mein Gesicht. Wie wunderbar wurde ich doch hierher geführt. Alles hatte seinen Sinn, sogar die Trennung von Erich durch die „Knoblauchmisere“.

Die Atlantiküberquerung

Schon die erste Nacht verläuft ganz anders, als ich es von den zwei vorangegangenen Schiffen gewohnt bin. Auf der *Preciosa* tut eines der modernsten Radarsysteme seinen Dienst und somit gibt es keinen Schichtwechsel, ja respektive überhaupt keine Nachtschicht. Nur Enrique, der Techniker unter uns, schläft in der Nähe der Instrumente, um bei einem Warnton sofort reagieren zu können. Dennoch kann ich in der ersten Nacht fast kein Auge zu tun, ich muss mich erst an die neue Umgebung, das Schiff, die Geräusche an Bord gewöhnen. Außerdem macht es mich etwas nervös, dass wir uns hauptsächlich auf die Technik verlassen, aber im Gegensatz zur *Siboney* vertraue ich hier auf den Kapitän. Leo hat seinen Erzählungen zufolge schon dreimal den Atlantik überquert, einmal sogar in einem Schlauchboot.

Erst um acht Uhr morgens finden wir uns alle wieder an Deck ein. Die Sonne ist gerade erst aufgegangen, ihre Strahlen sind noch schwach, dennoch spüre ich, wie ihre Wärme meinen Körper durchflutet. Das Meer ist noch immer sehr ruhig, kleine Wolken sind nur am Horizont auszumachen, die Luft ist klar und der Motor des Schiffes unterstützt den schwachen Wind. Nach einer Begrüßung und einem fröhlichen, lockeren Austausch untereinander gibt es frisch gepressten Orangensaft zum Vorfrühstück. Um zehn Uhr bereitet sich jeder individuell das Frühstück zu. Ich staune sehr, was alles an Lebens- und Genussmitteln an Bord vorhanden ist. Würden wir ein Buffet aus all den Köstlichkeiten zaubern, könnten wir leicht mit einem Fünfsternerestaurant mithalten. Zögernd nehme ich mir von hier und da ein Stück. Dieser Überfluss steht in einem so krassen Gegensatz zu meinem bisherigen Reisestil und

Leben, dass ich nicht weiß, wie ich damit umgehen soll. Unsicher stelle ich mein Frühstück zusammen.

Als wir mit dem Essen fertig sind, beginnt meine erste Arbeitsschicht. Der Abwasch muss erledigt und die Küche gereinigt werden. Froh, endlich eine Leistung erbringen zu können, werde ich von Leo in den Ablauf des Geschirrspülens eingewiesen. „Also: Zuerst packst du alles in die Kübel hier, dann gehst du damit raus an Deck. Mit dem zweiten Kübel schöpfst du Meerwasser, dann wäscht du nur mit Spülmittel, spülst mit Meerwasser und dann erst mit Frischwasser. Alles klar?“ Ich nicke und mache mich an die Arbeit. Alles geht langsam, sehr langsam und ich muss sehr vorsichtig und überlegt an mein Werk gehen. Das Schiff, das Meer, der Wind geben mir den Rhythmus vor. Abtrocknen, wieder zurück in die Küche, wegräumen, fertig. Eine halbe Stunde ist vorüber und es war gerade mal das Frühstücksgeschirr. Wie werde ich meinen Freunden daheim beibringen können, wie kompliziert und aufwändig die einfachsten Arbeiten an Bord eines Schiffes sind? Egal, wahrscheinlich ist es für sie ohnehin nicht so spannend.

Ich setzte mich zu den andern und lerne etwas Spanisch. Ehe ich mich versehe, ist die Zeit zum Mittagessenkochen schon da. Leo drückt mir mit den Worten „Nun kannst du deine Kochkünste unter Beweis stellen“ ein Stück Fleisch in die Hand. Ich laufe hochrot an und lege das Fleisch so schnell wie möglich auf die Arbeitsfläche. Er sieht mich fragend an. Ein wenig angeekelt wasche ich meine Hände.

„Ich bin Vegetarier und habe noch nie in meinem Leben Fleisch zubereitet“, kommen die Worte langsam über meine Lippen. Sein Gesichtsausdruck wechselt zu unverständlichem Mitleid.

„Ein Leben ohne Fleisch?“, fragt er, zuckt nur kopfschüttelnd mit den Schultern und übernimmt selbst die Zubereitung. Meine Karriere als Koch an Bord ist also schon beendet, bevor sie überhaupt richtig begonnen hat.

Dafür bin ich nach dem Mahl wieder voll im Einsatz und putze und spüle, was das Zeug hält, während es sich die anderen Besatzungsmitglieder gemütlich machen. Allein Luis Carlos hilft mir ein wenig bei der Arbeit.

Von meiner Position im Inneren des Schiffes mustere ich die anderen sonnenanbetenden Personen an Deck. Meine Stellung an Bord kristallisiert sich mehr und mehr heraus: Ich bin der Bedienstete, eine Art Diener. Ich werde gut behandelt und kann am Luxus teilhaben, bin aber kein vollwertiges Mitglied der Segelgemeinschaft. In gewisser Weise verkaufe ich mich: Meine Dienste im Austausch gegen die Überfahrt. Ich, der Abenteurer als Diener? Naja … schließlich bekomme ich auch viel dafür zurück.

Nach getaner Arbeit lasse ich mich in einen Sessel fallen, und denke an die Fragen einiger Freunde zurück: „Tage, Wochen, immer gleich dahin? Was kann man schon tun auf einem Schiff? Immer Kurs West-Süd-West, immer nur das Boot und die Natur, wird dir da nicht langweilig werden?“ – „Nein, auf keinen Fall“, entgegnete ich damals. Und meine bisherigen Erlebnisse bestätigen es mir voll und ganz: So eine Überfahrt ist alles andere als langweilig.

Der rot-orange Ball nähert sich dem Horizont, die Spitze des Buges zeigt fast genau an die Stelle, an der die Sonne im Meer versinkt. Langsam drehe ich mich in die entgegengesetzte Richtung, der Mond steht schon am Himmel. Das Licht des Tages verlischt und der Mond, noch immer sehr voll und kräftig, macht die Nacht neuerlich zum Tag. Wie Quecksilber ziehen sich seine Strahlen durch die See und die Gischt der Wellen reflektiert seinen Schein. Ich lege mich ein Stück von den anderen entfernt neben die Reling. Regungslos nehme ich alles um mich herum wahr: Das Meer, die Wellen, den Mond, die kühle Brise, das leichte Schaukeln des Bootes. Kein Laut ist zu hören, außer dem Platschen der Wellen gegen das Schiff. Nach einer geraumen Zeit geselle ich mich zu den anderen und suche mir einen Platz neben Leo. In unseren Gesprächen fühle ich mich angenommen und verstanden und freue mich über jeden Austausch mit ihm. Aufgewachsen ist er in Bulgarien, dann hat ihn seine Abenteuerlust in die Welt hinausgetrieben, nie mehr ist er in sein Heimatland zurückgekehrt. Immer wieder hat er in anderen Ländern sein Leben neu begonnen, hat zweimal aus dem Nichts heraus alles neu aufgebaut, drei Ehen hinter sich und auch sonst unglaublich viel erlebt. Mittlerweile ist er 44 Jahre alt, spricht fünf Sprachen fließend und seine Heimat ist die ganze Welt. Wir könnten Monate zusammen verbringen, Leo würden die Geschichten nie ausgehen, und ich würde nicht müde werden, mit Begeisterung an seinen Lippen zu hängen. Seine Augen leuchten vor Lebenslust, sein ganzes Wesen scheint erfüllt zu sein von einer unbändigen Freude. Endlich begreife ich auch, warum er am Hafen, auf meine Anfrage hin, so schnell zusagen konnte: Er ist es, der mich in meiner Lage am Besten versteht, weil er meine Situation schon am eigenen Leibe erfahren hat. Bis spät in die Nacht lausche ich seinen Geschichten.

Ein Tag nach dem anderen vergeht, die Routine an Bord bleibt dieselbe: Aufstehen, Vorfrühstück, Frühstück, Abwaschen, Mittagessen, Abwaschen, Abendessen, Abwaschen, Schlafen gehen, Aufstehen …

Hin und wieder müssen wir beim Segeln kräftig zupacken, aber größtenteils ist die See ruhig und wir schaukeln Richtung Südamerika. In meiner Freizeit widme ich mich hauptsächlich dem Studium der spanischen Sprache. Schließlich will ich mich, spät aber doch, so gut wie möglich auf Südamerika vorbereiten. Enrique, der immer perfekt gegelte Schönling aus Valencia, könnte mir zwar Nachhilfeunterricht geben, aber dafür ist er sich viel zu gut. Auch ich will auf keinen Fall mehr Zeit mit ihm verbringen als unbedingt notwendig. Würde das Boot nicht soviel Freiraum für jeden von uns fünf zulassen, wären Enrique und ich wohl die ersten, die aneinandergeraten würden. Er ist wie ein Blatt im Wind, einmal so und dann wieder anders, einmal Freund und gleich darauf wieder Feind. Ich weiß nie, welchem Enrique ich gerade gegenüberstehe. Des Weiteren spielt er sich mir gegenüber wie der Vizekapitän auf, erteilt mir Aufgaben, als wäre ich ihm unterstellt, und versucht, Leo bei jeder Gelegenheit ganz für sich allein zu beschlagnahmen. Aus durchschnittlichen Verhältnissen stammend, im Fischereibetrieb der Familie groß geworden, nutzt er den angebotenen Luxus in vollen Zügen aus. Aber nicht nur das, er ist es auch, der ohne nachzudenken mit verschwenderischer Überheblichkeit noch genießbare Nahrungsmittel einfach in den Mistkübel oder ins Meer befördert. Nein, wir sind wirklich nicht aus demselben Holz geschnitzt. Trotzdem versuche ich, manchmal mit mehr oder weniger Erfolg, so gut wie möglich mit ihm auszukommen. Nach dem Ende einer jahrelangen Beziehung und anderen misslichen Lebenserfahrungen ist auch er auf der Suche nach dem Sinn des Lebens. Mein Spanischlehrer wird er aber sicher nicht.

Patricia, die erst seit kurzem mit Leo verheiratet ist, macht mir auf ihre Weise das Leben schwer. In der Mehrzahl der nicht sehr häufigen Gespräche schildert sie die Gewalt in Brasilien und warnt mich eindrücklich davor, in ihr Land zu reisen. Ihren Erzählungen nach zu urteilen, würde ich wohl nur kurze Zeit zu überleben haben, wenn ich es überhaupt bis Brasilien schaffe. Aber sie erwähnt auch die Gastfreundschaft der Brasilianer und dass ich mich ohne Probleme mit dem Verzehr von wild wachsenden Früchten am Leben erhalten könnte, falls ich natürlich nicht schon vorher auf irgendeine Weise den Tod gefunden haben sollte. Ich versuche so zuvorkommend wie möglich zu sein, hat sie doch als seekranke, immer auf Aussehen und Mode bedachte Ärztin im wahrsten Sinne des Wortes ein sehr übles Leben an Bord. Einmal bleich, dann noch bleicher, kämpft sie Tag für Tag mit ihrem Unwohlsein, verbringt den Großteil der Reise entweder in ihrer Kabine oder mit missgelauntem Gesichtsausdruck an Deck. Nur manchmal ist sie offen und freundlich und mir wird nicht klar, ob nur die Übelkeit ihre missliche Stimmung hervorruft oder ob es sich dabei um Grundzüge ihres Charakters handelt.

Ihr Bruder, Luis Carlos, könnte gegensätzlicher nicht sein. Ganz egal, ob er beschäftigt ist oder gerade entspannt, er hat immer ein strahlendes Lächeln im Gesicht, das überaus ansteckend ist. Überhaupt sieht er ganz so aus, wie ich mir einen Brasilianer vorstelle: klein gewachsen, dunkelhäutig, schwarze Wuschelhaar. Nur seine sehr hohe Stimmlage, allem Anschein nach wird die portugiesische Sprache in Brasilien zum Gesang, passt nicht in mein Bild und ist von Anfang an sehr gewöhnungsbedürftig. Ansonsten verstehen wir uns trotz der sprachlichen Hürde wunderbar. Wir sind das österreichisch-brasilianische Team: Ich bin der Putz- und Küchenchef und Luis Carlos steht mir oftmals unterstützend zur Seite. So singen und summen wir uns durch die Arbeit.

Das absolut schlimmste und aufreibendste Besatzungsmitglied ist sicherlich Fofita, ein kleines, schwarz-braunes Wollknäuel, der katzengroße Yorkshire Terrier, der Liebling und einzige Lichtblick im grauen Segelalltag von Patricia. Fast im Stundentakt ist irgendwo ein Lackerl oder ein Gackerl aufzuputzen. Ich staune nicht schlecht, als mir beim ersten Mal der Putzeimer in die Hand gedrückt wird. Innerlich zerreißt es mich fast, soll doch Patricia selbst für ihren Liebling sorgen! Keine Chance, ich bin an Bord, ich habe einen Teil von mir für die Überfahrt verkauft. So gefasst wie möglich mache ich sauber, nur Luis Carlos, mein Arbeitsteamkollege rafft sich ebenfalls öfter zu dieser undankbaren Tätigkeit auf. Neben ihren Verrichtungen, für die ich den Hund nicht zur Rechenschaft ziehen kann, denn

„Gassi gehen" ist nun mal nicht möglich auf hoher See, ist Fofita aber auch sonst eine quälende Nervensäge. Manchmal wünsche ich mir, sie würde einfach von Bord gespült werden, flutsch und weg. Sie fühlt sich aber „pudelwohl" und ist selbst bei hohem Seegang völlig sicher auf ihren Beinen. Immer wieder lachen wir lauthals los, wenn wir dem kleinen Wollball dabei zusehen, wie er perfekt die Schräglage des Bootes meistert. Im krassen Gegensatz zu Patricia ist sie auf dem Schiff anscheinend ganz in ihrem Element.

Wir sind zwar nur zu fünft, mit Fofita fünf und 1/10, bekommen aber fast täglich Besuch. Wale, Delphine, Meeresschildkröten, fliegende Fische und andere Bewohner des Ozeans verzaubern uns von Mal zu Mal aufs Neue. Ein kurzer Aufruf eines Crewmitgliedes genügt, jeder springt sofort auf, lässt alles liegen und stehen und schon gibt es geradezu einen Massensprint zum bestmöglichen Beobachtungspunkt. Dann stehen wir alle gebannt an der Reling und schauen, staunen, genießen und erfreuen uns an der Wunderwelt des Meeres. Vor allem die Delphine haben es uns angetan. In vielen Sprachen, auf Deutsch, Spanisch, Portugiesisch oder einfach Delphinisch sprechen wir zu den wunderbaren Kreaturen und kommentieren ihre ästhetischen Bewegungen. Wie kleine Kinder scheinen sie mit den Wellen zu spielen, hüpfen, springen, schwimmen im Duett, tanzen im Quartett, lassen sich einmal zurückfallen und machen sich anscheinend einen Riesenspaß daraus, wieder aufzuholen. Nie sieht eine Bewegung gehetzt aus, nie fahrig oder unkontrolliert, immer natürlich, schön und vor allem freudig. Durch diesen Anblick werde ich an meine Kindheit erinnert, wo die Freude, das Spielen und die pure Lebenslust noch der Hauptinhalt meines Daseins waren. Der Anblick der Delphine versinnbildlicht für mich unbändige Freude, Sorglosigkeit, Kraft, Leben im Jetzt, Anmut, Grazie, Vertrauen in die Schöpfung und das Leben selbst. Durch ihr Sein legen sie in meinem Inneren wieder etwas frei: Das Wissen um das wahre Leben hinter all den Auswüchsen der Menschheit, das Schwimmen im Fluss des Lebens und der Liebe. Auch in den Augen der anderen glaube ich eine ähnliche Berührtheit und Ergriffenheit sehen zu können. Immer wieder sind es wunderbare Minuten, oftmals nur kurze Augenblicke, in denen wir zusammen über die Reling gebeugt dastehen und den wundervollen Geschöpfen beim Spielen, beim Leben zuschauen dürfen. Selbst Patricia lächelt in diesen Momenten auffallend oft.

Doch nicht nur die Tiere des Meeres, sondern die gesamte Natur zeigt mir und lehrt mich das wahre Leben. Niemals könnte es mir hier auf See langweilig werden. Jede Sekunde ist anders, immer ist alles in Veränderung begriffen, in eine andere Schönheit getaucht. Die unendliche Weite des Ozeans, das matte, dann wieder schimmernde, sich immerfort ändernde Licht, die glitzernden, manchmal fast schwarz oder grau, manchmal blau und hell, sich in jeder Tages- und Nachtzeit verwandelnden Wellen ziehen mich stärker und stärker in ihren Bann. Ich schaue auf das Meer und beobachte dieses Wunderwerk der Schöpfung. Und wie das Meer so sind auch Wolken, Sonne, Wind und alles, was mich umgibt, immer neu, immer in Veränderung. Es ist ein stetes Widerspiel, alles beeinflusst sich gegenseitig und ich bin ein Teil davon.

In den Nächten liege ich oft in einer ruhigen Ecke an Deck und betrachte die Sterne und den Mond. Das Plätschern des Meeres, die Stimme der Wellen und das Flüstern des Windes begleiten meine Gedanken, die Flügel bekommen. Und ich fliege in den Nachthimmel, besuche die Sterne und den Mond, bin glücklich und verbunden mit allem, was ist. Ewigkeiten verbringe ich in dieser, meiner eigenen, wunderbaren Welt.

Eines Nachts stehe ich allein auf der Verlängerung der Bugspitze, einem schmalen Holzsteg, der über das Boot hinausragt. Die Wellen schlagen unter mir gegen das Schiff, ich fliege über die See, es gibt nur mich, das Meer, den Wind und die Nacht. Ganz ruhig und innerlich lauschend, die Arme waagrecht hinaus gestreckt, scheine ich mit meiner Umgebung zu verschmelzen. Plötzlich sehe ich in der stockdunklen Nacht, wie sich glitzernde Schlangenlinien auf das Schiff zu bewegen. Es werden mehr von diesen Linien, immer mehr. Der Ozean scheint innerlich aufzuleuchten, durchzogen zu sein von Lebensadern, die sich pulsierend durch den schwarzen Wasserkörper schlängeln, sich verlieren, nur um neuerlich an anderer Stelle wieder aufzutauchen. Es ist ein zauberhafter Reigen, den die Delphine veranstalten, indem sie das Plankton zum Leuchten bringen. Schweigend und demütig nehme ich die Naturschauspiele wahr. Zu groß ist die Schönheit, um sie in Worte zu fassen, zu gigantisch das Gesamtwerk, um es in Gedanken zu erhaschen. Es gibt keine Zeit, sie hört auf zu existieren und ich verliere mich in den schimmernden Linien, tauche in das Meer, in die Schöpfung selbst ein und spüre den Pulsschlag des Universums. Ein allumfassendes Gefühl des inneren Friedens, der Freude, der Liebe, der Ausgeglichenheit und der Verbundenheit mit der ganzen Schöpfung durchdringt mein Sein. Ich, ein kleines Erdenwesen, stehe überaus dankbar an der Spitze des Buges und verneige mich innerlich vor dem großen Schöpfergedanken, der hinter diesem Wunderwerk steht.

In diesen Nächten und Tagen darf ich einen Seinszustand erleben, der alles für mich Vorstellbare übersteigt. Ich fühle mich unsagbar froh und glücklich, ausgeglichen wie nie zuvor, von einer unbeschreiblichen Liebe durchdrungen, verbunden mit allem, mit mir, den Menschen, den Tieren, dem Himmel und der Erde, dem Schöpfer selbst. Alles ist eins geworden.

Tage, Nächte, Wochen vergehen, das Festland rückt unaufhaltsam näher. Noch drei, zwei Tage, noch ein Tag. Schon stehen wir an der Reling und halten Ausschau nach dem ersten Anzeichen von Land. Alle sind wir sehr aufgeregt und bis auf mich freut sich jeder schon sehr auf unsere Ankunft, ich aber könnte noch wochenlang weiter segeln. Diesen wunderbare Seinszustand, ich will ihn nicht verlieren! Außerdem ist hier an Bord alles so einfach, so leicht, es gibt kein Suchen, keinen Weg zu beschreiten, alles ist so schön und unkompliziert. „Ah!“, Patricia hüpft auf und ab, das erste Stücken Festland ist aus dem Meer aufgetaucht. 17 Tage waren wir auf hoher See unterwegs, keine weiteren menschlichen Lebenszeichen, nur unser Schiff, wir fünf und die Natur. Nun kommt die Insel sichtbar näher und näher und am 2.2.03 laufen wir im Hafen von Barbados ein.

Ich bewege mich wie in Zeitlupe, so als könnte ich damit die Zeit selbst anhalten. Noch immer weiß ich nicht, ob ich mich freuen oder aber traurig sein soll über das Ende der so gelungenen Überfahrt. Enrique und ich verlassen mit dem Motorboot das vor Anker liegende Schiff und rasen auf den Strand zu. Und da, augenblicklich schlägt meine Stimmung um: Ich habe den Atlantik überquert, ich habe es geschafft! Der Ozean liegt hinter mir! Alle Traurigkeit ist wie weggefegt, im Moment gibt es nur Begeisterung, Dankbarkeit und Freude. Immer näher kommt der weiße Sandstrand von Barbados, die Sonne steht hoch am tiefblauen Himmel und ihre Strahlen bringen das türkise, kristallklare Wasser zum funkeln. Ich sitze vorne im Motorboot, halte mich so gut wie möglich fest, wir fliegen über die Wellen. Ein kleines Stück noch.

Hastig klettere ich aus dem Boot und grabe meine Füße in den feinen Sand. Dann mache ich Freudensprünge, laufe wie ein Verrückter auf und ab, lache, begutachte meine Fußabdrücke im Sand, male eine Sonne sowie „Grüße nach

Österreich“ in die glatte, blendend weiße Fläche. Alsdann bleibe ich stehen und spüre den warmen Sand unter meinen Füßen. Ich bin da, wohlbehalten in der Karibik gelandet. Der Atlantik, das große Wasser liegt hinter mir.

Ein bisschen Karibik

Den ersten Nachmittag in der Karibik genießen wir noch am Strand von Barbados und segeln dann am Abend weiter Richtung Martinique. Eine letzte Segelnacht und schon glitzern im Morgengrauen vor uns die Lichter von Fort de France, dem Haupthafen von Martinique. Nach einem sehr anspruchsvollen Hafenmanöver, selbst Leo hat alle Hände voll zu tun, um die fast 30 Meter lange *Preciosa* vorfallsfrei an ihren Liegeplatz zu steuern, vertäuen wir „unser" Schiff. Wir haben unser Ziel erreicht und sind wohlbehalten auf Martinique angekommen. Einige letzte Handgriffe, dann steht einem Landspaziergang nichts mehr im Weg.

Ich eile sofort in das nächste Internetcafé. Seit meiner Abfahrt von zuhause stellt es für mich das einzige Kommunikationsmedium dar. Ich habe es mir zur Gewohnheit werden lassen, fast wöchentlich einen Reisebericht abzugeben. Auf der einen Seite fühle ich mich auf diese Weise immer noch ein wenig mit daheim verbunden, auf der anderen Seite kann ich das Erlebte dadurch besser verarbeiten. Außerdem freue ich mich stets über Nachrichten meiner lieben Verwandten und Freunde.

Diesmal bin ich aber auch aus einem anderen Grund besonders gespannt: Kurz vor der Abfahrt von Teneriffa habe ich schon vorsorgend auf der Internetseite „Trans-Ocean" um eine Mitsegelgelegenheit von Martinique nach Venezuela angesucht. Vielleicht habe ich ja schon eine Antwort erhalten? Und wirklich: Wolfgang, der in den nächsten Tagen nach Trinidad aufbrechen will und derzeit mit seiner *Ela* auf der Nachbarinsel St. Lucia auf besseres Wetter wartet, bietet mir einen Kojenplatz an. Aufgeregt springt mein Blick auf das Sendedatum. Schade … Ich kann unmöglich so schnell von hier weg! Die nächsten Tage werde ich noch auf der *Preciosa* mit Reinigungs- und Aufräumarbeiten verbringen, das habe ich Leo versprochen. Etwas enttäuscht beantworte ich das E-Mail von Wolfgang, beschreibe detailliert die Überfahrt für meine Lieben zu Hause und verlasse das Internetcafé.

Fröhlich schlendere ich durch das Hafengelände und genieße es, endlich wieder einmal allein zu sein. Hunderte kleinere Schiffe sowie protzige Motoryachten und wunderschöne Segelschiffe aus aller Herren Länder liegen an den Stegen und draußen vor Anker.

Leo kommt mir entgegen und drückt mir mit den Worten „Du wirst wohl mal daheim anrufen wollen, oder?“, eine kleine Karte in die Hand. „Eine Telefonwertkarte!“ Völlig überrascht, nicke ich ihm dankbar zu. Schon stehe ich in der Zelle und drücke nervös die Tasten. Innerhalb von zweieinhalb Monaten habe ich ganze zwei Mal mit meinen Eltern gesprochen. Es klingelt. Die Freude auf beiden Seiten ist riesengroß. Es fühlt sich gut an, ihre Stimmen zu hören, gleichzeitig so nah und doch so fern. Bestürzt muss ich jedoch erkennen, dass ich meinen steirischen Dialekt komplett verlernt, vergessen habe. Ich bemühe mich aufs Äußerste, aber es ist unmöglich, nur Hochdeutsch kommt über meine Lippen. Meine Eltern lachen, ich lache mit ihnen. In diesem Moment bin ich besonders stolz und dankbar für ihr Sein. Ich habe die ihnen bekannte und vertraute Welt verlassen. Meine Reise ist ganz anderes, für sie völlig fremd, abenteuerlich und nicht ungefährlich. Sie unterstützen mich so gut wie möglich, lassen mich immerfort ihre Liebe spüren und lassen mich meinen Weg gehen, auch wenn es oftmals schwer für sie war und ist. Dankbar verabschiede ich mich von ihnen und hänge den Hörer wieder auf die Gabel.

Die nächste Woche widmen Luis Carlos, Enrique und ich ganz den Arbeiten auf der *Preciosa*, während Leo versucht, Patricia mit tagelangen Einkäufen wieder in Stimmung zu bringen. Die Segel, das Deck, die Abdeckungen, die Leinen, die Fenster, der gesamte Innenraum, die Kojen, die Sanitärräume, jede auch noch so winzige Kleinigkeit muss gesäubert und das Schiff wieder auf Hochglanz gebracht werden.

Zuallererst ziehen wir die Segel von den Masten ab. Der Wind bläst die riesigen Gebilde immer wieder auf und es wird zu einem schwierigen Unterfangen. Leo kommandiert uns herum, ich versuche so gut wie möglich mitzuhelfen oder zumindest nicht im Weg zu stehen. „Achtung!", schreit Leo aus vollem Hals. Der Wind fährt kräftig in das Segel und schlägt es uns mit einem lauten Knall aus den Händen. Blitzschnell wickelt sich unter meinen Füßen ein Seil ab, ich versuche mein Bein wegzuziehen, aber zu spät. Das Seil schlängelt sich um meinen Unterschenkel, mit einem Ruck werde ich umgerissen, dann fällt das Segel in sich zusammen. Ich bin wie betäubt. Langsam stütze ich mich hoch. Fast wäre mein Bein ab gewesen. Zitternd setze ich mich auf und begutachte meinen Unterschenkel. Eine zentimeterbreite Wunde hat sich wie ein Band in mein Fleisch geschnitten. Leo stürzt auf mich zu, besieht sich die Wunde. „Glück im Unglück", er atmet sichtlich auf. Ich verarzte mich selbst, so gut es geht. Gerade gestern habe ich noch mit einem Segler gesprochen, der sich bei Arbeiten am Motor den ganzen Oberschenkel verbrüht hat, andere haben sich auf rauer See verletzt. Erst jetzt wird mir bewusst, wie viel Glück ich hatte und wie schnell es hier an Bord zu Unfällen kommen kann. Schwimmen im kristallklaren Wasser der Karibik kann ich mir mit meiner Verletzung für die nächsten Wochen auf jeden Fall abschminken.

Tag ein, Tag aus arbeiten wir am Schiff von früh bis spät. Nicht die Arbeiten selbst, sondern die unterschiedlichen Auffassungen von Arbeitstempo, Pausen, bestmögliche Durchführung der anstehenden Tätigkeiten und das Unvermögen – aufgrund der sprachlichen Barriere –, selbst einfache Arbeitsschritte zu kommunizieren, treiben uns bald an den Rand des Wahnsinns. Sobald Leo nicht mehr an Bord und somit nicht nur der Kapitän, sondern auch der einzige sprachliche Vermittler abwesend ist, herrscht nur noch Chaos und Anarchie. Oftmals beschimpfen wir uns, der Spanier, der Brasilianer und der Österreicher, in drei Sprachen und streiten, was das Zeug hält. Jeder von uns glaubt natürlich, die beste Lösung parat zu haben, und so endet so mancher Arbeitstag in einem wahren Fiasko. Erst am Abend sorgt Leo dann wieder für einen Ratschluss, am nächsten Tag beginnt aber alles wieder von Neuem.

Der Himmel ist jeden Tag strahlend blau und die Sonne brennt mit unbändiger Kraft vom Himmel, das zwischenmenschliche Klima am Schiff wird aber immer schlechter und schlechter. Neben den Streitigkeiten und Uneinigkeiten zwischen Enrique, Luis Carlos und mir trägt Patricias schlechte Laune sowie ihre unverständliche Rationierung meiner Trinkwassermenge auf höchstens 2 Liter pro Tag weiter zur Verschärfung der Situation bei. Außerdem bin ich es langsam aber sicher leid, immer den Diener oder besser gesagt Bediensteten zu spielen.

Nach einigen Tagen rettet Leo mich unbewusst aus der Arbeitsmisere: „Du bist doch sicher schwindelfrei als Kletterer, oder? Könntest du zum Abschluss noch die Masten putzen?“ Nichts lieber als das, endlich kann ich den ewigen Streitigkeiten entfliehen. In einem kleinen Sitz werde ich den Mast hinaufgezogen. Höher und höher geht es, und mit jedem Meter wird mir klarer: Klettern ist eine Sache, aber Segelmasten auf einem Schiff zu putzen eine ganz andere. Das Schiff schaukelt unter mir hin und her, einmal sehe ich das Deck unter mir, dann wieder nur grünes Wasser. Im Sitz fühle ich mich bei weitem nicht so sicher wie in meinem Klettergurt und das Schrubben und Putzen tun ihr übriges, um meinen Adrenalinspiegel konstant hochzuhalten. Für alle widrigen Umstände entschädigen mich aber die Aussicht und die Tatsache, dass ich den Tag ohne Streitigkeiten verbringen kann, voll und ganz. Schmunzelnd und ein klein wenig schadenfroh rufe ich nun Enrique, wenn er mich wieder ein Stück weiter hinunterlassen soll. Er, der sich am meisten vor dem Arbeiten drückt, ist jetzt mein Abseildiener und muss nach meiner Pfeife tanzen. Ich kann mich einer gewissen Genugtuung nicht verwehren. Am dritten Tag habe ich es schließlich geschafft: Die Masten leuchten in ihrem ursprünglichen Weiß und ich habe Muskelkater am ganzen Körper. Das Werk ist vollbracht, ich habe meine letzte Verpflichtung für die Überfahrt geleistet und die *Preciosa* erstrahlt in neuem Glanz.

Damit ist auch unsere gemeinsame Zeit zu Ende. Durch die Streitereien der letzten Tage emotional aufgeladen, gehen wir eher kühl und distanziert auseinander. Leo und Patricia fliegen nach Venezuela, Luis Carlos und Enrique bleiben an Bord der *Preciosa*. Ich muss das Schiff verlassen, darf den Großteil meines Gepäcks aber bis auf weiteres in ‚meiner' Koje verstauen.

Meine Wunde am Unterschenkel versorgend, sitze ich auf einem Hügel und schaue hinunter in das Mastenmeer im Hafen. Ich fühle mich frei und bin froh, endlich wieder mein eigener Herr zu sein. So schön und luxuriös dieses Leben auf der *Preciosa* auch war, ich möchte mein einfaches, sehr spartanisches Leben auf keinen Fall dagegen eintauschen. Reichtum, das haben mir die gemeinsamen Wochen ganz klar vor Augen geführt, macht nicht glücklich, das Gegenteil ist eher der Fall. Da vieles sofort wieder neu gekauft werden kann oder leicht Ersatz gefunden wird, entsteht keine persönliche Beziehung zu den Dingen, egal ob es sich um Nahrungsmittel handelt, die einfach im Mülleimer landen, oder um Gegenstände des Alltags. Nichts scheint wirklich einen Wert zu haben. Unsere Aufmerksamkeit, die aufgebrachte Zeit, die persönliche Zuwendung und mehr sind es, die Objekte und letztendlich auch Beziehungen wertvoll, unaustauschbar und einzigartig werden lassen. Wenn man sich um nichts zu kümmern braucht, hat man auch zu nichts eine persönliche Beziehung. Ich denke an Patricia, die jeden Tag mit neuen Kleidungsstücken auf das Schiff gekommen ist, dabei kurz Freude verspürte, nur um gleich am kommenden Tag wieder etwas Neues kaufen zu müssen. Das wirkliche Leben, die wahre Freude sind im Reichtum sehr leicht zu übersehen. Nein, ich beneide Leo und Patricia sowie all die anderen Besitzer der Luxusyachten im Hafen nicht. Ich bin sehr dankbar und erleichtert: Dankbar dafür, dass ich diese vielen neuen Erfahrungen machen durfte, in einer Welt, die ich noch nie zuvor betreten habe. Dankbar dafür, dass es Leute gibt, die Segelschiffe haben und ich somit über den Atlantik gekommen bin. Erleichtert, dass ich diese Welt jetzt wieder verlassen habe.

Nur mit leichtem Gepäck erkunde ich die kleine, aber sehr vielfältige Insel. Im Süden versprechen die weißen Sandstrände, die Palmen und das blau-grüne, kristallklare Wasser karibisches Postkartenflair. Auf der anderen Seite, im Norden, gibt es richtigen Urwald, im Osten eine Steilküste, in der Mitte den Vulkan Pelee und im Westen schwarze Sandstrände. Bald stellt sich heraus, dass nicht nur die Natur paradiesisch ist, sondern dass ich auch als Anhalter geradezu paradiesische Zustände vorfinde. So trampe ich mit großer Leichtigkeit von Süd nach Ost, von Nord nach West, erfreue mich an der wunderschönen Natur und dem Alleinsein. Langsam verheilt auch meine Wunde am Unterschenkel, aber in das kristallklare Wasser kann ich nur gedanklich eintauchen. Wie schade!

Nach etwas mehr als einer Woche kehre ich in den Hafen zurück. Auf der *Preciosa* begrüßt mich Luis Carlos sehr distanziert und richtet mir aus: „Leo und Patricia wollen nicht, dass du an Bord bist, solange sie in Venezuela sind, und auch dein Gepäck kannst du nicht mehr hier lassen.“ Das habe ich also von meinem Arbeitseifer und persönlichem Einsatz. Mürrisch packe ich zusammen. Wie einfach wäre es doch gewesen, von der *Preciosa* aus von Neuem meine Schiffssuche zu starten.

Im dichten Gestrüpp, 20 km vom Hafen entfernt, schlage ich, gut versteckt, mein Zelt auf. Unruhig lausche ich der Brandung. Weit ist es nach Südamerika nicht mehr, nur etwa eine Dreitagesreise. Aber Entfernungen im Stopperleben sind ja immer sehr relativ, wie ich schon erfahren musste. Morgen werde ich wieder in den Hafen gehen und meine Suche starten. Es dauert lange, bis ich endlich einschlafen kann.

Die darauffolgenden zwei Tage verbringe ich wieder mit suchen und fragen. Unzählige Schiffe liegen vor meiner Nase und es ist wie ein Hohn des Schicksals, dass sich gerade hier auf Martinique, einem Seglerparadies der Spitzenklasse, niemand bereit erklärt, mich ein Stück mitzunehmen. Zusätzlich erschwert die gesetzliche Lage, wie mir ein Segler erklärt, meine Situation: „Sowie du auf ein Schiff gehst, wirst du automatisch als Crewmitglied geführt. Solange du im Zielhafen weiterhin am Schiff und somit auf der Crewliste verbleibst, gibt es kein Problem mit der Einreisebehörde. Sobald du aber von Bord gehst und nicht mehr auf der Liste aufscheinst, musst du auf der Mehrzahl der Inseln ein Rückflugticket vorweisen oder in anderer Form beweisen können, dass du zu einem absehbaren Zeitpunkt die Insel verlassen wirst. Hast du diese Unterlagen nicht, wird dir der weitere Verbleib auf der Insel verweigert. Spätestens jetzt komme ich unter Zugzwang, denn ich bin für alle Leute auf meiner Crewliste verantwortlich und haftbar.“ Ich beginne zu verstehen, nicke und er führt weiter aus: „Einige Anhalter, die kein Geld besaßen oder dies vorgaben, haben ihre Position bewusst ausgenutzt und die einzig noch verbleibende Lösung vom Kapitän erpresst: ein Ticket für ihre Weiterreise. So ist die Lage der Dinge.“

„Das heißt also“, ich mache eine kurze Pause, um meine Gedanken zu ordnen, „dass auf diese Weise die Freundlichkeit und Offenheit mancher Segler bis aufs Äußerste ausgenutzt wurde?“

„Genau, Geschichten und Gerüchte taten ihr übriges und das Misstrauen gegenüber deiner Anhalterzunft ist maßlos gestiegen.“

Jetzt kann ich die Lage der Segler erst so richtig gut verstehen und sehe den ganzen Fall glasklar: Irgendwelche mir nicht bekannten, aber dennoch in diesem Moment überaus unsympathischen Anhalter erschweren mir und allen anderen durch ihre egoistischen Verhaltensweisen das Stopperleben ganz erheblich. Ganz zu schweigen, was die gesetzliche Lage anbetrifft, die ich aber genauso wenig ändern kann. Klarer informiert, dadurch aber noch etwas mehr geknickt, verabschiede ich mich und schlage den Weg zum Hafenausgang ein.

Missmutig und innerlich aufgewühlt setzte ich mich Minuten später ins übervolle, stickig heiße Internetcafé, um meiner Stimmung in einem E-Mail Ausdruck zu verleihen. Sehr überrascht springen mir einige Nachrichten von Wolfgang und seiner *Ela* ins Auge, die ich nacheinander hastig öffne. Wolfgang, der eigentlich schon vor zwei Wochen absegeln wollte, liegt noch immer in einer Bucht auf der Nachbarinsel St. Lucia. In den vergangenen Tagen hat er mir insgesamt sechs Nachrichten geschickt, die ich nun alle, so schnell wie möglich und freudig erregt, auf einmal lese. Zuerst, so schreibt er, gibt es keinen freien Platz mehr auf seinem Schiff, dann will er morgen schon absegeln, dann hat er doch Platz und im nächsten E-Mail wieder nicht. Meine Verwirrung ist perfekt, ich arbeite mich noch einmal durch das Geschriebene hindurch und komme mit leuchtenden Augen zum Schluss: Gerade jetzt ist wieder ein Platz frei. Allerdings müsste ich übermorgen in der Rodney Bay auf Santa Lucia gestellt sein.

Ich atme tief durch, in meinem Kopf arbeitet alles auf Hochtouren. Um übermorgen auf der *Ela* auf St. Lucia an Bord gehen zu können, müsste ich schon morgen von Martinique ablegen. Ich stoße meinen Sessel zurück. Ein paar Stunden Tageslicht bleiben noch.

Schiff um Schiff, fragen, warten, fragen ... Absage, Kopfschütteln, Absage ... Die Sonne neigt sich dem Horizont zu. Ich kann es schaffen, ich gebe noch nicht auf. Vor mir liegt ein deutsches Schiff, noch eine Chance. Ich bringe mein Anliegen vor und versuche gleichzeitig so sympathisch und vertrauenerweckend wie nur irgend möglich zu wirken.

„Wir haben noch nie jemanden mitgenommen!" Der graumelierte Deutsche schüttelt den Kopf und will schon wieder unter Deck gehen. Aber so leicht lasse ich mich heute nicht abwimmeln, schon gar nicht in meiner Muttersprache. Ich kämpfe um die letzte verbleibende Möglichkeit und ziehe alle mir bekannten Register der Überredungskunst.

„Wir können dich nicht mitnehmen!" Abermals klingt die Absage in meinem Ohr nach. Die Aussichtslosigkeit meiner Situation gibt mir noch einmal Kraft und schlussendlich lässt er sich umstimmen. „Also morgen um neun Uhr. Schau, dass du pünktlich bist, warten werden wir nicht auf dich", ermahnt er mich mit Nachdruck. „Da braucht ihr euch keine Sorgen zu machen, bis morgen dann!" Ich winke nochmal und grinse in mich hinein: Von wegen zu spät kommen.

Natürlich bin ich schon weit vor neun Uhr am Hafen und warte vor dem Schiff. Eine kurze Begrüßung, die nun für mich schon bekannten Vorbereitungen folgen und wirklich recht pünktlich legen wir ab. Ein letzter Blick zurück nach Martinique, fast drei Wochen habe ich dort verbracht.

Zehn Stunden und einige Seemeilen später gehe ich auf St. Lucia schon wieder an Land, bedanke mich herzlichst bei den Deutschen, stoppe zur Rodney Bay und erreiche mein Ziel noch vor Einbruch der Dunkelheit. Ein ziemlicher Marathon, aber ich habe es geschafft. Im Hafen angelangt, erwarten mich schon Manuel und Elena, die auch bei Wolfgang auf seiner *Ela* sind. Mit einigen anderen Seglern machen wir in der Hafenkneipe so richtig Stimmung. Ich feiere das Leben und was sonst noch alles zum Feiern ist, mir geht es einfach nur gut. Spät in der Nacht rudern wir zur vor Anker liegenden *Ela* hinaus. Wolfgang, der Kapitän, begrüßt mich freundlich und zeigt mir mein neues Zuhause. Eine halbe Stunde später schaukeln mich die Wellen ruhig in den Schlaf.

Am nächsten Morgen setzen wir die Segel und brechen Richtung Trinidad auf. Die elf Meter lange *Ela* erinnert mich an das Schiff der Schweden, die *Libre* – klein, es ist gerade ausreichend Platz für uns vier vorhanden, einfach, aber sehr gemütlich. Erst jetzt bemerke ich, wie sehr mir gerade diese Gemütlichkeit in der Anonymität des Luxus abgegangen ist.

Und nicht nur das: Mit Manuel und Elena, einem deutschen Paar Anfang 20, treffe ich zum ersten Mal Gleichgesinnte, denn auch sie sind per Anhalter über den Atlantik gesegelt. Monatelang habe ich meine Probleme, Ängste, Sorgen, ja all meine Erlebnisse mit niemandem wirklich teilen können. Jetzt endlich kann ich mir alles von der Seele reden, meine Erleichterung ist übergroß. Manuel und Elena verstehen mich voll und ganz, einerseits, weil wir in derselben Welt leben und reisen, andererseits, weil wir dieselbe Sprache sprechen.

Gespannt lausche ich, als sie von ihrer Atlantiküberquerung erzählen: „Wir mussten auf der Überfahrt in einem übervollen, undichten Schiff auf nassen Matratzen schlafen. Unser Kapitän war ein mürrischer, geiziger Choleriker, der uns nicht einmal das Notwendigste an Nahrung zur Verfügung gestellt hat. Die Stimmung an Bord war unbeschreiblich schlecht. Drei Wochen lang hat die ganze Überfahrt gedauert. Es war ein Horrortrip.“ Elena verzieht das Gesicht und Manuel spricht aufgeregt weiter: „In der Karibik angekommen, mussten wir noch eine Woche lang für ihn arbeiten, obwohl wir uns die ganze Zeit über selbst verpflegt haben. Wir waren so froh, als wir endlich das Schiff verlassen konnten.“

Ich traue meinen Ohren nicht. „Unglaublich“, mehr bringe ich in diesem Moment nicht heraus. Im Vergleich zu ihren Erlebnissen wird meine Zeit auf der *Preciosa* zu einem lottogewinnähnlichen Glücksfall. Da wirken meine Erzählungen für sie wie aus tausend und einer Nacht. Ich hatte wohl noch viel größeres Glück, als ich bis jetzt angenommen hatte. Viel gibt es noch auszutauschen, und wir reden und reden ohne Unterlass. Die Zeit vergeht wie im Flug.

Auch mit Wolfgang, unserem Kapitän aus Deutschland, komme ich von Anfang an gut zurecht. Er ist ein etwas beleibter, einem guten Tropfen nicht abgeneigter, frühpensionierter ‚Weltumsegler in spe‘ und trägt mit seiner angenehmen Art zur entspannten Atmosphäre auf der *Ela* bei. Wenn aber ein wenig Wind aufkommt oder auf andere Weise seine seglerischen Fähigkeiten gefragt sind, schlägt seine Ruhe blitzschnell in Hektik um. Alles in allem ist er aber ein sehr lieber und umgänglicher Zeitgenosse, der bald auch zu einem guten Freund wird.

Zwei Tage und zwei Nächte dauert unsere Passage von St. Lucia nach Trinidad und ich darf noch einmal das Segeln und die Natur genießen. Dann am dritten Tag, dem 26.2.03, taucht Trinidad vor unserem Bug am Horizont auf. Wir segeln durch eine schmale Felspassage. Das Festland von Venezuela ist schon zum Greifen nahe! Südamerika … noch muss ich warten, will ich warten. Trinidad hat nämlich ein Willkommensgeschenk für uns vier Europäer vorbereitet. ‚Zufälligerweise‘ kommen wir genau richtig zum größten Spektakel des Jahres, dem Karneval. Seit vielen Jahren wollte ich schon den Karneval hautnah miterleben. Ohne dass ich es geplant hätte oder überhaupt planen hätte können, geht dieser lang ersehnte Wunsch nun in Erfüllung. Schon kurz nachdem wir in Port of Spain vor Anker gegangen sind, stürzen wir uns in die tobenden Massen der Fastnacht-Feiernden. Vier Tage lang sind wir im Karnevalfieber gefangen. Worte reichen nicht aus, um dieses Spektakel zu beschreiben.

Kurz nach dem Karneval besichtigen Wolfgang und ich ein Kloster. St. Benedict Church thront mächtig und wunderschön an den Ausläufern der nördlichen Hügelkette, mit Blick über die weite Ebene. Auf unbestimmte Art und Weise fühle ich mich davon an- und hingezogen. Nach so vielen Wochen auf verschiedenen Schiffen, auf engstem Raum mit anderen Menschen, nach vielen Stunden, Tagen des Wartens, nach all den großen psychischen und physischen Anforderungen meiner Reise schreit alles in mir nach Rückzug und Stille. Darüber hinaus bin ich in Gesellschaft anderer Menschen zwar froh über den stattfindenden Austausch, allerdings ist es für mich meist auch sehr anstrengend. Allzu oft rutsche ich in eine Rolle, will ein gutes Bild abgeben oder verspüre den Drang zu reden, nur um die Gesprächspausen zu überbrücken, kurz und gut: Ich tue nicht das, was aus meinem Inneren kommt! Das kostet Kraft und Energie, nicht viel auf einmal, aber jeden Tag etwas mehr und mehr.

Das Kloster verkörpert für mich einen Ort der Ruhe, der Entspannung und der Stille, genau das, was ich jetzt benötige. Nach einem kurzen Gespräch mit dem Abt steht einem einwöchigen Klosteraufenthalt nichts mehr im Wege.

Aber nicht nur ich gehe damit von Bord der *Ela*, sondern unsere Segelgemeinschaft löst sich gänzlich auf. Manuel und Elena reisen nach Venezuela weiter und Wolfgang fliegt nach Deutschland zurück. Offiziell bleibe ich aber noch auf der Crewliste, das erspart mir die Probleme mit der Einreisebehörde, die mir der Segler auf Martinique so ausführlich geschildert hat.

Gespannt klopfe ich an die große Klostertür. Langsam öffnet sich das eiserne Tor und ich werde sehr freundlich begrüßt. Father John zeigt mir in aller Ruhe die Räumlichkeiten, erklärt mir die Klosterregeln und bringt mich in mein Zimmer.

Wenig später finde ich mich in der kleinen, sehr schlichten, leicht düsteren Hauskapelle ein. Allein sitze ich in diesem Raum, beginne mein Zwiegespräch mit Gott, werde immer ruhiger und innerlich still. Auf einmal fällt wie aus heiterem Himmel eine zentnerschwere Last von mir ab. Ich weiß nicht, wie mir geschieht. Wie ein Damm bricht alles in meinem Inneren auf und plötzlich bemerke ich, wie viel sich schon in mir aufgestaut hat. Ein Druckgefühl auf meiner Brust, das ich bis vor wenigen Momenten noch gar nicht wahrgenommen habe, löst sich. Mein ganzer Körper beginnt zu beben und Tränen schießen mir in die Augen. Ich lasse los, lasse mich fallen in die Hände Gottes, in die Liebe, in die Geborgenheit des Universums. Ich erkenne, dass die gesamte Schöpfung ein Ganzes ist und dass die Liebe in mir ist. Eine Freude und Glückseligkeit ergreift von mir Besitz wie selten zuvor. Ich fühle mich ganz aufgenommen, leicht und getragen von dieser unvorstellbaren Liebe. Die Zeit scheint still zu stehen.

Inspiriert von dieser Erfahrung, schreibe ich am 14.03.03 in mein Tagebuch:

Ich darf aufhören, die Menschen zu beurteilen, ich darf beginnen, sie urteilsfrei und frei von Berechnung zu lieben. Oft ertappe ich mich dabei, wie ich denke: „Ja sie sind ja recht nett, aber ...“ Dieses „aber“ darf aufhören, dieses

„aber" darf weichen, denn in jedem Augenblick stehe ich vor Gott und ich bin nicht größer oder weiter oder sonst etwas als die anderen. Jeder Mensch trägt das gleiche göttliche Licht in sich, und darum darf ich jeden Menschen voll und ganz lieben. Auch mich darf ich immer mehr und mehr lieben ... meinen Körper lieben, alles so lieben, wie ich jetzt bin. Denn so bin ich richtig, so soll es zu diesem Zeitpunkt sein. Ich werde geliebt vom ganzen Universum. Ich bin ich.

Ich weiß nicht wie lange ich in der Kapelle sitze. Eine unbestimmte Zeitspanne später stehe ich auf und gehe langsam auf mein Zimmer. So kraftvoll und intensiv habe ich Gott schon lange nicht mehr erfahren.

Insgesamt sieben Tage bleibe ich hinter den Klostermauern und nehme teil an diesem so anderen Leben: Gebet, Frühstück, Studium, Gebet, Mittagessen, Bibelstudium, Gebet, Abendessen, nochmals Gebet. Die Ruhe, das gute Essen, viel, viel Schlaf, die Stunden des Gebets, der Austausch mit den Mönchen, alles trägt sehr zu meiner physischen und psychischen Rehabilitation bei. Ich fühle mich in der Gemeinschaft sehr willkommen, dennoch vermisse ich die Freude, das innere Strahlen, das ich mir von Dienern Gottes erwartet hätte. Nur ein schrulliger, steinalt wirkender Mönch hebt sich von den anderen ab. Seine gesamte Erscheinung ist von einer besonderen Anmut und in den kurzen Wortwechseln mit ihm kommen immer die Freude und die Liebe als Grundessenzen allen Lebens zur Sprache. Nach Ablauf meiner Zeit weiß ich: Das Klosterleben wäre auf Dauer nichts für mich. Ich muss wieder in die Welt hinaus, will mit den Menschen sein, ganz nah, egal, ob reich oder arm, direkt mit ihnen leben und erleben. Die Mönche haben ihren Weg, ich habe meinen.

Dankbar verabschiede ich mich, schließe die Pforten hinter mir, schlendere den steilen Weg vom Kloster hinunter in die Ebene und freue mich über den innerlichen Reichtum, der mir hier geschenkt wurde.

Trinidad ist nicht nur eine abwechslungsreiche Insel mit wunderschönen Stränden, großartigen Vogelparadiesen, imposanten Bauwerken und dem sehr interessanten Asphaltsee, auch ihre Bewohner tragen sehr zum speziellen Flair dieser Insel bei. Diese Freude, die ich in fast jedem Gesicht lesen kann, und diese Hilfsbereitschaft, die mir so oft entgegengebracht wird, überraschen mich immer wieder aufs Neue. Trotz vielen, sehr differenten, religiösen Gruppierungen und einem stark nach außen gelebten, in der Öffentlichkeit stets präsenten Glauben gibt es für mich keine ersichtlichen Uneinigkeiten oder Streitigkeiten, wie sie oftmals in anderen Teilen der Welt zu beobachten sind.

Auf meine darauf abzielende Frage antwortet mir ein Mann: „Weißt du, das ist alles einfach. Wir haben hier auf Trinidad alle großen Weltreligionen und viele Untergruppierungen, aber es gibt absolut keine Probleme, jeder lebt seinen Glauben ganz frei. Jeder einzelne akzeptiert die anderen Glaubensrichtungen voll und ganz. Und weißt du, was dabei so besonders schön ist?“, er zwinkert schelmisch mit einem Auge und beantwortet seine Frage ohne abzuwarten: „Das Schönste ist, dass wir alle religiösen Feste gemeinsam feiern, egal welcher Glaubensrichtung wir angehören. Auf diese Weise haben wir das ganze Jahr über viele Gründe zum Feiern und zur Freude.“

Er lächelt, klopft mir auf die Schulter, wünscht mir alles erdenklich Gute und geht seines Weges. Ich bleibe stehen und lasse die Worte in mir nachklingen. So leicht wäre also die Lösung für die Kriege der Welt? Es ist schön hier auf Trinidad.

Irgendwo in meinem Hinterkopf meldet sich wieder eine Stimme. Ich muss weiter, nach Venezuela sind es noch drei Stunden. Was sind schon drei Stunden? Eigentlich gar nicht der Rede wert und doch weit, sehr weit. In Venezuela sind gerade Demonstrationen und Aufstände gegen die Regierung von Chavez in vollem Gange. Die Segelschiffe, so erfahre ich aus manchen Gesprächen, werden teilweise überfallen, ausgeraubt und laut Berichten sind sogar schon zwei Segler ermordet worden. Schlechte Zeiten und Aussichten für mich.

Zwei Tage bin ich schon auf der Suche. Bis jetzt habe ich nicht einmal ein einziges Schiff gefunden, dessen Mannschaft die Überfahrt nach Venezuela überhaupt in Erwägung ziehen würde. Ein Deutscher erzählt mir, dass er aus Venezuela ausreisen musste, weil es nicht einmal mehr Möglichkeiten zum Geldwechsel oder zur -behebung gab. Mit seinen letzten paar Dollars ist er gerade noch nach Trinidad gekommen. Aber ich möchte nach Venezuela, jetzt! Es ist mein Ziel, es ist Südamerika, egal wie misslich die Umstände im Land sind. Ich will nicht mehr warten. Morgen würde eine Fähre auf das Festland übersetzen. Könnte ich da mitfahren und es mit meinem Gewissen vereinbaren? Was werden meine Freunde sagen, wenn ich jetzt die Fähre nehme? Was werde ich darüber denken, wenn ich eines Tages zurückblicke? Habe ich dann versagt? Ich habe es per Anhalter bis hierher geschafft, reicht das nicht? Wer weiß, wie lange die Probleme in Venezuela noch dauern? Aus! Ich werde es tun, auch wenn ich es daheim bereue.

Ich treffe eine der schwersten Entscheidungen seit meiner Abreise und lege am 19.03.03 die letzten nautischen Meilen Richtung Venezuela per Fähre zurück. Der erste Schritt auf südamerikanisches Festland wird für mich zu einem historischen Erlebnis.

In meinem E-Mail vom 20.3.03 heißt es:

Es ist vielleicht nur ein kleiner Schritt für die Menschheit, aber ein unglaublich großer und befreiender, wichtiger für mich!

Ich bin da! Ich glaube, dass sich niemand vorstellen kann, wie ich mich gestern um ein Uhr am Nachmittag gefühlt habe, als ich zum ersten Mal meinen Fuß auf südamerikanischen Boden setzte. Nach vier Monaten und einem Tag habe ich mein Reiseziel erreicht und fühle mich einfach nur super.

Ich bin angekommen in der neuen Welt. Ich bin hier, angelangt in Südamerika.

Vollbepackt für meine Reise, kurz vor der Abfahrt zu Geri

Meine Küche vor dem Zelt

Die „Libre“ im Hafen von Cascais

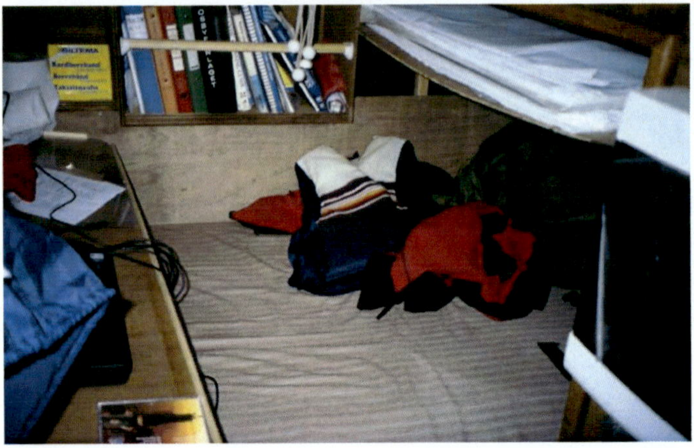

Mein Schlafplatz auf der „Libre“

Per, Paul, Victoria und ich auf der „Libre“

Mein Schiff für die Überfahrt, die „Preciosa

Das luxuriöse Wohnzimmer der „Preciosa“

Seebäroutlook bei der Atlantiküberfahrt

Ausblick beim Mastenputzen der „Preciosa“ auf Martinique

Ich, Wolfgang, Elena und Manuel auf der „Ela"

Machu, ich, Linda und Govinda im Haus von Machu

Schlafstätte am Busbahnhof

Wüsten-Süßwasserseen-Landschaft von Lencois

Geburtstagsfeier mit Freunden in Rio de Janeiro
(Eduardo in der Mitte)

Wieder einmal warten (im Endeffekt dann fast 2 Tage lang)

Raul, ich (von Raul als Gaucho eingekleidet) und Alercio

Der Wohnwagen, in dem alles anders ist (El Chalten)

Erfrischende Bäder in den Gletscherseen
des Los Glaciares-Nationalparks

Nunzio, Pepe und ich

Unverhoffter Gipfelsieg am Vulkan Lanin

Bei der Familie von Juan Manuel in Buenos Aires

2. Teil

In der neuen Welt

Mit der Ankunft in Venezuela habe ich mein großes Ziel endlich erreicht: Ich bin wohlbehalten in Südamerika angekommen. Stoppenderweise habe ich Europa und den Atlantik hinter mir gelassen. Ab jetzt beginnt ein neuer Reiseabschnitt. Meine innere Ausrichtung für die kommende Zeit, unterscheidet sich grundlegend von meiner bisherigen.

Zum einen habe ich das Stoppen nun endgültig satt. Vier Monate sind wirklich genug! Ich merke, wie ich allein beim Gedanken an einen Bus und einen Campingplatz – statt Übernachtungen auf einer Baustelle oder im Schlafsack im Nirgendwo – innerlich aufatme und sich eine wohlige Entspannung in meinem Körper ausbreitet. Zum anderen tritt ab sofort mein neuer Plan in Kraft, der zweite Eckpfeiler meiner Reise, der da lautet: Es darf keinen Plan geben.

Daheim in Österreich waren so viele Dinge vorhergeplant und fast meine gesamte Freizeit verplant, jetzt aber will ich das Gegenteil erfahren. Ich möchte versuchen, jeden Tag neu auf meine innere Stimme zu hören und die Weisungen und Zeichen jedes Tages zu erkennen.

Bis jetzt war mein Ziel klar, es galt Südamerika zu erreichen. Ab diesem Moment aber gibt es kein geographisches, sondern nur mehr ein inneres Ziel: Ich möchte für mich erfahren, wie es ist, ohne Plan zu leben, nichts vorwegzunehmen, den nächsten Moment, den nächsten Tag erst im

Jetzt entstehen zu lassen. Planlos, auf Gott vertrauend, das ist mein neuer Reisestil.

Drei Tage nach meiner Ankunft in Südamerika besuche ich zusammen mit einer blonden, blauäugigen und freudig wirkenden Schwedin namens Linda die „Cueva del Guácharo“ im nördlichen Bergland von Venezuela. Unser Touristenführer, ein kleiner, stämmiger, ca. 20 Jahre junger Bursche mit dem Spitznamen Govinda geleitet uns durch die Höhle. Als wir wieder ans Tageslicht kommen, lädt er uns unverhofft zu sich nach Hause ein. „Ihr könnt so lange bei meiner Familie bleiben, wie ihr wollt.“ Insgeheim bin ich mir ziemlich sicher, dass ich ohne Linda an meiner Seite dieses Angebot wohl nicht bekommen hätte. Wir sagen freudig zu. Schon nach so kurzer Zeit bekomme ich die Möglichkeit, direkt mit einer einheimischen Familie zusammenzuleben. Wunderbar!

Nach einer aufregenden Fahrt im Geländewagensammeltaxi, steigen wir an einer Kreuzung im Nirgendwo aus. Die Hügel sind karg bewachsen und erscheinen bräunlich im Abendlicht. Ein paar Hütten, einige ziemlich verfallen, säumen die Schotterstraße, die wir hinaufwandern. Nur wenige Menschen begegnen uns, einige davon nicken uns freundlich zu. Das Haus von Govindas Familie ist hinter einem dschungelartigen Garten kaum auszunehmen. Nach einer sehr gebückten Annäherung durch diesen Garten wird ein kleines Steinhäuschen sichtbar. Eine kleine, zarte Frau Mitte 40, mit sonnengegerbtem Gesicht und langem, wallend schwarzem Haar erscheint in der Tür. So als wären wir alte Freunde, die wieder einmal vorbeikommen, werden wir von Machu, der Mutter von Govinda, begrüßt. Sie umarmt uns nacheinander, bittet uns herein und ich fühle mich vom ersten Moment an willkommen und herzlich aufgenommen.

Govinda lebt mit seiner Mutter und seinen zwei kleinen Geschwistern in dieser schlichten Behausung auf ca. 1.000

Meter Seehöhe im Bergland Venezuelas. Ich fühle mich in eine andere Zeit versetzt.

Tag für Tag verbringe ich damit, mit Govinda oder Machu zu reden oder im Haus mitzuhelfen. Reden ist allerdings eine unverschämte Übertreibung, denn meine Spanisch-Kenntnisse sind nach wie vor äußerst dürftig. Aus dem Wörterbuch zaubere ich meine Vokabeln hervor und hoffe, dass ich irgendwie verstanden werde. Es ist mühsam, aber überraschenderweise ergibt sich das gegenseitige Verständnis fast wie von selbst. Machu gibt eine wunderbare Sprachlehrerin ab, mit viel Geduld und Umsicht hat sie immer die richtigen Lernhilfen für mich parat. Auch ihre gute Intuition, sie weiß meistens genau, was ich sagen möchte, erleichtert die gemeinsamen Gespräche sehr. Lächelnd geht sie durch den Tag, verrichtet ihre Tätigkeiten mit großer Ruhe und Gelassenheit und bringt mir neben Spanisch auch noch das Knüpfen von Halsbändern aus Makrame bei.

Weder Traurigkeit noch Neid sind in ihren Augen zu erkennen, wenn wir über Österreich oder andere reichere Ländern sprechen. Für sie ist das Leben einfach: „Jeder Mensch ist mit fünf Sinnen ausgestattet und hat die Möglichkeit, sich sein Leben selbst zu richten. Das ist es, nicht mehr, aber auch nicht weniger. Ich bin glücklich, was brauche ich mehr? Ich habe ein Dach über dem Kopf, meine Kinder, wir haben zu essen, nicht viel, aber wir verhungern nicht. Wir sind alles in allem gesund. Ein schönes Leben. Ich bin zufrieden!"

Während ich Kakaobohnen mahle, die sie dann an die Nachbarn verkauft und deren Erlös ein klein wenig zu den sonstigen Einnahmen beiträgt, lasse ich die Worte in mir nachklingen. Was brauche ich mehr? Ich bin zufrieden! Ich lächle und lasse meinen Blick über Machu, Haus und Garten schweifen. Es gibt nur selten elektrischen Strom, ein Plumsklo im Freien, das kleine Haus ist heruntergekommen, windschief und nur die notwendigsten Gegenstände des alltäglichen Lebens sind vorhanden. Mit offenem Armen und vor allem einem offenen Herzen sind wir hier aufgenommen worden, so als gehörten wir zur Familie. Die große Herzlichkeit lässt das kleine Steinhaus zur prunkvollsten und gleichzeitig gemütlichsten Unterkunft seit langem werden.

Auch Govinda ist mit seinem Leben zufrieden, dennoch träumt er von Europa und anderen fremden Ländern. Noch weiß er nicht, wie er es anstellen soll, aber einmal möchte er reisen. Dafür lernt er schon fleißig Englisch und überlegt, wie er es in Zukunft wohl schaffen könnte, einmal diese andere Welt zu sehen. Alles dort, auf der anderen Seite des Atlantiks, ist in seinen Augen besser, schöner und leichter. Außer der Winter in Österreich, der wäre so kalt und es gäbe so viel Schnee.

„Aber bei uns gibt es isolierte Häuser, die Menschen haben warme Kleidung und warme Decken!“, erkläre ich ihm. „Letzte Nacht habe ich bei euch so gefroren wie niemals zuvor bei mir zuhause!“.

Ich sehe in seinen Augen nur Unverständnis. Dass es auf 1.000 Meter in Venezuela subjektiv kälter sein kann als im Winter in Österreich, vermag er nicht zu glauben. Zu verschieden sind die Welten, in denen wir aufgewachsen sind.

Die Tage verfliegen. Nach einer Woche habe ich das Gefühl, dass es an der Zeit ist, weiterzureisen. Bis jetzt funktioniert mein Plan, nichts zu planen, sehr gut. Auch Linda möchte nach Süden aufbrechen und dort einen schwedischen Freund treffen. Wir beschließen, bis auf weiteres gemeinsam zu reisen. Nach so langer Zeit, in der ich nur auf mich allein gestellt war, genieße ich ihre Gesellschaft und den Austausch sehr.

Reich beschenkt, mit unvergesslichen Erinnerungen in unseren Herzen, verabschieden wir uns und treten die Weiterreise Richtung Süden an.

Am südlichen Ufer des Orinocos, in Ciudad Bolivar, quartieren wir uns auf einem Luxuscampingplatz ein. Auf einer riesigen Grünfläche, umgrenzt von Palmen, mit eigenem Swimmingpool, kleinen überdachten Aufenthaltsplätzen und Schlafmöglichkeiten in Hängematten oder kleinen Hütten glaube ich das Paradies gefunden zu haben. Schwimmen, entspannen, essen, in die Stadt fahren, Tourismusbüros aufsuchen und Sehenswürdigkeiten ansehen, alles in allem verhalte ich mich wie ein ganz normaler Tourist. Nur, das Tourist-Sein ist derzeit in Venezuela nicht als ganz normal zu bezeichnen. Allgemein ist durch die Unruhen in Caracas der Touristenstrom um fast 90% zurückgegangen. Der Campingplatzbesitzer versucht mit vollstem Einsatz und speziellen Lockangeboten sich so gut es geht über Wasser zu halten. Trotzdem sind gerade einmal sechs Personen, mich eingeschlossen, auf seinem riesigen Gelände. In der Stadt treffe ich nur sehr selten andere Touristen und auch die Geldbeschaffung ist sehr schwierig. An dunklen Plätzen werden illegal Fremdwährungen zu Höchstpreisen gewechselt, die Inflation und Unsicherheit bringt täglich stark schwankende Kurse mit sich. Im Stundentakt werden neue Schreckensmeldungen von den Demonstrationen in der Hauptstadt berichtet und man rät mir, nach Einbruch der Dämmerung nicht mehr allein auf die Straßen zu gehen. Summa summarum ist Venezuela zu dieser Zeit im wahrsten Sinne des Wortes ein sehr ‚spannendes' Reiseland. Ich bin aber nicht sonderlich beunruhigt, und es scheint mir so, als wäre Caracas nicht die Hauptstadt von Venezuela, sondern irgendeines anderen, weit entfernten Landes.

Neben der etwas unsicheren Lage im Land macht mich aber eher mein neuer – zuerst heißersehnter – Reisestil als normaler Tourist Tag für Tag unzufriedener und unruhiger. Am Anfang bin ich noch begeistert von den Vorzügen dieses Luxuslebens, dann halte ich es fast nicht mehr aus. So einfach und komfortabel dieses Reisen auch sein mag, so weit ist es doch von der Realität der Bewohner, dem Leben in diesem Land selbst entfernt. Jeden Abend gibt es Touristenessen am Campingplatz, und als ich die Köchin frage, warum sie nicht auch einheimische Gerichte kocht, meint sie nur kurz angebunden: „Die Touristen mögen das nicht. Sie essen lieber Fisch, Fleisch und Pommes frites."

„Was wäre denn ein traditionelles Gericht?", frage ich.

„Naja, Reis mit Bohnen", kommt prompt die Antwort.

Ich überlege kurz. „Würden Sie ein venezolanisches Gericht zubereiten, wenn ich die anderen dafür gewinnen könnte?"

Sie zögert etwas, steigt von einem Fuß auf den anderen, grinst dann über das ganze Gesicht und nickt mir freundlich zu. Ich drehe mich um, sehe zu den anderen hinüber. Ich schäme mich für unser Verhalten gegenüber den Einheimischen und dem Land. Wo sind die Venezolaner? Was bekomme ich hier in meinem Touristenghetto wirklich mit? Wo sind die wahren Geschichten? Nein, so kann es nicht weiter gehen, das ist nicht mein Reisestil.

Nach dem vorzüglichen traditionellen Mahl, das auch bei den anderen Gästen großen Anklang findet, setze ich mich traurig in eine ruhige Ecke. Die Sterne leuchten vom schwarzen Nachthimmel, ein warmer Wind schlägt die Palmenblätter leise zusammen, ich hänge meinen Gedanken nach. Für mich ist es ein sehr oberflächliches Reisen, das sich Tag für Tag vor meinen Augen abspielt. Für die anderen hier scheint es so zu passen. Wie können sie …? Ich versuche, nicht darüber zu urteilen. Wichtig ist einzig und allein, dass ich meinen Weg gehe, voll und ganz, jetzt, sofort. Egal, ob ich dafür verlacht oder für verrückt gehalten werde, es ist mein individueller Weg.

Lange bleibe ich noch reglos, der Natur lauschend, an meinem Platz sitzen. Ich spüre, dass ich bald wieder alleine weiterreisen werde.

Und so kommt es dann auch. Nach einer fünftägigen gemeinsamen Trekkingtour mit Linda, ihrem schwedischen Freund und einer Schweizerin auf den Mount Roraima gehe ich wieder allein meine Wege.

An der südlichen Grenze Venezuelas zu Brasilien, an den Ausläufern des riesigen Amazonasurwaldes, liegt das kleine Örtchen Santa Elena. Es ist geprägt vom Flair der Gold- und Diamantensucher, schummrige, teils zwielichtige Lokale und Bars säumen die braunen, lehmigen Straßen. In vielen Geschäften werden das Edelmetall und die Edelsteine ge- und verkauft, und einige Tourismusagenturen versuchen, die wenigen noch verbliebenden Reisenden anzuwerben. Ich mag das etwas schmutzige und natürliche Ambiente. Einige Tage bin ich schon hier und ich versuche, alle Gelegenheiten, die sich mir bieten, für Gespräche zu nutzen: Egal, ob ich einkaufe, auf der Straße Geld wechsle, mit einem Mopedfahrer spreche oder einfach nur warte, ob mich jemand anspricht. Goldsucher erzählen mir von ihrem harten Leben im Urwald, Touristenführer von ihren langen Touren in den Bergen, der Gemüseladenbesitzer vom Problem des Nachschubs und der Währungsinstabilität, ein Chinese von seiner Idee, ein Hotel aufzumachen, der nächste von seinem Traum, Rosenquarze in Kristallform zu finden und viele Geschichten mehr. Ich nehme alles dankbar auf und habe das Gefühl, endlich ein wenig Kontakt mit den Einheimischen herstellen zu können. Überhaupt entwickelt sich schnell eine Beziehung zu den Menschen und nach anderthalb Wochen habe ich schon einige Bekannte im Ort. Wenn ich auf die Straße gehe, grüße ich oder werde gegrüßt und ein leicht heimeliges Gefühl stellt sich schön langsam ein. Ich bin zwar wieder allein unterwegs, spüre aber, dass dieser Reisestil mir eher entspricht.

Eines Tages schlendere ich um eine Ecke und bleibe wie angewurzelt stehen: Manuel und Elena, die zwei Deutschen, mit denen ich nach Trinidad gesegelt bin, stehen vor mir. Wir fallen uns in die Arme. In einer kleinen Kneipe, bei Fruchtsaft und Arepa (eine venezolanische Maisflade) lausche ich ihren Erzählungen. Auch sie versuchen, so oft wie möglich in direkten Kontakt mit den Einheimischen zu treten und dieses Land, diese Menschen wirklich zu erleben und tiefer zu begreifen. Sie haben eine Zeit lang bei Eingeborenen im Orinoco-Delta verbracht. Dort waren sie in primitiven Hütten einquartiert und konnten den Alltag hautnah miterleben. Auch sie erzählen begeistert von der Gastfreundschaft und Herzlichkeit dieser Menschen, wobei der täglich dreimalige Fischverzehr ihren Verdauungstrakt aufs Äußerste strapazierte und sie mit einer gewissen Erleichterung wieder in die Zivilisation zurückgekehrt sind.

„Jetzt kommen wir gerade aus El Pauji", erzählt Elena weiter, „da musst du unbedingt hin. Mit einem Einheimischen sind wir drei Tage im Dschungel gewesen. Es war total beeindruckend, die ganzen Geräusche in der Nacht, direkt unheimlich."

Gespannt lausche ich weiter ihren Geschichten. Viel gäbe es noch zu erzählen, aber die Zeit ist zu kurz. Ich verabschiede sie herzlich am Busbahnhof, sie fahren heute Nacht noch in den Norden und bald zurück nach Deutschland.

El Pauji, der Urwald! Das hat alles sehr aufregend geklungen. Ich überlege nicht lange.

Das Geländewagensammeltaxi quält sich, mehr schaukelnd als fahrend, über eine ausgewaschene, braun-rote Staubpiste. Manchmal müssen wir aussteigen, ein bisschen mitschieben, dann geht es weiter, einige Stunden lang.

Völlig durchgeschüttelt schnappe ich meinen Rucksack vom Dach, zahle und stehe auf einmal ganz allein im Zentrum von El Pauji. Überall rote, braune Erde und Staub, einige Bäume, ein riesiger Fußballplatz, ein niedriges Schulgebäude und ein paar Lehmhäuser und einfache Hütten.

Ich halte mich gar nicht lange im Dorf auf, sondern starte mehr oder minder gleich zu meiner ersten Urwaldexpedition. Um meinem Körper etwas Gutes zu tun und weil Ostern ins Haus steht, entschließe ich mich spontan zu einer Fastenkur. Genussvoll verzehre ich meine letzte Papaya.

Mit einigen Litern Wasser, meinem Zelt, einer Machete am Rucksack und guter Stimmung schreite ich aus dem Dorf hinaus Richtung Dschungel. Abenteuerlich und wunderschön stelle ich mir den Urwald vor. Führer brauche ich natürlich keinen, schließlich haben mir Elena und Manuel den Weg erklärt und in Österreich war ich auch schon oft allein in den Bergen unterwegs. Mit einem Lied auf den Lippen wandere ich einen staubigen Hügel hoch, und schnell erreiche ich den höchsten Punkt. Abrupt bleibe ich stehen, mir stockt der Atem. Ein einziges grünes Meer, bis an alle Enden des Horizonts, erstreckt sich zu meinen Füßen. Gigantisch, wunderschön, unfassbar! Ich kann es kaum erwarten, in diese grüne Masse hineinzuwandern. Ein Weg ist ganz leicht zu erkennen und im Extremfall habe ich ja immer noch meine Machete. Hinunter und weiter hinunter bringt mich der schmale, immer rutschiger werdende Pfad. Die Luftfeuchtigkeit steigt und steigt und in Gedanken berechne ich meinen Wasservorrat neu, drei Tage werden sich wohl nicht ausgehen. Immer schmaler wird der Pfad, immer dichter die grüne Mauer um mich herum, einige Stunden bin ich schon unterwegs. Langsam setzte ich Schritt um Schritt. An einem Bach findet der Weg ein jähes Ende. Ich suche und suche, hier gibt es kein Weiterkommen. Auf der kleinen Lichtung schlage ich mein Zelt auf, bade mich im nahen Fluss und erkunde die Gegend. Nur, viel gibt es nicht zu erkunden. Kein Weg, der irgendwohin führen würde, alles ist hier an diesem Platz und Bach zu Ende. Soll ich mir mit meiner Machete einen Weg freischlagen? Aber was hätte das für einen Sinn?

Ich stecke die Füße in den Bach und warte, dass die Zeit vergeht. Zum Glück wird es in diesen Breiten schon um sechs dunkel und ich kann mich ins Zelt zurückziehen. Kurz nicke ich ein, dann lässt mich lautes Gebrüll und Geschrei hochfahren. Langsam beginnt es mir zu dämmern, dass es doch den einen oder anderen Unterschied zwischen einer Wanderung in den Bergen von Österreich und dem Dschungel in Brasilien geben mag. Das Gebrüll und die vielen anderen Stimmen des Dschungels halten mich die ganze Nacht wach. Müde und unzufrieden über den bisherigen Verlauf meiner ersten Expedition mache ich am Bach meine Morgentoilette. Als ich meine Zahnbürste zum Mund führe, schrecke ich zurück. Ein zeckenähnliches Tierchen bewegt sich langsam über die Borsten. Leicht beunruhigt überprüfe ich mein Gepäck. Das gibt es doch gar nicht! Alles ist voll von kleinen, teilweise mit dem Auge nur schwer erkennbaren, krabbelnden Dschungeltieren. Schnell ziehe ich mich aus, überprüfe meinen Körper und werde leider fündig. Welche Krankheiten übertragen diese Tiere hier? Ich weiß gar nichts! Was mache ich hier? Aus, ich bin fertig, das war's. Ich kann sowieso nicht weiterwandern, und den ganzen Tag nur hier herumzusitzen, die Hitze und das Getier in Kauf nehmen, nein, sicher nicht. Ich packe schleunigst zusammen und stapfe zurück in Richtung Zivilisation.

Plötzlich sehe ich ein paar Meter vor mir im Grün des Dschungels schemenhafte Bewegungen. Mein Herz schlägt schneller. Ich bleibe sofort stehen. Mit größeren Tieren habe ich überhaupt nicht gerechnet. Flach atme ich weiter und beobachte, wie ein Wildschwein nach dem anderen aus dem kleinen Bachbett steigt. Auf einen Baum, ich muss auf einen Baum! Ich sehe mich um. Was sind das für Bäume hier? Nichts, kein einziger Ast, alles fängt erst in einigen Metern Höhe an so richtig zu sprießen. Es gibt keinen Ausweg außer abwarten. Nach einer Ewigkeit sind die gezählten 15 Wildschweine wieder verschwunden. Ich warte noch eine Zeit lang und schleiche mich dann langsam, aber umso bestimmter aus dem Urwald.

Wieder in El Pauji angekommen, bestimmt mich nur ein Gedanke: Ich muss hier weg, zurück nach St. Elena, meine Expedition so schnell wie möglich vergessen. So stehe ich am nächsten Morgen schon wieder an der Straße, bereit für die Rückfahrt. Eine Stunde vergeht, zwei Stunden, drei. Einheimische warten mit mir, schütteln nach einiger Zeit den Kopf, verabschieden sich. Einer sagt: „Ich komme morgen wieder."

„Was heißt morgen?", frage ich fassungslos. „Ich muss sofort von hier weg, heute noch!" Der Mann schüttelt mitleidsvoll den Kopf und geht seiner Wege. Ich warte, es muss funktionieren. Ein Geländewagen fährt vorbei, er hält nicht an. Fünf Stunden, sechs Stunden vergehen. Ein zweiter Wagen fährt durch. Ich fange an, Selbstgespräche zu führen, um mich zu beruhigen. Sieben, acht, neun Stunden warte ich schon und es wird langsam dunkel. Zehn Stunden, die Sonne ist hinter den Bergen untergegangen. Ein Geländewagen, er hält an und ich zwänge mich, koste was es wolle, hinein. Der Fahrer rast durch die Nacht, niemand spricht, ich habe Angst wie nie zuvor. Wenn irgendein Tier unerwartet auf der Fahrbahn auftaucht, sind wir alle tot oder zumindest schwer verletzt. Plötzlich ein Knall, der Reifen platzt, das Auto schleudert, der Fahrer kann es noch abfangen. Alles aussteigen. Reifenwechsel. Weiter rasen wir durch die stockdunkle Nacht. Dann, endlich sind wir zurück in Santa Elena, ich fühle mich schrecklich.

Am nächsten Morgen wache ich mit Fieber auf, mein Magen rumort. Seit der letzten Papaya vor meiner hirnlosen Urwaldexpedition habe ich nichts mehr gegessen. Aber im Moment habe ich sowieso keinen Appetit. Ich finde noch ein Getier aus dem Dschungel und drehe es aus meiner Haut. Dann schlafe ich den ganzen Tag und die ganze

Nacht. Zwischendurch trinke ich Wasser und abermals Wasser, 10 Liter werden es insgesamt. Das schwemmt alle Giftstoffe aus, davon bin ich überzeugt. Drei Tage vegetiere ich so dahin, am vierten Tag bemerke ich kleine, vereinzelte, mir unbekannte rote Punkte. Einige Stunden später haben sich die Punkte rasant vermehrt und mein ganzer Körper ist übersät davon. Jetzt mache ich mir langsam, aber sicher Sorgen. Die Idee mit der letztendlich kläglich gescheiterten Urwaldexpedition war vielleicht doch nicht so gut. Malaria, Denguefieber oder welche Krankheit kann ich da denn mitgebracht haben?

Ich lasse mich im Spital untersuchen, eine allergische Reaktion sagt mir der Arzt, auf was, weiß auch er nicht genau. Sehr zufrieden bin ich nicht, aber es bleibt mir nichts anderes, als unbehandelt wieder in mein Bett zu gehen. Die ganzen Tage über mache ich energetische Übungen, trinke Wasser wie ein Kamel und tue alles in meiner Macht Stehende, um wieder gesund zu werden. Es gibt für mich keine schlimmere Vorstellung, als hier im Dschungel krank zu werden, ohne richtige ärztliche Versorgung, ja ich bin nicht einmal krankenversichert. Nach einer ewig lang erscheinenden Woche bin ich zum Glück wieder fast fit.

Meine erste Expedition hat insgesamt doch ziemlich desillusionierend auf mich gewirkt. Allein werde ich wohl nicht mehr in den Dschungel wandern. Da mich sonst nichts mehr in Santa Elena hält, plane ich meine Weiterreise Richtung Brasilien für den nächsten Tag.

An meinem letzten Abend sitze ich allein in einer kleinen Bar. Ein kleiner, stämmiger, breitschultriger Mann mit langem, schwarzem, sehr dichtem Haar und den prägnanten Gesichtszügen und der Hautfarbe der indigenen Bevölkerung tritt ein. Seine Augen glitzern und seine ganze Erscheinung zieht mich in den Bann. Ich habe das Gefühl, ihn von irgendwoher zu kennen, weiß aber nicht genau, wo wir uns schon begegnet sind. Auf meine dahingehende Frage nickt er, stellt sich als Juan vor und meint, dass er mich in El Pauji gesehen hätte. Schon nach den ersten paar Minuten unseres Gespräches ist mir klar: Ich sitze einem Schamanen gegenüber. In meiner Vorstellung begegnet man einem Schamanen eher in der unberührten Natur als in einer schummrigen Bar, aber alles, was er erzählt, was ich in seinen Augen lese, sein ganzes „Sein" sprechen für sich. Schon sehr lange wollte ich einen „richtigen" Schamanen treffen, habe gehofft und gewartet. In diesen Momenten geht mein Wunsch in Erfüllung.

Das darauf folgende Gespräch dreht sich ausschließlich um Dinge, an die ich bis jetzt nur geglaubt, vielleicht in Büchern davon gelesen habe. Aber noch nie habe ich jemanden getroffen, der diese Dinge wirklich erlebt hat.

Juan erzählt vom Reisen mit Tieren, indem er aus seinem Körper austritt und mit dem Tier mitreist, von alten Schamanen, die inmitten der Tafelberge wohnen, weil sie eine andere Art der Stofflichkeit annehmen und so auch durch Wände gehen können; von einem Platz, an dem noch alte Schriftzeichen vorhanden sind, und einer Passage zwischen zwei Felsen, die nur mit einem Schamanen, der zuerst die Freigabe für das Passieren einholen muss, durchquert werden kann. Er berichtet von Plätzen, wo noch Kannibalen leben, von der Jagd, vor der ein Schamane zuerst zu seinem Felsen geht, wo die Seele des Alten Schamanen wohnt, und er um ein Opfertier bittet, vom Verständnis der Einheit der Natur und warum sich die Erde jetzt immer mehr erwärmt und es immer mehr Katastrophen und Unstimmigkeiten gibt.

Gebannt hänge ich an seinen Lippen. Ich frage nur kurz zwischen, schneide ein neues Thema an, das ich schon irgendwo gehört oder gelesen habe und schon spricht er weiter: Vom mentalen Schutz vor Moskitos und anderen Tieren, von Energien, die von jedem Individuum ausgehen und das

Gesamtenergiefeld beeinflussen, von der zerstörerischen Lebensweise der Menschen und der unwürdigen Tierhaltung. Sein Blick schweift immer wieder in die Ferne, dann erzählt er weiter von der Macht und Kraft der Telepathie, von der Kommunikation mit Tieren und von vielen Dingen mehr.

Stundenlang bewegen wir uns nicht von der Stelle, Juan hört nicht auf zu erzählen und ich werde nicht müde, zuzuhören. Mir scheint alles auf eine Weise bekannt zu sein. Zum Schluss lädt er mich ein, mit ihm in den Dschungel zu gehen, um ein wenig Pflanzenkunde und sonstige Fertigkeiten zu erlernen. Ich bin begeistert und fühle mich geehrt, lehne aber sein Angebot nach kurzem Überlegen ab.

Spät in der Nacht verabschieden wir uns und er verlässt die Bar. Innerlich aufgewühlt und sehr freudig blicke ich ihm nach. Keine Ahnung, warum ich seinen Vorschlag nicht angenommen habe, aber mein Gefühl sagte mir, dass die Zeit dafür noch nicht reif sei.

Am nächsten Morgen verabschiede ich mich von meinen lieb gewonnenen Bekannten in St. Elena und reaktiviere wieder meinen Stopperdaumen. Mein nächstes Ziel heißt Boa Vista in Brasilien. Schnell werde ich mitgenommen, schon bin ich über der Grenze und die Landschaft zieht rasch an mir vorbei.

Ich bin unruhig. Warum bin ich nicht auf Juans Angebot eingegangen? Warum sollte ich die Möglichkeit nicht nutzen? Was hält mich davon ab? Wovor habe ich Angst? Meine Gedanken drehen sich im Kreis weiter und immer weiter. Die Fahrt dauert knapp drei Stunden, und als ich in Boa Vista ankomme, ist mein Entschluss klar und eindeutig: Ich muss wieder zurück nach Venezuela, dort wartet Juan vom Stamm der Taurepang auf mich. Er wird mich mitnehmen in seine Welt, in den Dschungel und die Gran Sabana.

Die große Wanderung

Als ich am darauf folgenden Nachmittag wieder durch die Straßen von Santa Elena spaziere, ernte ich von einigen meiner Bekannten überraschte Blicke: „Que pasó?“ Niemand versteht, warum ich wieder zurück bin.

In den nächsten zwei Tagen verbringe ich viel Zeit mit Tomer, einem breitschultrigen, auch etwas breitbäuchigen, lebensfrohen, sensiblen, weltoffenen und – was sehr selten ist – allein reisenden Israeli. Mit ihm kann ich mich wunderbar austauschen, unsere Reisestile sowie unsere Sicht der Touristenwelt ähneln sich sehr. Ich erzähle ihm von meiner Begegnung mit Juan und seinem Angebot. Fasziniert fangen wir gemeinsam an, uns ein Abenteuer durch den Dschungel und die Savanne auszumalen. Unsere Ausführungen übertreffen sich gegenseitig und letztendlich hat es wohl nie größere Abenteurer gegeben, als Tomer aus Israel und Ralf aus Österreich.

In einer kurzen Schaffenspause habe ich eine Eingebung: Tomer ist das fehlende Glied in der Kette! Deshalb habe ich noch nicht früher zusagen können, jetzt ist das Trio erst perfekt. Nun gilt es nur noch, Juan ausfindig zu machen.

Gleich am nächsten Tag nehmen wir die beschwerliche Fahrt nach El Pauji in Angriff. Einige Stunden später stehen wir vor Juans Zuhause: Eine kleine Hütte, die nach allen Richtungen hin offen ist und eigentlich nur aus einigen Holzpfählen und einem Dach besteht. Kurze Zeit später ist alles fixiert. Übermorgen Vormittag treffen wir uns in Santa Elena, um noch die letzten Einkäufe zu machen, dann soll es losgehen. Für die Zeit, die Juan uns führen wird, vereinbaren wir eine kleine Aufwandsentschädigung. Als Ziel unserer für vierzehn Tage anberaumten Expedition erwählen wir nach Juans Vorschlag den noch fast unerschlossenen Tafelberg „Akopan-Tepuy“.

„Vor zwei Jahren wurde der Pfad dorthin das letzte Mal beschritten“, teilt uns Juan verheißungsvoll mit.

„Das klingt gut, genau das Richtige für uns“, entgegnet Tomer und grinst mich an. Ich lache und nicke zustimmend.

Wir treffen noch die letzten Vorbereitungen, vor allem die Proviantmenge muss gut kalkuliert werden, da wir uns die ganze Zeit über selbst versorgen und alles in unseren Rucksäcken mitschleppen müssen. Wir beschränken uns auf das Notwendigste und verteilen einige Kilo Haferflocken für das Frühstück, Reis, Nudeln, Mehl zum Brot backen, Zucker und Milchpulver. Ich ärgere mich neuerlich über meinen katastrophalen Billigrucksack, aber auch Tomer schnallt sich einen alten Rucksack mit schlechtem Tragesystem auf den Rücken. Ganz zu schweigen von Juans Rucksack, der wäre bei uns in Europa sowieso schon eine Antiquität.

Es geht los, im Morgengrauen verlassen wir El Pauji. Juan führt, leise pfeifend, unsere Truppe an, dann folge ich und den Abschluss macht Tomer. Wir betreten einen kleinen Pfad, biegen um die nächste Kurve und plötzlich gibt es nur mehr uns drei und die Natur um uns herum. Es ist, als hätten wir eine andere Welt betreten. Fast schweigend marschieren wir Stunde um Stunde dahin. Teilweise führt unser Pfad durch dichten, teils etwas lichteren, dann wieder von kleinen Siedlungen durchsetzten Dschungel. Juan hält immer wieder an, um uns eine Pflanze zu erklären oder auf ein Tier aufmerksam zu machen. Bald ist jedoch klar, dass es zwar unzählig viele Tiere geben mag, diese aber für ein ungeschultes Auge gar nicht und selbst für Juans Augen nur selten auszumachen sind. Es könnte ein Affe knapp neben mir im undurchlässigen Grün sitzen und ich würde ihn auf keinen Fall bemerken. Auf pflanzlicher Ebene sehen wir dafür umso mehr und dürfen auch immer wieder von den Köstlichkeiten des Dschungels probieren. Juan erweist sich als vorzüglicher Kenner natürlicher Spezialitäten, und so „kosten“ wir uns durch den Regenwald: Mal hier ein Blatt, ein kleiner Palmenstamm, mal dort eine Frucht, nicht verzagen, nur vertrauen, kauen … und schlucken.

Bis zur Abenddämmerung marschieren wir viele Stunden ohne größere Pause. Rechtschaffend müde setzen wir uns zum Feuer, kochen, essen, stellen bei strömendem Regen unsere Zelte auf und wünschen uns klatschnass eine gute Nacht.

Schon am zweiten Tag kristallisiert sich der Rhythmus unserer Expedition noch klarer heraus. Wir stehen bei Sonnenaufgang auf, frühstücken und marschieren dann abermals ohne Unterbrechung den ganzen Tag bis kurz vor Sonnenuntergang. Das Marschieren im Urwald ist zwar neu und äußerst interessant, aber auch unglaublich anstrengend. Die hohe Luftfeuchtigkeit erschwert das Atmen, der Rucksack drückt unerbittlich auf meine Schultern und der Schweiß rinnt in Strömen. Zum Glück ist das Wasser der Flüsse überall trinkbar. Das versichert uns zumindest Juan eindringlich, denn zuallererst schrecken wir vor der gelbbräunlichen Flüssigkeit zurück. Egal, es löscht unseren Durst und gibt uns Kraft zum Weitermarschieren. Ich zähle gleich von Anfang an meine Trinkwassermenge mit und komme doch auf beachtliche acht Liter pro Tag. Juan schüttelt nur den Kopf, wenn wir ihn wieder um eine Trinkwasserpause bitten. Er marschiert mit einer kleinen 0,5-Liter-Flasche, ohne sichtbar zu schwitzen, den ganzen Tag wie eine Maschine.

Am Nachmittag kommen wir zu einem teils brandgerodeten Abschnitt unserer Route. Juan kämpft sich mit seiner Machete einen Weg durch das Chaos aus Bäumen, Sträuchern und verbranntem Gras. Wir klettern über hohe Bäume oder kriechen unter ihnen hindurch, kratzen uns die Arme an den scharf gewordenen Ästen auf und arbeiten uns so Meter für Meter vor. Nach ein paar Stunden geben wir auf, so kommen wir nie an unser Ziel. Unser Führer blickt suchend in den Himmel. Plötzlich beginnt er, Piep- und Zwitscherlaute von sich zu geben. Zwei Vögel, die von Tomer und mir bislang unbemerkt hoch über unseren Köpfen in der Baumkrone sitzen, scheinen auf irgendeine Art mit Juan zu kommunizieren. Ein, zwei Minuten hält das sonderbare Zwiegespräch an, dann nickt er und die Vögel fliegen auf und davon. „Hier war erst vor einem Jahr ein Brand. In diese Richtung kommen wir nicht voran. Die Vögel haben für uns einen Weg ausgekundschaftet. Heute ist es schon zu spät, aber morgen werden wir dort lang gehen.“ Er beschreibt mit einer weit ausladenden Geste genau den Verlauf. Wir sind beide perplex, aber insgeheim froh, dass unser Führer mit Fähigkeiten ausgestattet ist, die bei uns in Europa nicht alltäglich sind. Wie schon am Vorabend werden wir auch heute wieder völlig durchnässt, bevor wir uns in die Zelte verkriechen können.

Bei Sonnenaufgang schlüpfen wir wieder in unsere klamm-nassen Schuhe und Kleidungsstücke, essen unsere Haferflocken, packen zusammen, schultern unsere Rucksäcke und starten wieder los. Und wirklich: An der im Zwiegespräch mit den Vögeln angedeuteten Stelle finden wir einen Durchschlupf und gelangen mit wenig Aufwand, nach ein paar Stunden zu einem großen Fluss. Braun, breit und sehr gemächlich schlängelt er sich durch die grüne Landschaft. Am Ufer des Flusses, neben einer kleinen Hütte, sitzt ein braun gebrannter Mann mit Hut. Nach einem kurzen Wortwechsel mit Juan führt er uns zu einem schmalen Einbaum, der etwa drei Meter lang ist. Das Holz sieht schon sehr alt und mitgenommen aus und das ganze Kanu erweckt in mir keine sonderliche Zuversicht. Wir packen die Rucksäcke in die Mitte, Tomer nimmt vorne Platz, Juan und ich hinten. Dann sind wir auf dem Fluss. Juan drückt mir eine abgeschnittene Plastikflasche in die Hand und deutet auf das langsam ins Boot sickernde Wasser. Wunderbar, unser kleiner ausgehöhlter Baumstamm ist leck. Unser Führer vermag zwar perfekt mit Vögeln zu kommunizieren, als Bootsmann ist er aber gänzlich untauglich und unbegabt. In Schlangenlinien arbeiten wir uns Meter für Meter auf dem Fluss vor. Tomer, der ebenfalls absolut keine Erfahrung im Umgang mit Einbäumen hat, versucht so gut wie möglich, Juans Kommandos zu befolgen, und ich schöpfe brav das Wasser aus dem Boot. Schöpfen, schöpfen, immer weiter, hoffentlich kommen wir dieses Jahr noch über den Fluss. Schöpfen, hoppla, das sollte nicht passieren. Einmal zu stark geschöpft und die Plastikflasche ist weg. Mit Juans Gummistiefel verrichte ich meine Arbeit weiter.

„Can you get out the water a little bit faster?“, fragt Tomer. Ich versichere ihm, dass ich mein Bestes gebe, und ein bisschen Wasser wird wohl nicht so schlimm sein. Das gegenüberliegende Ufer scheint nicht näher zu kommen, immer noch fehlt ein großes Stück und immer noch sind wir im Zick-Zack-Kurs unterwegs. Mit dem Rücken zu Tomer gewandt, versuche ich, positive Stimmung zu verbreiten. Noch zweimal bittet er mich, schneller zu schöpfen: „Please, can you do it a little bit faster?“ Ich verstehe überhaupt nicht, was er hat, das Wasser steht bei mir doch gerade mal ein paar Millimeter hoch. Ich schöpfe gemütlich weiter, schließlich sind nasse Füße ja kein Weltuntergang. Weiter geht die prekäre Fahrt über den Fluss. Tomer setzt wieder zu sprechen an, ich will ihn schon unterbrechen, aber da ruft er schon völlig fassungslos: „Oh God, we are sinking!“ Ich drehe mich reflexartig zum ersten Mal um. Mit großen Augen, unfähig seinen Worten Glauben zu schenken, starre ich ihn an. Er sitzt bis zur Hüfte im Wasser. Alles läuft in Sekundenschnelle ab. Das Wasser schwappt plötzlich von vorne über den Kanurand herein. Tomer hebt sein Paddel und blickt mich hilfesuchend an. Er hat recht: Wir sinken, jetzt. Das Kanu kippt nach vorne, bäumt sich hinten auf und wirft uns in die braune Brühe.

Ein Österreicher, ein Israeli und ein Einheimischer, einige Rucksäcke und ein umgedrehtes Kanu treiben in einem großen Fluss mitten im Urwald. Die Situation könnte bizarrer nicht sein. Ich sehe mich um und fange lauthals zu lachen an. Alles erscheint mir wie in einem Film. Was sind wir doch für eine irre Truppe, schaffen es nicht einmal, einen Fluss zu überqueren. Von einer Sekunde auf die andere erstarrt mein Lachen. Meine Kamera. Ich greife in meine Hosentasche, da ist sie, schnell nach oben damit. Plötzlich wird mir der Ernst der Lage bewusst. Wir müssen unsere Ausrüstung retten und außerdem weiß ich nicht, welche Tiere im Fluss beheimatet sind. Schnell, alles muss schnell gehen. Jeder von uns schwimmt so rasch wie nur irgend möglich zum Ufer und nimmt jene Ausrüstungsteile mit, die er neben sich greifen kann. Zuerst schaffen wir die Rucksäcke und Sonstiges an Land, dann holen wir das Kanu und die Paddel. Geschafft! Außer Atem hocken wir dicht aneinander gedrängt am Flussufer, die Blicke starr auf das braune Wasser gerichtet. Wir verschnaufen und versuchen uns schnellstmöglich zu beruhigen. Nach einigen Minuten überprüfen wir unsere Ausrüstung. Juans Machete und seine Gummistiefel sind unserem Kentern zum Opfer gefallen und auch meine Kamera hat ihren Dienst aufgegeben. Ich ärgere mich. Meine geniale Kamera, die ich erst in Barcelona erstanden habe, ist kaputt. Gerade jetzt, wo ich wahrscheinlich eines der größten Abenteuer meiner gesamten Reise erlebe und in einer der grandiosesten Landschaften unterwegs bin. Gerade jetzt kann ich kein einziges Foto machen! Kein Foto, nichts werde ich davon daheim herzeigen können. Ich könnte platzen vor Wut.

„How could it happen?“, frage ich Tomer. Er sieht mich unschuldig an. Die Aufklärung des Unfallhergangs bringt die harten Fakten klar ans Licht: Keiner von uns hat bedacht, dass die Rucksäcke zwischen Tomer und mir wie ein Staudamm wirken und sich so vorne bei Tomer viel mehr Wasser ansammeln konnte als hinten bei Juan und mir. Tomer saß also schon eine geraume Zeit im Wasser, während Juan und ich gerade nasse Füße bekommen haben. Einleuchtend eigentlich, aber unsere Erkenntnis kommt eindeutig zu spät. Jetzt sitzen wir völlig durchnässt am Ufer und kommen von hier nirgendwo weiter, außer … über den Fluss. Wir haben keine andere Wahl. Diesmal aber, um nicht noch einmal dem Untergang im wahrsten Sinne des Wortes geweiht zu sein, schmieden wir einen Plan: Einer rudert, einer schöpft Wasser hinaus und einer hält die Löcher zu. Trotz großen inneren Widerstands steigen wir wieder in das Kanu.

Uns immer abwechselnd bei den einzelnen Aufgaben, schaffen wir es, den Wasserstand zumindest gleich zu halten. Nach einiger Zeit kommen wir vollkommen erschöpft in einem kleinen Dörfchen – ein paar Hütten, knapp an das Ufer gepfercht – auf der anderen Flussseite an. Tomer und ich atmen auf, diesmal ist alles gut gegangen. Durchnässt bis auf die Knochen, entscheiden wir uns, die Nacht über im Dorf zu bleiben, um uns und unsere Ausrüstung aufzutrocknen. Auch meine Kamera hänge ich in die Sonne. Immer noch könnte ich mich ohrfeigen. Hätte ich sie doch besser verpackt, hätte ich doch … Noch lange werde ich an diesem Vorfall zu hadern haben, dafür kenne ich mich gut genug.

Die Menschen im Dorf scheinen freundlich und zufrieden, sehr zurückhaltend und schüchtern zu sein, teilweise meine ich ein wenig Furcht in ihren Augen lesen zu können. Hierher kommt man nur zu Fuß oder mit dem Boot, die Dorfbewohner leben von Wurzeln, Bananen, Mangos und was die Natur sonst noch für sie bereithält. Wir sind Eindringlinge in einer fremden, anderen Welt und wir versuchen uns so zurückhaltend wie möglich zu benehmen. Zum Glück schafft Juan den Schulterschluss zwischen uns Touristen und den Einwohnern und so fühlen wir uns willkommen oder zumindest nicht mehr so fehl am Platz.

Während Tomer mit den Kindern im Dorf ein wenig spielt, liege ich mit Bauchkrämpfen und Schüttelfrost in meinem Zelt. Ich kann doch nicht schon wieder krank werden! Verbittert resümiere ich die Verpflegung der letzten Tage: Unsere mitgebrachten Nudeln, Reis und Haferflocken, Fleisch eines Tapirs und viele unbekannte Kostproben aus der Natur. Vielleicht war ich doch etwas zu voreilig und mein Magen ist noch nicht ganz auf die Dschungelkost eingestellt. Tomer ist da allemal viel vorsichtiger als ich und probierte nur etwa jede dritte von Juan offerierte unbekannte pflanzliche „Köstlichkeit". Ich verordne mir eine Diät: Solange ich nicht wieder völlig hergestellt bin, enthalte ich mich jeglicher Leckerbissen des Urwaldes.

Als ich vor dem Schlafengehen mein T-Shirt wechsle, fahre ich mit meiner Hand über eine apfelkerngroße Erhöhung an meinem Oberarm. Was kann das nun wieder sein? Ich schalte meine Taschenlampe ein. Nicht schon wieder! Verschreckt halte ich Juan meinen Oberarm, in dem ein kleines zeckenförmiges Tier steckt, unter seine Nase.

„Ah, Garabatas", nickt er. „Sind nicht so schlimm. Normalerweise übertragen sie keine Krankheiten, und wenn, dann treten die Symptome erst nach einigen Jahren auf." Ich bin nicht im Entferntesten beruhigt und versuche mehr aus ihm herauszubekommen, aber ohne Erfolg. Wie schon beim Thema Trinkwasser habe ich keine andere Wahl, als die Umstände so zu akzeptieren, wie sie sind. Ich fahre mit meiner Untersuchung fort und finde noch weitere sieben Garabatas, die sich wie Blutegel in mein Fleisch gebissen haben. Nicht besonders rosige Aussichten. Auch Tomer, verunsichert durch meine ergiebige Ausbeute, beginnt sich hastig abzusuchen und stellt mit zehn Funden den abendlichen Rekord auf. Ab jetzt, das ist abgemachte Sache, wird es jeden Abend einen „Garabata-Check“ geben.

Nach einer durch meine Magenkrämpfe bedingten schlaflosen Nacht geht es weiter. Der Dschungel lichtet sich immer mehr und weicht der Gran Sabana. Bald lassen wir die letzten Ausläufer des Waldes hinter uns und betreten eine weite, sehr karge, nur von einigen grünen Palmen durchsetzte Landschaft. Mächtige Tafelberge mit schroffen, abweisenden, mehrere hunderte Meter senkrecht abfallenden Wänden tauchen links und rechts vor uns am Horizont auf. Stundenlang sind wir schweigend unterwegs. Die Sonne brennt stechend vom blauen Himmel und wir überqueren einen kleinen Fluss, der sich durch diese magische Landschaft zieht. Ich gieße mir einige Liter Wasser zur Abkühlung über den Kopf und halte meine Wasserflasche in die kalte Strömung. Schlagartig schwirren kleine, mückengroße Tierchen um mich herum, nutzen jeden freien Flecken und verbeißen sich sofort in meine Haut. Erschreckt schlage ich mit meinen Armen wild durch die Luft, um sie wie Gelsen abzuschütteln. Aber ich bin hier nicht zu Hause und das sind keine Gelsen. Kleine schwarze Punkte hängen schmerzhaft an meinen Gliedmaßen und es ist ein großes Massaker, bis ich mich ihrer wieder entledigt habe. Nur ist es damit nicht vorbei. Ich habe meine Flasche noch nicht vollgefüllt und schon wieder spüre ich dort und da einen stechenden Schmerz. Auch Tomer kämpft einige Meter weiter neben mir mit den uns noch fremden Bewohnern der Gran Sabana. Ich muss lauthals lachen. Tomers Bewegungen haben etwas von einem Irrsinnigen, der gerade gegen nicht vorhandene Feinde kämpft. Es sieht einfach zu komisch aus. Allein Juan scheint mit den kleinen Tieren kein Problem zu haben. Er wartet entspannt und durch ein Vollbad erfrischt auf der anderen Seite des Flusses. Einige Morde später, gesellen wir uns laut fluchend zu ihm.

„Das sind Puri-Puri. Sie übertragen keine Krankheiten, sondern sind nur lästig. Euch scheinen sie besonders zu mögen. Jetzt wisst ihr auch, warum hier alle, nicht nur zum Schutz vor der Sonne, immer lange Kleidung tragen“, beendet er seine kurze Erklärung und grinst unverschämt. Wir ringen uns ebenfalls ein Lächeln ab und stapfen weiter.

In der Gran Sabana, dieser wunderbaren, magischen Landschaft, hat sich unsere schon vorher kaum vorhandene Pausenzeit auf quasi null reduziert, denn ab jetzt können wir nicht einmal mehr eine Minute lang ruhig stehen bleiben. Jedes Wasserauffüllen und -lassen ist ein kleiner Kampf. Alles Selbstmörder, diese kleinen Puri-Puri! Die Kamikaze der Gran Sabana verbeißen sich so lange in die Haut, bis sie erschlagen werden. Aber auch wir tragen unsere Blessuren in Form kleiner, stark schmerzender Wunden davon. So bleibt uns nur eine Wahl: Marschieren, marschieren. Stunde um Stunde vergeht. Neuerlich sucht uns der Regen heim. Nicht schon wieder! Ich schüttle den Kopf, hänge mir etwas lethargisch meinen Biwacksack um, ziehe die Schultern hoch und stemme mich gegen Wind und Regen. Die flache, fast vegetationslose Landschaft bietet nur wenig Unterschlupf und so sind wir noch eine geraume Zeit unterwegs, bis wir eine Hütte mit überdachter Feuerstelle finden.

Schnell ist unser Lager aufgebaut. Zynisch scherzend hängen wir unsere Ausrüstung auf, bis jetzt haben wir noch keinen einzigen Tag trocken beenden können. Auch unser „Garabata-Check“ fördert wieder einige festgebissene Exemplare zu Tage. Ich hoffe nur, dass unser Dschungelkenner wirklich recht hat und wir nicht krank davon werden. Juan nimmt einen Ast und schneidet kleine Späne herunter. Obwohl ich es nun schon öfter gesehen habe, ist es mir immer noch unverständlich, wie er aus all dem nassen Holz ein hell loderndes Feuer entfachen kann. Wenig später hocken wir schwerfällig am Boden und starren in die Flammen. Ein Kilo Spaghetti in unseren Mägen und die Strapazen des Tages erlauben nur mehr wenige und langsame Bewegungen. Der Rauch vertreibt die Puri-Puri und wir können uns das erste Mal so richtig entspannen. Mein Blick verliert sich in den auflodernden, sich windenden Feuerzungen, die sich scheinbar verzehren, nur um sich gleich darauf wieder neu zu erschaffen. Eine wohlige Wärme durchdringt meinen klammen Körper. Juan erzählt uns seine Gute-Nacht-Geschichte, eine Überlieferung seines Stammes über die Entstehung der Welt und des Dschungels. Der Regen wird noch stärker, und im Schein des Feuers sehen wir nur eine in sich geschlossene weiße Wand. Anfangs übertönt Juan noch den Regen, dann werden seine Worte verschluckt, das Prasseln dröhnt wie unaufhörlicher Hagelschlag. Müde fallen wir in unsere Zelte. Vor dem Einschlafen wiederhole ich in Gedanken noch einmal Juans Geschichte. Schade, dass er uns sonst nichts vom Schamanismus vermittelt oder beibringt. Ich hatte erwartet, mehr davon zu erfahren oder zu erleben, aber auf Anfragen meinerseits reagiert er meist eher kurz angebunden, wenn nicht gar abweisend. Es scheint so, als würde er nicht gerne mit uns darüber sprechen. Wie es aussieht, werden wir dahingehend auch die kommende Zeit kaum mehr aus ihm herausbekommen.

Im selben Rhythmus vergeht Tag für Tag. Nach insgesamt sieben Tagen erreichen wir das kleine Dorf, bestehend aus vier Lehmhütten, am Fuß des Akopan-Tepuy. Wie eine riesige breite Schlucht mit vertikalen Wänden zieht sich das Tal verjüngend nach hinten. Von unserem Standpunkt aus können wir unser Ziel schon ausmachen. Eine dichte grüne Zunge zieht sich den Berg hinauf, der selbst am Gipfelplateau noch gänzlich bewachsen zu sein scheint. Im letzten Abendlicht erstrahlen die Wände in sanftem Rot und Orange und die vielen Wasserfälle, die sich waghalsig über die senkrechten Wände stürzen, glitzern wie Silberfäden. Eine unglaubliche Kraft und Stärke sowie Frieden und Ruhe gehen von dieser wunderschönen Landschaft aus. Sprachlos stehen wir vor diesem Wunder der Schöpfung. Tomer und ich sind heilfroh, unser Ziel letztendlich vor Augen zu haben. Sehr lange ist uns die Wanderung schon geworden, anstrengend die vielen Stunden des Marschierens, die Hitze, das bescheidene Essen und die aufreibenden Tierattacken. Trotz allem sind wir aber nach wie vor sehr motiviert, und die Freude auf den nun bevorstehenden Aufstieg lässt uns alle bisherigen Strapazen fast vergessen.

Juan reißt uns aus unserer Verzückung. Er kommt gerade vom Gespräch mit dem Dorfvorsteher und gibt uns stirnrunzelnd den Lagebericht: „Der Zeitraum zur Besteigung ist sehr kritisch, weil wir einige Flüsse überqueren müssen und diese sehr stark anschwellen können. Sogar die Rückkehr könnte unmöglich werden. Im schlimmsten Fall werden wir für unbestimmte Zeit von der Umwelt abgeschnitten am Berg gefangen sein.“ Überrascht und bestürzt diskutieren wir und wägen ab. Ein letzter Blick auf das gewaltige Bergmassiv bringt die Entscheidung. Wir werden es versuchen. An diesem Abend sprechen wir sehr wenig, jeder ist in sich gekehrt und bereitet sich gedanklich auf den nächsten Tag vor.

Vor Sonnenaufgang brechen wir auf. Ich ziehe mich noch kurz zum Gebet zurück. Auch die anderen bitten auf ihre Weise um den Schutz für unsere Unternehmung. Nachdem jeder von uns, ein Jude, ein Schamane und ein Christ, sein Gebet abgeschlossen hat, marschieren wir los. Schritt für Schritt setzen wir in diese unberührte Natur. Einige kleine Wolken hängen noch über den Bäumen und die Tropfen des nächtlichen Regens blitzen in der Morgensonne. Langsam setzte ich einen Fuß vor den anderen, so als dürfte ich die Natur nicht aufwecken und sie in ihrer Schönheit nicht stören. Meine Augen können sich nicht satt sehen an den Felswänden, den vielen verschiedenen Strukturen und Farben, mein Kletterherz schlägt höher und höher. Wie schön wäre es, in diesen Wänden zu hängen und eine Klettertour zu probieren, wie unverschämt komme ich mir aber allein bei dem Gedanken vor. Die mächtigen Wände strahlen eine außerordentlich große Kraft und Ruhe aus, die kein Menschenwesen durch egoistische Kletterei stören sollte. Diese wunderschönen Berge, dieses verlassene Tal, die kleinen Wasserfälle, der Fels, die schmalen Flüsse lassen mich eindeutig die große Heiligkeit dieses Ortes spüren. Demütig senke ich meinen Kopf und verspreche mir, genau auf mein Inneres zu hören und nichts auf unserer Besteigung gegen die Natur und ihre Bewohner zu erzwingen. Schon bald betreten wir dichten Dschungel und meine geliebten Felsen verschwinden aus dem Blickfeld. Der Boden ist sehr weich, feucht und schwammig, ich gehe wie auf Federn. Ein Führer aus dem Dorf begleitet uns die ersten paar Stunden, um sicher zu gehen, dass wir die Flüsse auch passieren können.

Das Wasser reicht uns bis zum Oberschenkel, wir stützen einander und stemmen uns gegen die Fluten. Bedacht und nur auf Kommando arbeiten wir uns Schritt für Schritt im Fluss vor. Dann ist es geschafft, der zweite Führer verlässt uns und wir sind wieder auf uns allein gestellt.

Juan stoppt, gleichzeitig fährt seine Hand ruckartig nach oben. Sofort bleiben wir stehen und halten den Atem an. Er deutet auf den Weg. Zuerst kann ich nichts ausmachen, alles ist immer nur grün, braun oder schwarz. Dann eine Bewegung und ich sehe sie: Eine riesige Tarantel versperrt uns den Weg. Mir fällt das Herz in die Hose. Juan hat uns schon öfter Schauergeschichten von Todesfällen erzählt, die auf Bisse einer extrem giftigen Tarantel zurückzuführen sind. Dazu habe ich immer brav genickt, mir aber gedacht, dass Spinnen bei weitem nicht so giftig und gefährlich sind wie Schlangen. Das habe ich zumindest so in Österreich gelernt, vielleicht ist das ja zu Juan noch nicht durchgedrungen. Jetzt aber sehe ich die Sache auf einmal ganz anders. Viele Reptilienshows habe ich schon besucht, aber so eine riesige Spinne ist mir niemals untergekommen. Faustgroß ist allein der gedrungene, hellbraune Körper, ganz zu schweigen von ihren dicken, langen und dicht behaarten Beinen. Auch Tomer verzieht sein Gesicht. Aber wir müssen an ihr vorbei. Es gibt keinen andern Weg, der Urwald legt sich wie ein Mantel um uns und die grüne Mauer scheint immer näher zu rücken. Juan setzt vorsichtig einen Fuß vor den anderen, ganz sanft, ganz achtsam. Er atmet auf und deutet uns, es ihm gleich zu tun. Tomer macht einen Schritt, dann noch einen. Schon ist er vorbei, seine Konzentration lässt nach und er tritt versehentlich härter auf. Jäh erwacht die Spinne aus ihrer Starre und startet auf mich zu. Ich schreie laut auf. Zurück kann ich keinesfalls. Ich denke nicht, alles geschieht wie von selbst. Mit einem Satz springe ich über die Tarantel, stolpere noch einige Schritte weiter und stoße unsanft mit Tomer zusammen. Mit vor Schrecken geweiteten Augen starre ich ihn an. „Shit man!", mehr bringe ich nicht heraus. Er entschuldigt sich einige Male, der Schock sitzt tief in meinen Gliedern.

Wir stapfen weiter. Die Stunden vergehen. Lange, sehr lange sind wir schon unterwegs. Niemand besitzt eine Uhr und so wissen wir nie, wie spät es ist. Nach meinem Gefühl müsste es jetzt bald dunkel werden. Juan gibt für die noch verbleibende Wegstrecke nur sehr ungenaue Angaben, wir vermuten, dass er es einfach nicht weiß. Irgendwo unter dem Gipfel soll eine kleine, freie Fläche auf einem Felsen sein, dorthin müssen wir gelangen. Langsam aber sicher stellen Tomer und ich unsere Entscheidung, in einem Tag bis knapp unter den Gipfel aufzusteigen, in Frage. Sollten wir uns doch zu viel zugemutet haben? Ohne Pausen geht es weiter und weiter hinauf. Eine Schlange, eine weitere große Spinne. Grün, braun, hellgrün, dunkelgrün, grün ...

immer höher. Juan keucht, Tomer setzt lethargisch, schwer atmend einen Fuß vor den anderen, ich bekomme sowieso kaum noch Luft. Die Luftfeuchtigkeit ist unerträglich. Nur Flüssigkeit scheint in meine Lungen zu dringen, kein Sauerstoff mehr. Mein Wasserverbrauch steigt ins Endlose. Ich trinke und trinke, der Schweiß rinnt in Strömen an mir hinunter, gerade so, als ob es regnen würde. Meine Augen tränen, ich spüre die Hände kaum mehr und bewege mich wie in Hypnose weiter und weiter den Berg hinauf. Irgendwann ist es mir egal, wie lang es noch dauern wird. Es gibt nur mehr den nächsten Schritt, Luft holen und das ganze wieder von vorn.

Dann, völlig ausgelaugt, erreichen wir den erlösenden Felsen. Ohne viel Zeit zu verlieren, stelle ich mein Zelt auf, Juan macht Feuer und kocht wieder Nudeln, wie jeden Abend. Ich bringe kaum einen Bissen hinunter, dann prasselt der Regen herab, ich verkrieche mich ins Zelt und falle in meinen verdienten Tiefschlaf.

Am nächsten Tag, der Regen hat aufgehört, krieche ich behäbig aus meinem Zelt. Wir befinden uns auf einem kleinen Felsplateau, das gerade mal geschätzte zehn mal fünf Meter groß ist. Neben uns schießt ein Fluss tosend in die Tiefe. Der Urwald ist wie eine Mauer, nirgends kann ich auch nur ein paar Meter weit sehen. Wir müssen hoch über dem Tal auf einem Felsvorsprung sein und ich habe keine Aussicht, sondern sehe nichts als grünen Dschungel. Enttäuscht stoße ich zu den anderen, die gegenwärtig einen Baum umsägen.

„Wir müssen den Fluss überqueren, um weiter auf den Gipfel zu kommen, dazu bauen wir jetzt eine behelfsmäßige Brücke“, weist mich Tomer in ihr Vorhaben ein. Gut, ich bin dabei, wir werden unsere Tauglichkeit als Pioniere unter Beweis stellen. Wenig später liegt ein Baumstamm ziemlich verloren schräg über das Flussbett. Wir sind stolz auf unser Meisterwerk und balancieren mit einem langen

Ast, den wir zum Abstützen verwenden, darüber. Einige Meter dringen wir noch weiter in den jungfräulichen Dschungel vor. Jählings schreckt Tomer zurück, rammt mir seinen Ellbogen in meinen Unterbauch. Er dreht sich um. Alle Farbe ist aus seinem Gesicht gewichen. „Eine Schlange“, stammelt er. „So nah!“, seine Augen werden noch größer und er zeigt zitternd mit seinen Händen eine Entfernung von ca. 20 cm. „Knapp neben meinem Ellbogen.“ Ich versuche ihn zu beruhigen und auch mich unter Kontrolle zu halten. Juan, unser Schamane, hat die Schlange übersehen. In diesem Moment dreht er sich um und fragt, was los sei. Tomer erzählt hastig, Juans Augen werden größer und größer. Die Schilderung der genauen Zeichnung der Schlange versetzt ihn gänzlich in Aufregung. Mit einer schnellen Handbewegung und befehlenden Worten bedeutet er uns, absolut ruhig stehen zu bleiben. Langsam kommt er auf uns zu, die Umgebung angespannt mit seinen Augen abtastend. Ich habe das Gefühl, als würde er mit der Umwelt verschmelzen. Leise stößt er die Luft aus der Nase und zeigt in die grün-braune Masse. Wir sehen nichts. Dann fährt Tomer nochmals zusammen und nun sehe auch ich die zweite Schlange. Zusammengerollt, den Kopf abwehrbereit hochgestreckt, liegt sie einen halben Meter von uns entfernt. Wir bräuchten nur die Hand auszustrecken, um sie zu berühren. Wir warten. Langsam senkt die Schlange den Kopf und verkriecht sich ins Unterholz. Ein allgemeines Aufatmen geht durch unser Trio.

Juan ist sichtlich erleichtert und erklärt uns: „Das ist eine Tercier Pelo, eine der giftigsten Schlangen überhaupt. Sie sind an ihrer Zeichnung sehr leicht zu erkennen und treten meist zu zweit auf. Wir haben noch einmal Glück gehabt.“

Glück gehabt, äffe ich ihn in Gedanken nach. Was tue ich hier eigentlich? Das ist nicht meine Welt, ich bin nur ein ausgeflippter, abenteuerlustiger Europäer, mehr nicht! Ich gehöre nicht hierher! Aus, mir reicht es, der Urwald steht mir bis zum Hals und ich habe das ewige Grün und die immerwährende Gefahr ein für alle Mal satt. Verglichen mit der Freude, die ich im Dschungel habe, hält sich das Risiko einfach nicht die Waage. Ich werde keinen Schritt mehr weitergehen. Ich bin nicht für diese Welt gemacht und ich setze hier nicht weiter mutwillig mein Leben aufs Spiel! Lautstark plädiere ich auf Rückzug. Tomer brauche ich nicht zu überreden. Wir drehen auf der Stelle um und schleichen im Schneckentempo, so vorsichtig und achtsam wie nie zuvor, zu unseren Zelten zurück.

Der Abstieg gestaltet sich zwar etwas weniger anstrengend, dafür aber umso gefährlicher. Der andauernde Regen hat den Boden glitschig und rutschig gemacht. Wie auf rohen Eiern arbeiten wir uns langsam nach unten. Vom Gefühl her sind wir im Abstieg nicht wirklich schneller als im Aufstieg. Nach Stunden erreichen wir den ersten Fluss. Diesmal haben wir keinen Führer aus dem Dorf dabei, der uns behilflich sein kann. Jeder Schritt muss genau gesetzt werden, auf keinen Fall dürfen wir ausrutschen. Mit vollster Konzentration und totalem Körpereinsatz schaffen wir es gerade noch, diesen sowie auch den nächsten Fluss zu überwinden.

Schließlich müssen wir noch einen braun-grünlichen Tümpel überqueren. Einige Bäume wachsen waagrecht knapp über der Wasseroberfläche und reichen bis an das gegenüberliegende Ende. Verzagt bewege ich mich, jeden Schritt möglichst exakt setzend, wie auf einem Seil balancierend, auf die andere Seite des kleinen Tümpels zu. Nein, halt, nicht schon wieder! Ich verliere die Balance und mit einem Ruck setzt es mich auf den Baumstamm. Ah, diesmal habe ich Glück gehabt. Doch nur einen kurzen Moment sitze ich aufrecht da, der Rucksack zieht mich in die andere Richtung, ich reagiere zu spät und versinke mit einem lauten Platschen im Tümpel. Prustend komme ich wieder an die Oberfläche. Tomer biegt sich vor lauter Lachen, mir ist aber eher nach Schreien zumute. Unzählige Male bin ich schon in kleinen Bächen, Flüssen, Tümpeln, Sümpfen und sonstigen Gewässern ein wenig oder bis über den Kopf eingetaucht. Mit Tomers Hilfe ziehe ich mich wieder hoch, er hat den Ernst der Lage erkannt und hat aufgehört zu grinsen. Ich bin es leid, täglich bis auf die Knochen nass zu sein, ich mag einfach nicht mehr.

Mit Einbruch der Dunkelheit, die Felsen erscheinen noch majestätischer im verschwindenden Licht, erreichen wir das Dorf. Hinter mir höre ich ein kurzes Platschen und einen Aufschrei von Tomer. Ich breche in schallendes Gelächter aus. Er kommt triefend nass um die letzte Wegbiegung geschlurft. Jetzt steht es wieder 1:1. Zufrieden und dankbar lachen und scherzen wir beim Feuerschein noch bis spät in die Nacht. Wir entwickeln eine schon längst überfällige Skala, mit der wir den Kleider- und Körperzustand im Verhältnis zum aktuellen Nässegrad beurteilen können. Diese Bewertung geht von „normal nass“ über sieben Abstufungen bis zu „extrem nass“. „Trocken“ lassen wir guten Gewissens, in Hinblick auf unsere Erfahrungen, gar nicht in unsere perfekt durchdachte, genau definierte und nach oben offene „Tomeralfsche Nässeskala“ einfließen.

Die nächsten Tage geht es wieder zurück Richtung El Pauji. Unsere Essensvorräte gehen schneller zur Neige als angenommen und wir müssen unsere Mahlzeiten immer mehr rationieren. Trotz quälenden Hungergefühls können Tomer und ich uns aber dennoch nicht an den neuen „Köstlichkeiten“ erfreuen, die uns Juan anbietet. Es ist Termitenzeit in Venezuela! Eine Festzeit für die Einheimischen, ein äußerst gewöhnungsbedürftiges Schauspiel für uns. Mit einem kleinen Plastikbeutel am Gürtel bewaffnet, liest Juan mit großem Eifer und Freude die ca. fünf Zentimeter großen, mit Flügeln ausgestatteten Termitenköniginnen auf. Wie ein lebendes Geschwür hängt der durchsichtige, mit lebenden Termiten randvoll gefüllte Beutel an seiner Seite herunter. So wie man bei uns zuhause ein Zuckerl herausnimmt, greift auch er in seinen kleinen Plastiksack, nimmt eine Termite heraus, reißt ihr die Flügel ab und verspeist sie voll Genuss bei lebendigem Leibe. Ich sehe zu spät weg, der Anblick hat sich schon in mein Gehirn eingebrannt. Angebote dieser Art schlagen wir beide nur zu gerne aus. Wir zwei Ausländer haben schon alle Hände und Füße voll zu tun, um uns der krabbelnden, fliegenden Tiere zu erwehren.

Noch einmal sucht uns ein unbeschreiblich starkes Gewitter heim. Die Regengüsse kommen hier mit einer Heftigkeit und Gewalt, wie ich sie in Österreich noch nie erlebt habe. Der Donner grollt, der Boden bebt, wie Hagelkörner peitscht der Regen uns ins Gesicht. So muss das Ende der Welt aussehen. Es fällt mir schwer, überhaupt noch ein Bein vor das andere zu setzen, nur laut schreiend können wir uns verständigen. Wieder einmal haben wir Glück und finden in einer kleinen Hütte Unterschlupf. Dort sitzen schon zwei Einheimische und bieten uns etwas von ihrer Mahlzeit an. Ich weiß, dass es nur mit meiner Prägung zusammenhängt, aber ich kann die Termitensuppe trotzdem nicht essen.

Tag ein, Tag aus, marschieren wir noch viele Kilometer. Jeder hat sein eigenes Tempo, seinen eigenen Takt. Auch innerlich hat mich das Erlebte zu meinem persönlichen Rhythmus geführt. Stark und klar spüre ich ihn in meinem ganzen Körper, und auf irgendeine Art und Weise macht er auch die Verbindung mit dem großen Ganzen für mich deutlicher fühlbar und erlebbar. Die Tage in dieser so kraftvollen Natur haben mich wieder zu meinen Ursprüngen zurückgeführt.

50 Kilometer müssen wir am letzten Tag zurücklegen. Die Landschaft zieht vorüber, die Füße schmerzen nicht mehr so sehr, sie sind das stundenlange Gehen schon gewohnt. Wie in Trance setzte ich Schritt um Schritt. Tafel-

berge, Flüsse, Palmen, Dschungel, Gedanken, grün, braun, rot, schön, gewaltig …

Wir betreten eine Lichtung, vor uns die ersten Lehmhäuser, ein Geländewagen kommt uns entgegen, wir sind wieder in der Zivilisation angelangt.

Nach den bescheidenen Essen der letzten zwei Wochen feiern wir unsere Wiederkehr mit einem bombastischen Mahl in St. Elena. Ich bin zwar kein Schamane geworden und habe außer ein paar Tiergesprächen von Juan keine neuen Erkenntnisse auf diesem Gebiet erlangt, aber das Abenteuer war in vielerlei Hinsicht ein Superlativ. Wir strahlen uns an und in den schönsten Ausführungen und höchsten Tönen lassen wir die wunderbaren, eindrucksvollen, so einzigartigen und doch sehr anstrengenden Erlebnisse der vergangenen Tage noch einmal Revue passieren. Die vielen, tief in meinem Herzen verwurzelten, unbeschreiblich wertvollen, außergewöhnlichen und unauslöschlichen Erinnerungen wiegen die 92 Wunden der Puri-Puri, die ich allein auf meinen rechten Fuß bis Knöchelhöhe zähle, und die anderen körperlichen Entbehrungen sowie den „Verlust“ meiner – nun nicht mehr funktionstüchtigen – Kamera bei weitem auf.

Wir umarmen uns zur Verabschiedung und ich fühle die tiefe Verbindung, die sich unter uns drei entwickelt hat. Eine unaussprechliche Herzenswärme und Dankbarkeit durchflutet mich und kein Auge bleibt trocken. Ein letztes Lebewohl, dann bin ich wieder allein und eines meiner größten Abenteuer ist zu Ende.

Jetzt kann ich wirklich nach Brasilien weiterreisen und Venezuela den Rücken kehren.

Ol Brasil

Die Sonne scheint vom tiefblauen Himmel, sehr deutlich sind die Hitzewellen über dem Asphalt auszumachen. Ich stehe abermals am südlichen Ortsende von St. Elena und versuche mich im Autostopp. In Europa war es saukalt, als ich abgereist bin, hier versengt mich die südamerikanische Sonne. Ein optimales Stopperwetter gibt es anscheinend nicht. Heute möchte ich zumindest noch nach Boa Vista in Brasilien kommen.

Zwei Stunden später sitze ich in einem kleinen Van, vier waschechte Brasilianer begrüßen mich wie einen lang vermissten Freund. An der brasilianischen Grenze lasse ich mir zum zweiten Mal den Einreisestempel in meinen Pass drücken, diesmal mit der Gewissheit, Venezuela zumindest für diese Reise das letzte Mal erlebt zu haben. Verwirrt drücke ich mich wieder in eine Ecke des Fahrzeugs und bin mir sicher, dass die Insassen etwas Illegales im Schilde führen: So fröhlich und freundlich hat mich ein Fremder noch nie behandelt. Aus einer Kühlbox reicht der Fahrer, andauernd lächelnd, kleine Erfrischungen in die Runde, es wird gesungen und gelacht. Bei einer kurzen Rast werde ich mit brasilianischen Delikatessen königlich verpflegt. Spätestens ab diesem Zeitpunkt verstehe ich außer der Sprache auch das nette, extrem freundliche und hilfsbereite Verhalten der braungebrannten Insassen gar nicht mehr. Unmöglich! Ich warte noch immer darauf, dass wir von einer Polizeistreife aufgehalten werden und alles auffliegt, was auch immer es ist. Wahrscheinlich transportieren sie Drogen oder Ähnliches, umsonst sind sie nicht so überfreundlich. Angespannt versuche ich, aus den Gesprächen etwas zu entnehmen, aber wie zu erwarten ohne Erfolg. Zwischenfallsfrei erreichen wir Boa Vista und ich werde nach meiner gewünschten Ausstiegsstelle befragt. Vor dem

Busbahnhof verabschieden sie mich aufs Herzlichste, umarmen mich, dann sind sie fort und nichts ist passiert. Völlig perplex und verwirrt winke ich zum Abschied hinterher. Was ist das hier, Paradise City?

Nach kurzem Überlegen entscheide ich, mein Stopperglück gleich weiter zu probieren und stapfe zur nächsten Tankstelle. Plötzlich hält ein kleiner PKW vor mir. Die Fahrerin bedeutet mir einzusteigen. Was soll das nun wieder? Nach längerem Wortwechsel wird klar, dass sie mir helfen möchte, mein Gepäck sähe einfach unendlich schwer aus. Ich verstehe die Welt nicht mehr, schüttle den Kopf und nehme dankbar Platz. An der nächsten Tankstelle steige ich aus und die herzliche Verabschiedung von vorhin wiederholt sich. Brasilien, du bist anders, sehr sympathisch anders.

Aber wie frage ich nun, ob mich jemand mitnehmen will? Warum spricht man in Brasilien nicht auch Spanisch? Dann wäre jetzt alles viel einfacher. In Venezuela konnte ich mich schon recht gut verständigen und unterhalten, jetzt stehe ich wieder ganz am Anfang. Stunde um Stunde vergeht. Meine beste, positivste innere Ausrichtung und das netteste Lächeln helfen nichts, gleich wenig wie der „Ich bin so arm, bitte helft mir“-Gesichtsausdruck, alles ist vergebens. „Per corona“ zu reisen ist anscheinend doch schwieriger, als meine ersten zwei Erlebnisse mich glauben gemacht haben. Trotz dieses fulminanten Starts muss ich meine Niederlage eingestehen und am späten Abend doch den Bus nehmen. Auf meinem Sitz in der hintersten Reihe werde ich hin und her geschleudert und kralle mich verbissen in die Sitzbezüge. Das Krachen der Stoßdämpfer und die Erschütterung lassen an Schlaf nicht einmal denken. Die Straße nach Manaus ist anscheinend in desolatem Zustand.

Am Morgen, nach zehnstündiger Höllenfahrt, erreichen wir die Urwaldstadt. Ich steige aus und werde fast erschlagen. Es ist noch früh, aber die Luftfeuchtigkeit und Temperatur in Manaus ist schon unbeschreiblich hoch. Sofort ist mir sonnenklar: Hier kann ich es keinesfalls länger aushalten. Der Verlauf des ersten Tages bestätigt meine Vorahnung. Kurz gesagt: Ich schwitze, schwitze und schwitze. Ob ich liege, stehe oder sitze, in der Sonne wie auch im Schatten, egal, was auch immer ich tue, und sei es nur denken, rinnt mir der Schweiß in Strömen herunter. Mein Kopf pocht unaufhörlich und mein Körper schreit andauernd nach Wasser und Abkühlung. Keine Ahnung, wie man es in dieser Stadt auch nur einige Tage aushalten kann. Ich muss hier schnellstmöglich weg, ansonsten komme ich als dehydrierter Ötziverschnitt wieder nach Hause.

In welche Richtung will ich nun eigentlich? Von Manaus aus könnte ich nach Peru, Bolivien oder vielleicht sogar nach Kolumbien weiterreisen. Und Brasilien? Nein, dieses Land wollte ich auf gar keinen Fall bereisen, hier gibt es keine hohen, schroffen Berge und die unbekannte Sprache schreckt mich ab. Aber es hilft alles nichts. Rationale Entschlüsse sind mit meiner Einstellung und Ausrichtung nicht vereinbar, laut zweitem Eckpfeiler meiner Reise gibt es nur ein einziges Entscheidungskriterium: Meine innere Stimme. Diese spricht eine klare Sprache, ich werde in Brasilien bleiben.

Abgesehen von der Straße, auf der ich schon durchgeschüttelt wurde, gibt es keine weitere Möglichkeit, Manaus auf dem Landweg zu verlassen. Bleibt nur der Amazonas: 1.000 km oder fünf Tage dem Amazonasstrom nach Osten folgend sind bis Belem zurückzulegen. Zweistöckige Amazonasdampfer, die mich ein wenig an den Film von Tom Sawyer und Huckleberry Finn erinnern, stehen im Hafen zu dieser Fahrt bereit. Die Vorstellung, auf so einem Schiff auf dem riesigen Strom nach Belem zu gondeln, fühlt sich gut an. Gleich morgen werde ich weiterreisen.

Ich erscheine so früh wie möglich an Bord. Auf dicken Eisenstangen befestige ich meine Hängematte, mein „Bett“ ist somit bezogen. Mit der Zeit kommen immer mehr Menschen an Bord und tun es mir gleich. Zuerst noch etwas aufgelockert, dann immer dichter und dichter und schlussendlich sehr beengend ist das Gewirr aus Hängematten der verschiedensten Größen und Farben. Beide sonst völlig freie nach allen Seiten hin offenen Stockwerke des Bootes sind bald komplett mit Hängematten zugebaut. Meine frühe Platzreservierung hat also absolut nichts gebracht, etwas verärgert mache ich einen Rundgang auf dem Schiff. Eine kleine Bar, eine Dusche, eine Toilette pro Stockwerk, alles so einfach wie möglich, komplettieren die Ausstattung des mit seinen kleinen Säulen und bunt bemalten Planken freundlich und einladend wirkenden Schiffs.

Wir legen ab. Nach kurzer Zeit tuckert das Schiff ein wenig schwerfällig, aber nicht langsam, über die kleinen Wellen des Stromes dahin. In der Ferne sehe ich das andere Ufer, wie ein Meer wirkt die gewaltige Wasserfläche. Der Fahrtwind ist wunderbar erfrischend und ich bin froh, Manaus entronnen zu sein.

Die Mitreisenden sind gemischter Herkunft, hauptsächlich aus anderen Ländern Südamerikas, viele Brasilianer sowie einige Europäer. Die Stimmung ist fröhlich entspannt, mit Musik und guter Laune gehen die Tage vorüber. Allein die Nächte rauben mir den letzten Nerv. Im besten Fall liegen wir zusammengepfercht, Schulter an Schulter in unseren Hängematten, ohne jede Möglichkeit, auch nur kleinste Bewegungen durchzuführen. Bei einem leichten Schaukeln des Bootes beginnt der allnächtliche Kampf: Die Hängematten beginnen hin und her zu schwingen, jedoch in unterschiedlichem Rhythmus und Zusammenstöße sind unvermeidbar. Meine Hängemattennachbarn spreizen bald ihren Ellbogen nach außen, um den Stoß abzufangen, und ich unterdrücke einen schmerzhaften Aufschrei. In unbestimmten Abständen bekomme ich von links und rechts einen Hieb versetzt. So wird aus einer kleinen Schaukelei ein schlafraubendes Geboxe.

Den Tag über lässt die wechselnde Flusslandschaft die Zeit nicht lang werden. Oftmals sehe ich das andere Flussufer nicht, dann wieder wird es so eng, dass der Urwald zum Greifen nahe scheint. Interessant sind auch die kleinen Dörfer und Städte, an denen wir vorbeikommen oder manchmal anlegen, um Waren aufzunehmen oder einen Passagierwechsel zu vollziehen. Ich versuche mir dieses Leben am Rande des Flusses vorzustellen. Doch unbegreiflich und unfassbar bleibt diese völlig fremde, fesselnde Welt. Warum ist gerade hier eine einzige Hütte, warum hier ein riesiges Dorf, dann wieder meilenweit nichts? Das Leben vor meinen Augen bleibt ein gut gehütetes Geheimnis. Der mächtige Strom, die grüne Wand des Urwalds, die Zeichen menschlicher Zivilisation, alles ist neu für mich und nichts bisher Gesehene lässt sich damit vergleichen.

Auch die Ausbeutung des Amazonas bekomme ich frei Schiff geliefert. Dort, wo riesige Werke stehen, Unmengen von abgeholzten Bäumen herumliegen, wo der Eingriff von Menschenhand schon fast körperlich weh tut, überall dort führt unsere Fahrt am Strom vorbei. Nur erahnen kann ich das Ausmaß der Zerstörung durch den Menschen, aber bereits diese leise Ahnung, gekoppelt mit den Eindrücken vor meinen Augen, lässt mich innerlich erschauern. Wir sind dabei, die Erde zu zerstören. Wer ist schuld daran? Sind die Menschen hier, indem sie ihre eigene Lebensgrundlage zerstören, schuld an all dem? Bilder von kleinen, heruntergekommen Hütten und bettelnden Menschen auf den Straßen Südamerikas tauchen vor meinem inneren Auge auf. Nein, ich glaube nicht. Diese Menschen hier kämpfen um das nackte Überleben. Sie nehmen jede Arbeit an, ungeachtet dessen, wie viele Bäume des Urwalds dafür auch sterben müssen. Sie haben keine andere Wahl. Wir aber, Menschen aus den Industrieländern, aus der ersten Welt, haben die Möglichkeit zu entscheiden. Bei uns geht es größtenteils nicht um das Überleben, sondern nur um mehr Besitz, mehr Geld und immer mehr Macht. Rücksichtslos werden Mensch und Natur ausgebeutet, um so viel Profit wie möglich zu erwirtschaften. Wir Menschen aus den reicheren Ländern der Erde, wo Skrupel nur eine Frage der Bezahlung ist, der Luxus zur Normalität gehört, wo Menschen den Gott des Geldes verehren, wir tragen die Verantwortung. Wie lange werden wir noch brauchen, um zu verstehen? Wie lange werden wir noch die falschen Entscheidungen treffen? Wann wird die Diktatur des Geldes ihr Ende haben? Wir haben die Wahl! Wir müssen die richtigen Entscheidungen treffen. Wir!

Lange noch sitze ich reglos auf meinem Platz, erforsche mit meinen Blicken das Ufer und sinniere über die Welt nach. Werden wir noch rechtzeitig umdenken? Wie kann ich meinen Beitrag leisten?

Nach sechs Tagen erreichen wir Belem, eine 1,5-Millionen-Einwohnerstadt, die direkt am Amazonasdelta liegt. Was mir hier schon am ersten Vormittag auffällt, ist das Schritttempo der Brasilianer. Ich bin auf den Straßen Belems unangefochten der Schnellste, und das, obwohl ich im Laufe der Reise mein Tempo schon sehr reduziert habe und verglichen mit meiner europäischen Ganggeschwindigkeit eher schleiche als gehe. In Österreich wird man in größeren Menschenmengen ein bisschen geschubst oder gestoßen, wenn man zu langsam unterwegs ist. Hier müsste ich die ganze Bevölkerung stoßen oder anschubsen, wenn ich schneller vorankommen wollte, alle bewegen sich langsam und gemütlich. Keine Hektik ist erkennbar oder fühlbar. Ich habe keine Eile und gleiche mich dem allgemeinen Rhythmus an. Nirgends wird gedrängelt, alle sehen fröhlich aus. Die ruhige, entspannte, lockere Atmosphäre springt auf mich über und ein wenig Großstadtstress fällt von mir ab. In Europa überkommt mich meist ein ungutes Gefühl, wenn ich in größeren Städten unterwegs bin. Hier ist es ganz anders. Alles scheint einen anderen Rhythmus zu haben. Wenn ich etwas frage, bekomme ich keine einzige ungute oder gehetzte Antwort, werde nie abgewiesen oder schnell abgehandelt. Jeder ist freundlich und darauf bedacht, mir so gut wie möglich weiterzuhelfen.

Es scheint, als würde es hier im Norden von Brasilien noch paradiesische Zustände geben. Ich tauche ein in diese neue, andere Welt.

Tagelang streife ich von hier nach da und lasse mich einfach treiben, erlebe die Stadt und die Menschen so intensiv wie möglich, versuche alles in mich aufzusaugen. Alles, ja wirklich alles ist anders als in Europa. Wo ich mich hinwende, was ich tue, mit wem ich rede, alles ist wunderbar anders.

Wenn ich mich in einem Laden umsehe, bekomme ich die klingenden Worte „A vantagem se" zu hören. Tag für Tag formiert sich die Bedeutung dieses Ausdrucks immer mehr heraus: Fühlen Sie sich wohl! Machen Sie es sich gemütlich! Sie sind herzlich willkommen! Nur keinen Stress, genießen Sie die Zeit! Fühlen Sie sich wie zu Hause und vieles mehr.

Allein dieses „A vantagem se" spiegelt sehr deutlich die Art meiner Begegnung mit den Einheimischen wider. Es geht immer darum, dass man sich wohl, angenommen und nicht zu irgendetwas gezwungen fühlt. Sieht man irgendwo eine Warteschlange, so nutzen die Menschen die Zeit für Austausch und Kommunikation, es wird gescherzt und gelacht. Eines Abends sehe ich eine Zweierreihe beim Konzerthaus rund um das gesamte Gebäude stehen. Keiner drängt, keiner flucht, keiner bekommt ein langes Gesicht. Hier gilt es, die Zeit des Lebens zu genießen, auch oder gerade, wenn man in einer Warteschlange steht. Als Vegetarier bin ich hier, im Norden von Brasilien, sowieso im

Garten Eden angekommen. Früchte und Gemüse ohne Ende. Eine Vielfalt und Vielzahl, wie ich es mir in meinen kühnsten Träumen nicht hätte vorstellen können. Ich stehe vor einem dieser kleinen Stände, die Fruchtsäfte anbieten und überall die Straßen pflastern. Mein Kopf bewegt sich langsam auf und ab, einige Minuten lang rühre ich mich nicht von der Stelle und lese aus dem Angebot: Tamarindo, Tangerina, Mango, Mamao, Murici, Buriti, Bacuri, Caju, Acerola, Abacaxi, Goiaba, Melao, Laranja, Caja, Pitanga, Maracuja, Limao, Umbu, Cacao, Mangaba, Cupuacu ... Welchen nehme ich jetzt? Unsicher zeige ich auf ein Schild und mit Spannung koste ich das völlig unbekannte Getränk. Ich werde wohl lange hier bleiben müssen, um alles durchzuprobieren.

Meine Abwehrhaltung und negative Einstellung Großstädten gegenüber verschwindet immer mehr. Die meiste Zeit in Belem verbringe ich voller Neugier und Entdeckungsdrang auf den Märkten und an den Straßenständen. Überhaupt leben die Brasilianer mehr im Freien als in Gebäuden. Die Mahlzeiten, die Treffen und Gespräche, der Großteil des Lebens spielen sich auf der Straße ab. Selbst die wenigen Restaurants sind nach vorne offen und somit wieder auf eine Art und Weise mit den Vorgängen auf der Straße verbunden. Ein Gefühl der Einheit und Gemeinsamkeit entsteht. Ein tragendes Element scheint dies noch zu verstärken und zu beflügeln – die Musik. Sie ist das Ecstasy, das Allroundmedikament der Brasilianer. Überall, selbst in den entlegensten Ecken, ist man von Musik umgeben. In den Straßen, in den Autobussen, wo man geht und steht wird man begleitet von Tönen der Freude und der Leichtigkeit. Oftmals sehe ich, wie Leute durch eben erklingende Töne beschwingter durch die Straßen wandern oder sich in Gesprächen wippend zum Takt bewegen. Die Musik ist im Leben dieser Menschen in jeder Sekunde präsent. Und angelehnt an die Musik ist auch die Sprache.

Kein abgehacktes Wort, keine hart klingenden Laute, sondern fast wie ein Singsang klingen die Gespräche. Jedermann singt also, egal, ob er spricht oder wirklich singt.

Und dann gibt es noch das „Markenzeichen“, das Erkennungsmerkmal unter den Brasilianern: Der erhobene, nach oben gestreckte Daumen. Für mich aus meinem Stopperleben nicht ganz unbekannt, ist dies hier eine alltägliche, in allen Bereichen des Lebens verwurzelte Geste. Überall begrüßt man sich, egal, ob bekannt oder unbekannt mit dem „Zeichen des Daumens“.

Eines Abends, kurz vor meinem letzten Fruchtcocktail, beobachte ich wie so oft das Treiben auf der Straße. Meine Aufmerksamkeit wird von einem komplett verrosteten, uralten Pick-up angezogen. Der Pick-up schiebt gerade langsam zurück. Der Lenker plaudert angeregt gestikulierend mit seinem Beifahrer, ein Meter hinter ihm steht ein Polizeiwagen. Die beiden Polizisten, schon sichtlich nervös, hupen wie wild, was die Zwei im Pick-up nicht aus der Ruhe bringt, geschweige denn, sie dazu veranlasst, den Kopf nach hinten zu wenden. Das Vorhersehbare passiert und der Pick-up kommt ruckartig an der Stoßstange des Polizeiautos zum Stillstand. Ich sitze da und beobachte die Gesichter. Die zwei im Pick-up verziehen keine Mine, gelassen sehen sie zurück. Als sie das Polizeiauto wahrnehmen, ändert sich nichts in ihrem gemütlichen, gelassenen und frohen Gesichtsausdruck. Ähnlich die Situation im Wagen der Beamten. Die Polizisten steigen zuerst aus. Dann befindet es auch der Lenker des anderen Wagens der Mühe wert, die Türe langsam zu öffnen und sehr bedacht auszusteigen. Als Begrüßung wird auf beiden Seiten der Daumen hochgestreckt. Dann drehen sie den Kopf und begutachten aus sicherer Entfernung die Aufprallstelle. Wieder treffen sich ihre Blicke, ein kurzes Schulterzucken, dann wieder der hochgestreckte Daumen. Ein Lächeln auf beiden Seiten, noch einmal das Daumenzeichen zur Verabschiedung. Kein einziges lautes, zorniges, wütendes Wort ist ausgesprochen worden, ja nicht einmal in den Gesten oder im Ausdruck ist etwas Negatives entstanden. Die Wagen rollen langsam hintereinander der Ausfahrt entgegen. Ich überlege, wie diese Situation wohl in anderen Ländern mit anderen Lebenseinstellungen der Menschen abgelaufen wäre. Der Daumen bringt also in allen Lebenslagen zum Ausdruck, dass etwas in Ordnung ist, etwas schön ist, man übereinstimmt, sich begrüßt und vieles mehr. Das „Zeichen des Daumens" wird für mich zum Synonym für fröhliche, offene, herzliche Menschen im Norden von Brasilien.

Das ist eine Seite, aber leider gibt es auch andere Seiten des Lebens, des Überlebens in Brasilien. Zahlreiche Menschen leben in höchst ärmlichen Verhältnissen. Viele schlafen auf der Straße, am Busbahnhof, hinter ihren Straßenständen oder sonstwo. Sie müssen täglich um ihr Leben kämpfen, müssen versuchen, auf irgendeine Art und Weise über die Runden zu kommen. Noch habe ich zu wenig Sprachverständnis und bin zu kurz hier, um zu verstehen, wie es ihnen hinter der Fröhlichkeit und dem Lachen wirklich geht, aber ich habe noch viel Zeit, um es herauszufinden.

Eine Woche lang bleibe ich in der Stadt, beobachte die Gewohnheiten und Lebensrhythmen der Brasilianer und versuche, die vielen Eindrücke so gut wie möglich abzuspeichern.

Dann reise ich weiter. Mit Bus und Zug lege ich einen Großteil der Strecke nach Sao Luis de Maranhao zurück. Schon die Zugabfahrtszeiten sind gewöhnungsbedürftig: Jeweils montags, mittwochs und freitags um fünf Uhr morgens. Es gibt also nicht nur eine einzige Zugstrecke, sondern auch nur eine Zuggarnitur. Überhaupt ist Brasilien kein Land der Zugfahrer, es gibt in diesem riesigen Staat nur ganz wenige Zugverbindungen. Der Andrang der Menschen im Bahnhof ist dementsprechend groß. Nach einer dem Benehmen der Wartenden nach zu urteilen nicht überraschenden zweistündigen Verspätung, fährt der Zug im Bahnhof ein. Nach brasilianischer Mentalität im gemütlichen Schritt, gesittet und freudig plaudernd steigen alle Reisenden ein. Ich besteige als Letzter den Zug, gehe den Gang entlang, setzte mich zum Fenster und bestaune die moderne Ausstattung und den Komfort. Verwundert und überrascht begutachte ich die Fernseher am Gang – so habe ich mir einen Zug in Brasilien nicht vorgestellt. Was mich aber noch mehr erstaunt, ist die Tatsache, dass ich als einziger mit Nahrungsvorräten für den Tag ausgestattet bin.

Schon beim ersten Zwischenstopp wird klar, wie sich die anderen Reisenden den Tag über versorgen werden. Zeitgleich mit dem Ausrollen der Räder schießen aus allen Richtungen Frauen, Mädchen und kleine Burschen hervor. Angefangen von einem vollen Menü, das meist aus Reis mit Bohnen und irgendeinem Stück Fleisch besteht, bis zu Süßigkeiten, Getränken und selbst gemachten Backwaren bieten sie alles feil, was das Herz begehrt. Auf den Köpfen balancierend werden die Waren den Reisenden am Fenster dargeboten, andere wandeln zielsicher mit ihren Körben durch die Waggons. Ein kurzes Nicken oder ein Wort und der Handel ist perfekt. Nur ich komme im Zug nicht zum Zug. Meist reicht die Zeit gerade aus, um Erkundigungen über das Angebotene einzuholen, nicht aber um das Gewünschte dann noch zu kaufen. Ich habe also meine Verpflegung nicht umsonst mitgenommen.

Der Zug rollt langsam weiter. Selbst im Vorbeifahren dringt die Musik aus den Dörfern an meine Ohren. Fasziniert schaue ich aus dem Fenster. Kleine Kinder singen und tanzen zum Rhythmus der Melodien. Armut und Fröhlichkeit, was für ein krasser Gegensatz. Oder auch nicht?

In Sao Luis angekommen, erfahre ich mit Freuden, dass ich termingerecht zum größten Fest des Jahres angereist bin. Wunderbar, mein Plan, ohne Plan zu reisen, funktioniert also immer noch.

„Sao Joao“ ist wahrlich ein besonderes Fest, das nach dem gleichnamigen Heiligen benannt ist. „In den Tänzen werden die Lebensumstände der Vorfahren, die einst als Sklaven nach Südamerika gebracht worden sind, thematisiert“, verstehe ich, nach mehrmaligem Nachfragen, die Erklärung einer Besucherin. Genaueres kann ich nicht herausfinden, aber die besondere Stimmung vor Ort ist stark spürbar.

Tausende und Abertausende strömen durch das Eingangstor in das wie ein Amphitheater angelegte Festgelände. Bald schon ist kein Platz mehr zum Umfallen. Die Farbenvielfalt und Pracht der Kostüme, die verschiedenen Tanzdarbietungen und die Kraft der Stimmen und Instrumente tragen mich immer weiter fort und entführen mich in eine Welt der Extase, die das Fliegen, die Freude und die Träume zum Inhalt hat. Immer weiter und weiter. Tausende mit zwei Holzstäben ausgerüstete Menschen schlagen zu den Trommlern den Takt. Die Energie und die Kraft der Menge steigen ins Unermessliche und die Spannung in der Luft ist spür- und greifbar. Noch lauter, noch schneller wird der Rhythmus. Die Füße stampfen zusätzlich auf den Boden, die Stäbe schlagen zusammen, die Trommeln dröhnen wie Donnerschlag. Die Masse tobt, der Boden bebt, die Luft vibriert, alles ist Musik, alles ist Tanz und Ausdruck. Nichts anderes scheint mehr zu existieren.

Drei Wochen sind seit diesem Fest in Sao Luis vergangen. Es wird Morgen in Teresina, einer Großstadt im zentralen Norden Brasiliens. Obwohl ich mich in dieser Nacht in ein entlegenes Eck des Busbahnhofs verkrochen hatte, konnte ich wieder kein Auge zutun. Viele Reisende sind an mir vorbeigelaufen und das Licht der Neonleuchten hat sich die ganze Nacht über auf meiner Netzhaut eingebrannt. Ich krieche unter dem Moskitonetz hervor und bringe meine schmerzenden Gliedmaßen behutsam in Bewegung. Wie ein 80-Jähriger quäle ich mich ächzend in die Höhe. Bedächtig bücke ich mich, rolle meine Unterlegsmatte zusammen und schnalle sie auf den Rucksack. Geknickt schlurfe ich auf die öffentliche Toilette, wecke meine Sinne so gut es geht mit eiskaltem Wasser und warte auf eine freie Dusche. Ich schüttle den Kopf. So kann es auf keinen Fall weitergehen. Sogar zu rauchen habe ich vor einigen Tagen wieder angefangen. Ich bin völlig fertig. Dabei habe ich in den letzten Wochen so viele wunderschöne Naturschauspiele erleben dürfen und so bereichernde Begegnungen gehabt.

Zuerst die beeindruckende Amethystmine inmitten des Urwalds. Auf abenteuerliche Weise, nur kriechend und robbend konnte ich in 150 Meter Tiefe die Stollen erkunden und die violetten, teilweise schwarz wirkenden Kristalladern bewundern. Überschwänglich und so herzlich wurde ich im Dorf, dessen Lehmstraßen mit minderwertigen Amethysten völlig zugepflastert waren, empfangen und von Mensch zu Mensch weitergereicht.

Und Lencois, die gelb-weiße Dünenlandschaft mit eingelagerten Süßwasserseen, die im Licht der Sonne kristallklar grün, bläulich und selten rot glitzern. Die 60 km lange und zwei Tage dauernde Wanderung zu einer Oase werde ich niemals vergessen. Bei 40 Grad in der Wüste marschieren. Dann einen Sprung ins klare, kalte Wasser, mit einem Schluck vom kühlen Nass die Anstrengung hinunterspülen und wieder weiter hinauf und hinunter.

Dann weiter zur Opalmine, wo ich meinen gefundenen Halbedelstein in der Lapitation selbst schleifen durfte und abermals von den Arbeitern so freundlich empfangen wurde.

Letzte Woche erst der Besuch in einem Nationalpark mit pittoresken, einige Meter hohen, wie Schildkrötenpanzer geformten Steinformationen.

„Oi, bom dia.“ Jäh werde ich aus meinen Gedanken gerissen.

„Oi“, ich nicke, ein Mann stellt sich hinter mir für die Dusche an.

Und nun bin ich seit drei Tagen hier in Teresina und weiß weder ein noch aus. Meine Aufnahmefähigkeit ist erschöpft. Den Tag über laufe ich in der Stadt umher, ohne Ziel, ohne Freude, die Nächte verbringe ich auf dem Busbahnhof. Ich bin voll bis oben hin, angestopft mit all den Erlebnissen. In mir ist eine Leere und gleichzeitig eine Überfülle. Ich bin unruhig, leicht reizbar und meine innere Mitte liegt gefühlsmäßig eher weit außerhalb. Nach unzähligen Begegnungen habe ich es endgültig satt, jeden Tag neue Menschen kennenzulernen, mich kurz auszutauschen, dieselben Fragen zu beantworten und danach weiter zu ziehen. Die portugiesische Sprache selbst stellt für mich eine kaum überwindbare Barriere dar. Diese Unfähigkeit, mich wirklich auszutauschen, zerreißt mich fast innerlich. Da ich auch die Touristenwege meide, sitze ich zwischen zwei Stühlen. Ich bin von der Außenwelt abgeschnitten, allein und verlassen, irgendwo in Brasilien, außerstande, die selbst gesteckten Grenzen zu überwinden.

Als eine große Last entpuppt sich auch meine selbst gestellte Reiseaufgabe. Im Jetzt zu leben, nichts vorauszuplanen, jeden Tag neu entstehen zu lassen, ist für mich eine der schwierigsten Aufgaben geworden. Oftmals stehe ich wie gelähmt vor einer Entscheidung. Alles ist möglich, absolut alles. Wie entschließe ich mich, was ist richtig? Wie angenehm dieses „Frei sein von allem“ doch klingt, aber wie viele Fragen sich dann neu stellen, wie viele Abgründe sich da auftun, unglaublich. Zu Hause war es für mich leicht zu sagen, „Ich lebe im Hier und Jetzt“, denn die Tage waren so gut wie immer zugedeckt mit Terminen, geplant, verplant mit Akademie, Freunden, Hobbys, Familie und vielem mehr. Jetzt ist jeder Tag ein unbeschriebenes

Blatt, eine leere Seite, die ich ganz allein in allen Bereichen zu gestalten habe. Da gibt es keinen Raster, keinen Rahmen, keine Vorgaben, kein Abpausen, hier bin ich Schöpfer meines eigenen Kunstwerkes. Jeden Tag neu, immer ein leeres Blatt. Ich habe das Gefühl, dass jede Wahl, die ich treffe, immens wichtig ist. Jede auch noch so kleine Entscheidung verändert meinen gesamten Reiseverlauf. Wie groß doch die Verantwortung für mein eigenes Leben geworden ist. Meine Reiseaufgabe, „ohne Plan zu reisen," ist zu einer Last geworden und es fällt mir manchmal leichter und dann wieder unendlich schwer, diese Last zu tragen.

Abgesehen von den psychischen Belastungen rauben mir das Klima und das andauernde Schlafen auf den Busbahnhöfen – meine aktuelle Statistik liegt derzeit bei 25 fast schlaflosen Nächten – meine letzten Energiereserven. Nein, so kann es wahrlich nicht weitergehen! Ich schüttle abermals den Kopf und schrecke aus meinen Gedanken hoch. Die Dusche ist nun endlich frei. Lange lasse ich das kalte Wasser über meinen Körper rinnen.

Es muss sich etwas ändern! So schnell wie möglich! Das Wasser reinigt nicht nur meinen Körper, auch mein Geist wird wieder klarer. Plötzlich steht mein Entschluss fest: Ich werde Zuflucht in den mystischen Hügeln der „Chapada Diamanthina" suchen. Dort, so hoffe ich, werde ich wieder zu mir finden. Gleich heute werde ich abermals mein Stopperglück versuchen. Ich bleibe noch einige Zeit unter dem Wasserstrahl stehen, dann drehe ich den Duschhahn zu.

Froh und dankbar strahle ich den Truckfahrer an, der sich mir als Valercio vorstellt. Gestern noch hatte ich kein Glück an der Tankstelle in Teresina und wurde immer nur abgewiesen, heute Morgen hat es aber gleich auf Anhieb geklappt. Nach einigen Stunden Fahrt fühle ich mich um Klassen besser als zuvor. Der dreitägige Aufenthalt auf dem Busbahnhof in Teresina scheint schon wieder weit zurückzuliegen. Zwischendurch halten wir an Märkten an. Ruhig und bedacht, gleichzeitig geduldig erklärend, sucht Valercio die Produkte aus und ich werde liebevoll versorgt. Bei meinen ersten Stoppererlebnissen in Brasilien waren mir diese Einladungen noch sehr unangenehm, aber anscheinend ist es hier so Brauch und ich nehme dankbar alles an.

Drei Tage fahren wir gemeinsam in seinem Truck Richtung Süden. Valercio erzählt sehr viel von seinem Leben und seiner Familie sowie den allgemeinen Lebensumständen in Brasilien. Endlich geht ein Gespräch über den Small Talk hinaus und ich fühle mich nicht mehr allein. Mein Inneres beginnt sich wieder zusammenzufügen. Valercio kümmert sich rührend um mich und seine Zuwendung und Herzlichkeit geben mir neue Motivation. Er wird nicht müde, die vielen unbekannten Wörter aufs Neue zu wiederholen und zu erklären. Von Zeit zu Zeit ist mein Gehirn völlig überlastet, die vielen Vokabeln scheinen meinen Kopf zu sprengen und wir müssen bewusst das Gespräch beenden. Portugiesisch ohne jegliches Hilfsmittel im alltäglichen Leben zu erlernen, ist doch viel schwieriger, als ich angenommen hatte. Bei nächster Gelegenheit werde ich mir ein Wörterbuch kaufen.

Nach 2.000 km gemeinsamer Fahrt, viel froher und freudvoller als zuvor, klettere ich die Stufen des LKWs hinunter. Valercio steigt noch mit aus und drückt mir seine Heimatadresse in die Hand. Seine ganze Familie würde sich sehr freuen, mich willkommen zu heißen. Unbeschreiblich dankbar erwidere ich seine herzliche Umarmung. Eine Zeit lang blicke ich seinem LKW noch nach. Eine einzige Begegnung – und um mein Seelenheil ist es schon viel besser bestellt als drei Tage zuvor.

Meine vollständige Rehabilitation bewirkt schlussendlich der folgende sechswöchige Aufenthalt in der Chapada Diamanthina. Wie sehr mir die Berge doch abgegangen sind, nun hält mich nichts mehr zurück. Ich kann auch zum ersten Mal seit langer Zeit wieder schneller gehen, ohne dass mir gleich der Schweiß in Strömen herunterfließt. Die paar hundert Meter Seehöhe machen einen eklatanten Klimaunterschied aus. Auf eigene Faust, nur mit einer Karte bewaffnet, erkunde ich auch die letzten Winkel dieser einzigartigen Landschaft. Stets aufs Neue überwältigt mich die Schönheit und Kraft der Natur: Reinste Flüsse, wunderschöne Wasserfälle, zauberhaft wirkende Hügel und Berge, eine Vielfalt an Blumen und atemberaubender Vegetation, nette Dörfer und architektonisch interessante Häuser, unbeschreiblich schöne Sonnenunter- und -aufgänge, das ist die Chapada Diamantina. Und mit jedem Fuß den ich vor den anderen setze, kommt auch Schritt für Schritt meine ureigene Lebensfreude und Lebenslust wieder zum Vorschein. Im Ort Lencois bin ich nach einiger Zeit schon als „loco Austriaco“ (verrückter Österreicher) bekannt. Für die Einwohner ist es völlig unverständlich, dass ich die Chapada wochenlang ohne Führer bewandere. Viele Tage lang bin ich allein unterwegs, und in der Natur finde ich meine Ruhe und innere Ausgeglichenheit wieder.

Doch nicht nur durch die Natur werde ich wieder aufgeladen und ausgeglichen, sondern auch die Begegnungen mit den Menschen nähren und vervollständigen mich. Die Menschen sind es, durch die Gott hier zu mir spricht. Sie helfen mir, nehmen mich an, schenken mir ein Ohr, ein wenig Zeit, Zuwendung und Liebe.

An einem der letzten Abende stehe ich im Freien und sehe dem Sonnenuntergang zu. Auf der einen Seite erstrahlen die Wolken in einem leuchtendem Gelb und Orange, während sich auf der anderen Seite ein wunderschöner, kräftiger Regenbogen über den mit blutroten Wolken durchsetzten Himmel spannt. Mit diesem Bild und einer großen inneren Freude und Dankbarkeit im Herzen für all die schönen Begegnungen verlasse ich nach sechs Wochen diese Stätten der Kraft.

Noch ein kurzer Abstecher nach El Salvador und dann bin ich bereit für die Stadt, die Gott am siebten Tag erschaffen haben soll: Rio de Janeiro.

Obwohl ich wieder gut erholt bin, weiß ich doch, dass ich keinesfalls weiter von Ort zu Ort und von Landschaft zu Landschaft reisen kann. Neun Monate dauert mein Abenteuer nun schon und ich möchte ein wenig sesshaft werden. Vielleicht kann ich eine Arbeit finden und etwas Geld verdienen, meine Sprachkenntnisse verbessern, die Kultur und die Bewohner dieses Landes noch besser verstehen und tiefer begreifen. Rio erscheint mir dafür die optimale Wahl zu sein.

Abermals knappe 2.000 km sind bis dahin noch zurückzulegen. Durch meine positiven Erfahrungen mit Valercio ermutigt, werde ich wiederum auf meinen Stopperdaumen vertrauen.

Wieder schlafe ich an einer Tankstelle. Nach Beendigung meiner Morgentoilette winkt mich auf einmal ein LKW-Fahrer zu sich. Komisch, das Gesicht kommt mir bekannt vor, den habe ich doch schon vor einer halben Stunde gefragt? Verwirrt runzle ich die Stirn und gehe die paar Schritte zum Fahrzeug. „Meine Pläne haben sich geändert, du kannst jetzt Richtung Rio mitfahren."

„Muito Obrigado", dankbar und noch immer überrascht nehme ich neben Jorge Platz.

„Weißt du, ich nehme grundsätzlich keine Anhalter mit, das ist mir viel zu gefährlich", beginnt er zu erklären, „deswegen habe ich dich auch zuerst abgewiesen und dir erzählt, ich würde in die Gegenrichtung unterwegs sein. Dann habe ich aber noch einmal überlegt und Gott um ein Zeichen gebeten, falls ich dich doch mitnehmen soll. Gerade in diesem Moment sehe ich dich aus der Toilette kommen.

Unsere Blicke haben sich getroffen, so ist die Entscheidung gefallen. Also – herzlich willkommen an Bord!“

Jorges Worte berühren mich sehr. Oft bitte ich nur um *meine* Führung, *meine* Zeichen und übersehe dabei völlig, wie Gott das Leben um mich herum führt und lenkt. Ich allein kann gar nichts bewirken, erst die Menschen, denen ich begegne, machen meine Reise möglich. Sie sind es, die mich mit-, an- oder aufnehmen. Wie egoistisch war und ist doch meine Sicht! Diesmal habe nicht ich um ein Zeichen gebeten! Ja, nicht ich mache meine Reise möglich, nicht allein durch meinen Einsatz und mein Vertrauen bin ich bis hierher gekommen, sondern durch meine Mitmenschen. So klar habe ich das bis jetzt noch gar nicht gesehen. Sehr klein und demütig fühle ich mich auf einmal. Dankbar lächle ich zu Jorge hinüber.

Unsere gemeinsame Fahrt steht also schon von Vornherein unter einem besonders guten Stern. Auch Jorge lenkt einen LKW, der mit Aufschriften wie „Gott ist Liebe“, „Jesus lebt“ und einigen religiösen Schriftzügen mehr geschmückt ist. Vor dem Abfahren macht er mit so einer Selbstverständlichkeit ein Kreuzzeichen, wie ich es bei uns nur in der Kirche gewohnt bin. Hier ist der Glaube wirklich gelebter Glaube, im Alltag ständig integriert und aus dem öffentlichen Leben und den Begegnungen nicht wegzudenken. Für viele ist er wohl eine Stütze und Hilfe in ihrem Leben. Überall kann man Sprüche wie „Jesus liebt Dich“, „Der Herr ist Dein Hirte“, „Gott ist mit Dir“, „Gott liebt Dich“, „Ich bin Kind Gottes“ und viele, viele mehr lesen. Auf Gebäuden, in Geschäften, auf Autos und LKW, in Kiosks, selbst auf Toiletten und in allen Bereichen des öffentlichen Lebens ist Gott, Jesus, der Glaube, die Religion immer gegenwärtig.

Ich erinnere mich an eine junge Frau in Belem. Auf ihre Frage, ob ich an Gott glaube, brauchte ich etwas länger für die Antwort. Sehr ungeduldig, mich mit zusammengepressten Augenbrauen musternd und mit tiefen Falten auf der Stirn, fragte sie mich: „Glaubst du etwa nicht an Gott?“ Schnell habe ich genickt, ihre Falten im Gesicht glätteten sich wieder und sie verabschiedete sich mit einem Lächeln. Der intensiv gelebte Glaube ist hier in Brasilien die Normalität und man ist ein Außenseiter, wenn man sich öffentlich nicht zu Gott bekennt. In Österreich ist es eher umgekehrt, es gleicht fast einem Outing, wenn man in allen Bereichen seines Lebens zu seinem Glauben steht. So verschieden sind die Welten.

Jorge und ich verbringen zwei sehr kommunikative, lustige und bereichernde Tage in seinem fahrenden Zuhause. Als wir uns an einer Tankstelle verabschieden, hält gerade ein Reisebus an. Ich kann es mir nicht verkneifen und starte meinen ersten Stoppversuch bei einem Busunternehmen. Wer wagt, gewinnt! Die verbleibenden sieben Stunden nach Rio werde ich im „5-Sterne-Bus“ zurücklegen.

Nach ein paar Minuten Fahrzeit läuft mir ein kalter Schauer über den Rücken: Meine Bauchtasche ist weg. Einen Moment später sehe ich sie vor meinem inneren Auge auf dem Beifahrersitz liegen. Ich habe meine gesamten Dokumente, meinen Reisepass, einfach alles wirklich Wichtige in Jorges LKW vergessen. Der Bus brummt dahin und ich bin absolut machtlos. Zum Glück haben wir noch unsere Daten ausgetauscht. Was, wenn wir das nicht gemacht hätten? Nicht auszudenken. Ein ungutes Gefühl, ohne Dokumente zu reisen! Trotzdem bleibe ich positiv: Irgendwie wird es schon klappen, irgendwie werde ich schon wieder zu meiner Bauchtasche kommen. In Rio muss ich sofort zur Botschaft.

Je mehr wir uns Rio nähern, desto nervöser werde ich. Was kommt da auf mich zu? Was werde ich in Rio tun? Kann ich da wieder am Busbahnhof schlafen? Diese Fragen kenne ich schon zu gut und oftmals würde ich mir wünschen, sie würden sich nicht stellen.

Überleben in Rio de Janeiro

Erschöpft hänge ich in einem der unzähligen Metallsessel. Es ist mitten in der Nacht, der Busbahnhof von Rio de Janeiro ist hell erleuchtet. Ich kann schon kaum mehr sitzen, jeder einzelne Körperteil schmerzt. Hoffentlich ist die Nacht bald vorbei. Lärm, Hupen, Geschrei, niemand scheint hier zu schlafen, die Geräusche der Sechs-Millionen-Einwohner-Stadt prasseln auf mich ein. Das Hupen, die Hektik der Menschen – klingt alles sehr europäisch. Der Sicherheitsbeamte kommt wieder in Sichtweite, ich stelle mich schlafend, denn ich möchte nicht noch einmal mit ihm diskutieren. Als er mich vor einiger Zeit in einer Ecke gerollt auffand, hat er mich ziemlich schroff und befehlend auf die Sessel verwiesen. „Egal, ob du im Norden schon hundertmal so geschlafen hast, hier in Rio kannst du entweder auf dem Sessel schlafen oder ich lass' dich abführen." Ziemlich schnell habe ich meine Sachen zusammengerafft. An Schlaf war seitdem nicht mehr zu denken. Der Empfang in Rio ist ganz anders als erwartet. Aber ich bin hier, das ist erstmal das Wichtigste.

Endlich wirft die Sonne ihre wärmenden Strahlen in die offene Bahnhofshalle, ich gebe meine Habe an der Gepäckaufbewahrung ab und zwei Stunden später stehe ich vor der österreichischen Botschaft. Ich klingle, eine Dame um die Vierzig nimmt mich in Empfang, ich schildere mein Problem und die Falten auf ihrer Stirn häufen sich. „Ihre Dokumente und das Geld können Sie gleich abschreiben, und sperren Sie sofort ihre Kreditkarte. Hier haben Sie die Aufstellung, was Sie eine Neubeschaffung kosten wird." Mit einer hastigen Bewegung drückt sie mir eine Liste in die Hand und wendet sich wieder ihrer Arbeit zu. Schlagartig fühle ich mich an die klassische Verhaltensweise des überforderten und ausgelaugten Europäers erinnert. Eine Landsfrau auf der österreichischen (meiner!) Botschaft ist hier in Brasilien, gemeinsam mit dem Sicherheitsbeamten am Busbahnhof, seit drei Monaten der erste Mensch, von dem ich mich unfreundlich behandelt fühle. Ich bin perplex. So leicht lasse ich mich aber nicht abwimmeln, schon gar nicht in diesem Ton. „Ich habe die Nummer von dem LKW-Fahrer und ich bin mir sicher, dass er die Dokumente hier an die Botschaft zurückschicken wird." Ungläubig, mit abschätzigem Lächeln wählt sie Jorges Nummer. Nach einem kurzen Gespräch legt sie auf und blickt mich sichtlich überrascht an. „Dass es solch gute Menschen heutzutage überhaupt noch gibt, hätte ich mir nicht gedacht. Ihr Jorge wird die Dokumente express aufgeben. Kommen Sie übermorgen, am 26.8., noch einmal vorbei, dann dürften Sie hier sein." Ich verabschiede mich und schließe die Tür hinter mir zu. Danke, Jorge, für deine Ehrlichkeit, der Dame haben wir es jetzt ordentlich gezeigt.

Autos hupen, rasend schnell bewegt sich die Verkehrslawine. Ich überquere die Straße und setze mich auf eine Steinmauer. Gelb-braun liegt der Strand der Copacabana vor mir, nur ganz leise höre ich, durch den Lärm fast übertönt, das Platschen der Wellen. „An der Copacabana und am Wörthersee, starke Männer sind nie …", das Lied der EAV beginnt in mir auf und ab zu spielen. Das ist sie also, die vielberühmte und besungene Copacabana. Nicht atemberaubend oder total überwältigend, aber schön und faszinierend, wie sich der Strand gleich hinter der breiten Straße ausdehnt. Wie Miami Beach in der Fernsehserie Bay Watch. Wirklich beeindruckend finde ich dafür den Zuckerhut sowie die ganze angrenzende Hügellandschaft. Behutsam steige ich über die kleine Betonmauer und setze langsam einen Fuß nach dem anderen in den Sand. Mir kommt es vor, als wäre ich schon eine Ewigkeit unterwegs. Viel ist passiert, fast zu viel. Mein Speicher für Neues ist nach wie vor voll, jetzt möchte ich eine Zeit lang hier blei-

ben. Ein alter, sehr ausgemergelter Mann macht auf einer Stange Klimmzüge. Ich geselle mich zu ihm und frage ihn, wie alt er ist. 78 Jahre, ist die überraschende Antwort. Wow, bei uns daheim sind die meisten Leute froh, wenn sie mit 78 noch „gut zu Fuß“ sind. Rio de Janeiro, was erwartet mich hier? Was ist mein Auftrag, was will meine innere Stimme? Übermorgen habe ich meine Dokumente wieder und dann? Was werde ich tun? Plötzlich kommt eine klare und – weil ich gar nicht bewusst gefragt habe – unerwartete Antwort: „Stell dir vor, du hast nicht mehr als die letzten paar Reals in der Tasche und du musst überleben. Versetz dich in die Situation der Armen, die auch nichts haben in dieser Stadt. Du bist jetzt einer von ihnen und musst zusehen, wie du das Leben meistern kannst.“
Schnell zücke ich meine Geldbörse: 70 Euro, etwa 200 brasilianische Real, das ist alles. Ich überlege nicht lange, mein Auftrag ist klar und deutlich: Es gilt, mein Leben in Rio aus dem Nichts heraus mit den letzten 70 Euro vollständig neu zu erschaffen. Es bleibt keine Zeit zu vergeuden, ich muss so schnell wie möglich Unterkunft und Arbeit finden. Ich rechne mir aus, wie viel ich ungefähr für Essen, Unterkunft und Transportmittel brauchen werde. 70 Euro sind in Rio nicht wenig, aber länger als für eine, maximal zwei Wochen wird es bei knapper Kalkulierung wohl kaum reichen. Ich kehre dem Strand den Rücken zu, Zeit ist kostbar. Ich muss Erkundigungen einholen, so schnell und so viel wie möglich.

Den ganzen Tag und auch den darauffolgenden trage ich so viele Informationen wie möglich zusammen. Ich befrage Strand- und Straßenverkäufer, Obdachlose, Leute auf der Straße, im Bus, in den Geschäften und andere mehr. Viele interessante Gespräche ergeben sich und ich spüre, wie ich immer mehr in diese Schicht eintauche. Aus einem Reisenden wird langsam ein Arbeit- und Unterkunftsuchender.

Am nächsten Morgen hole ich auf der Botschaft meine Dokumente ab. Die Dame ist etwas freundlicher als vorgestern und lächelt sogar ein wenig. „Wirklich, da haben Sie großes Glück gehabt." Ich schmunzle und überprüfe den Inhalt, alles ist da. Jorge hat mir noch eine Nachricht beigelegt: *Ich hoffe, alles ist in Ordnung gegangen. Ruf mich bitte an, damit ich beruhigt sein kann*. Erleichtert und berührt stecke ich den Zettel ein und hänge mir meine Bauchtasche um. Mein Gefühl Jorge gegenüber hat mich also nicht getäuscht. Vielleicht hat die Dame von der Botschaft ja eine Lehre daraus gezogen. Ich darf noch einmal mit Jorge telefonieren und bedanke mich überschwänglich bei ihm. Dann verabschiede ich mich auf hoffentlich Nimmerwiedersehen von der Dame.

Wie schon zwei Tage zuvor setze ich mich auf die Steinmauer bei der Copacabana. Rio präsentiert sich heute von der düsteren Seite, es regnet und es ist kalt, die Wolken hängen tief in den Straßen der Stadt. Das vermeintlich immer strahlende, sonnige Rio hat also auch regnerische Seiten. Ich ertappe mich bei einem Sekundenschlaf. Nach der dritten fast durchwachten Nacht am Busbahnhof bin ich extrem übermüdet. Mein Körper fühlt sich zentnerschwer an. Ich brauche eine neue Unterkunft, die Metallsessel am Busbahnhof sind zwar kostenlos, aber keine wirklich dauerhafte Lösung. Von einem Händler auf der Straße bekomme ich einen Tipp: Central Brasil, dort gibt es günstigste Schlafmöglichkeiten und sogar eine Obdachlosenschlafstätte um einen Real die Nacht. Wenig später erfahre ich, dass dieser Stadtteil zu den gefährlichsten in Rio zählt. Aber welche Wahl habe ich schon? So billig wie möglich lautet meine derzeitige Devise, damit ich so lange wie möglich mit meinen letzten Reals auskomme.

Central Brasil. In einem Stundenhotel habe ich um 15 Real pro Nacht ein Zimmer gefunden. Ich lasse mich aufs Bett fallen. Mit einem Krachen schlage ich auf und breche mir fast das Kreuz. Die Matratze ist nicht mehr als ein dünner, durchgelegener Fetzen. Ich stemme mich wieder hoch. Zum Glück haben mich wenigstens die Holzbretter ausgehalten. Langsam und behutsam öffne ich das aus einigen windschiefen Brettern zusammengenagelte Fenster. Ich schrecke zurück. Abbruchreife Holzbaracken und kleine Hütten ziehen sich den Berg hinauf. Jeder kleinste Fleck ist ausgefüllt, wo noch Platz unbebaut ist, befindet sich ein Müllberg. Fast so, als würde man den Müll von oben hinab in die Blechhüttenmasse kippen. Was für ein Anblick! Obwohl ich erschüttert bin, kann ich meine Augen kaum abwenden. Das sind sie also, die Favelas von Rio de Janeiro. Und ich bin mitten drin. Langsam wende ich meinen Kopf und schließe das Fenster.

„Hier solltest du dich nach Einbruch der Dunkelheit nicht mehr im Freien aufhalten!", hat mir der Besitzer meiner Absteige zuvor zugeflüstert. Nun verstehe ich, dass sein Rat ernst gemeint war. Zusammengekauert schlafe ich ein, aber schon kurze Zeit später schrecke ich wieder hoch. Können das Schüsse gewesen sein? Noch einmal hallt es durch die Nacht. Ich ziehe die Decke über die Ohren und versuche mich ganz abzuschotten, um nichts mehr von der Welt da draußen mitzubekommen.

Ich beginne den neuen Tag in der untersten Bevölkerungsschicht von Rio, es regnet abermals und es ist kühl. Einige Adressen von Hilfsprojekten und sozialen Einrichtungen habe ich in den letzten Tagen schon zusammengetragen. Eines davon ist ein staatliches Unterstützungsprojekt, das andere eine Art „Arbeitsmarktservice", bei denen ich mich melde. Ich spreche vor, das Ergebnis ist ernüchternd: In meinem Fall, ohne gültiges Arbeitsvisum, habe ich keinen Anspruch auf eine Unterstützung oder Hilfe in irgendeiner Form. Auch einige Hilfsprojekte lassen meine Hoffnung im Keim ersticken; um bei ihnen arbeiten zu können, müsste ich für meine Hilfeleistung noch etwas bezahlen! Müde und niedergeschlagen stehe ich in der Warteschlange für das Obdachlosenessen. Ein Real für das Essen, 15 Real für die Nacht, wie lange wird mein Geld noch reichen? Ich sitze vor meinem Teller und starre in die Runde. Vom heruntergekommenen, schmutzigen, körperlich eingefallenen, bei seiner Mahlzeit lungernden Obdachlosen bis hin zum aufrecht sitzenden Mann im edlen schwarzen Anzug reicht die Palette der Anwesenden. Eine Suppe, eine Hauptspeise und eine Nachspeise würge ich unruhig hinunter. Zumindest verhungern werde ich nicht so schnell.

Wieder vergeht ein Tag ohne Erfolg, meine Stimmung ist weiter im Sinken begriffen. Am Abend schleiche ich mich leise aus meinem Zimmer auf die Toilette am Gang. Aus einigen Zimmern höre ich Gestöhne, irgendwo lautes Geschrei, eine Männerstimme, das laute Klatschen einer Ohrfeige, dann leises Weinen. Zurück im Zimmer erwartet mich der Ausblick auf die Favelas und mein hartes Bett. Auch hier kann ich nicht lange bleiben. In diesem Umfeld werde ich noch wahnsinnig. Ich muss eine andere Unterkunft finden, morgen schon.

Mit meinem gesamten Gepäck verlasse ich das Hotel „Pedro II", in der fixen Überzeugung heute eine andere Unterkunft ausfindig zu machen. Eine Kontaktadresse der Steyler Missionare wird meine Miesere hoffentlich beenden. Guter Dinge und mit großer Hoffnung, Kirche verbinde ich mit Hilfe und Nächstenliebe, klopfe ich vollbepackt an der Tür des Ordenshauses. Nach einer kurzen, abfälligen Inspektion durch die Sekretärin werde ich nach langem Bitten schlussendlich doch zum Vorsteher weitervermittelt. Nervös berichte ich sehr ausführlich von meiner Lage und schließe mit der Bitte um Gewährung einer Unterkunft, wenigstens nur für diese Nacht und sei es auch nur am Fußboden. Der Pater überlegt nicht lange und erteilt mir eine klare Absage. Ich bin wie vor den Kopf gestoßen.

Nicht einmal am Fußboden darf ich hier eine Nacht verbringen?

„Ich kann nicht mehr in die Favela, ich halte es nicht mehr aus! Bitte lassen sie mich nur eine einzige Nacht hier bleiben, damit ich wieder einmal ein Auge zutun kann. Ich arbeite auch dafür, alles was sie wollen!“, flehe ich ihn an. Aber mein Gegenüber lässt sich nicht erweichen. Mit einem eisernen Lächeln und einem Schulterzucken drückt er mir eine Adresse einer deutschen Gemeinde in die Hand.

„Sie feiern jeden Sonntag hier um die Ecke eine heilige Messe. Vielleicht haben Sie dort mehr Glück. Das ist alles, was ich für Sie tun kann.“

Ungläubig starre ich auf den kleinen, weißen Papierfetzen. Das ist alles? Am liebsten würde ich den Pater kräftig schütteln und ihn fragen, ob er Nächstenliebe so verstehe. Aber ich kann nicht, ich bin wie mundtot gemacht. Stumm drehe ich mich um und verlasse ohne ein weiteres Wort diese „heilige Stätte“. Der Regen ist stärker geworden, vor der Kirche stelle ich mich noch ein wenig unter. Eine Frau kommt aus der Kirche und erkundigt sich nach meinem Befinden. Überrascht über ihre Anteilnahme beschreibe ich ihr in kurzen Worten meine Lage. Sie überlegt nicht lange und nennt mir eine Adresse, an der ich womöglich Hilfe erwarten könnte. Dann drückt sie mir noch etwas Geld fürs Taxi in meine kalte Hand. Sehr dankbar und innerlich bestärkt fahre ich dem nächsten Hoffnungsschimmer entgegen.

Es ist eine andere christliche Gemeinschaft, an deren Pforten mich der Taxilenker aussteigen lässt. Auch hier widerfährt mir dasselbe Schicksal wie schon bei den Steyler Missionaren. Ohne lang zu diskutieren, werde ich einfach abgewiesen. Ich kann es nicht glauben! Ziemlich am Ende meiner psychischen Belastungsfähigkeit angelangt, betrete ich die nächstgelegene Kirche. Vielleicht kann ich hier, im Hause Gottes, aus meiner Situation erlöst werden, vielleicht treffe ich jemanden, der mir in irgendeiner Art und Weise helfen kann. Im schummrigen Licht der Kerzen drücke ich mich in eine Bank. Einige Gläubige beten, und gleich werde ich von zwei jungen Burschen angesprochen. Sie erscheinen sehr hilfsbereit und ein kleiner Funken Hoffnung flackert wieder in mir auf. Interessiert hören sie mir zu. Dann weisen sie mich an, die Kirche zu verlassen. Heute Abend würde für die „armen Seelen“ gebetet, die Kirche werde deshalb geschlossen. Sprachlos schaue ich sie an. Für die „armen Seelen“ wird gebetet, und ich, was ist mit mir? Sie haben nichts von dem verstanden, was ich gesagt habe, sie wissen nichts von meiner Welt! Ich packe meine Rucksäcke und verlasse die Kirche ohne ein weiteres Wort.

Die Tür fällt lautstark hinter mir ins Schloss und ich stehe im strömenden Regen. Kraftlos lehne ich mich an die Kirchenmauer. Am liebsten würde ich allen Schmerz und die Traurigkeit hinausschreien, aber ich bin zu schwach dafür. Eine große Leere breitet sich in mir aus. Das soll meine Kirche, Gottes Kirche sein? Ich verschmelze mit dem Grau des Regens und verliere meine letzte Motivation, fühle mich ausgelaugt und hohl. Gerade die Menschen, von denen ich am meisten Hilfe erwartet habe, haben mir nichts gegeben, mich abgewiesen und wie einen Aussätzigen verstoßen. Zornig stampfe ich mit dem Fuß auf den Boden, gleichzeitig beginne ich zu weinen. Nächstenliebe, das höchste Gut! Wenn ich nicht zu traurig und ausgelaugt wäre, würde ich jetzt lachen. Aber ich kann nicht, ich bin am Boden zerstört.

Im strömenden Regen schlage ich neuerlich den Weg zu meinem Favela-Stützpunkt ein. Ich werde es diesmal in der Schlafstätte für Obdachlose probieren. Wenig später stehe ich in der Warteschlange. „Nichts geht mehr, alles ist voll.“ Mit gesenktem Kopf drehen sich die Leute um und zerstreuen sich. Hotel Pedro II. Der Türsteher am Eingang des

Stundenhotels ist überrascht, als ich völlig durchnässt wieder an die Tür klopfe. Auch ich habe mir den Ausgang dieses Tages ganz anders vorgestellt.

Es ist Sonntagvormittag, ich stehe vor einem großen Metalltor und sammle all meine Kräfte zusammen. Noch einmal vergleiche ich die Adresse mit dem kleinen weißen Zettel und erinnere mich traurig an das Gespräch mit dem Pater der Steyler Missionare. Hoffentlich habe ich hier bei der „deutschen Gemeinde" mehr Glück. Knirschend schwingt das Tor auf, ich gehe ein paar Stufen hinauf und finde mich in einem kleinen, geschmackvoll geschmückten Vorraum wieder. Einige ältere Damen sitzen leise diskutierend auf verzierten Polstermöbeln. Ich stelle mich vor und setze mich. Vorsichtig gleitet meine Hand über das edle Material. Groß ist die Kluft zwischen dieser und meiner Welt. Sehr fein und wohl erzogen wirken die Bewegungen sowie die Gesprächsführung der Anwesenden. In einer kurzen Pause werde ich von meiner Sitznachbarin höflich über die Gründe meiner Anwesenheit befragt. Es entsteht ein längeres Gespräch, nach Beendigung meiner Ausführungen nickt sie verständnisvoll und sagt: „Ich kenne Sie zwar überhaupt nicht, aber Sie sehen so aus, als ob sie Hilfe gebrauchen könnten. Eine Unterkunft habe ich zwar nicht anzubieten, aber ich werde ihre fachlichen Fähigkeiten testen. Kommen sie übermorgen um zehn Uhr vormittags zu mir und geben sie mir eine Massage, dann sehen wir weiter." Mein Inneres springt hin und her. Auf der einen Seite bin ich sehr froh über das Angebot, auf der anderen Seite bräuchte ich zuallererst eine Unterkunft, um endlich wieder einmal durchschlafen zu können, dann erst kann ich eine gute Massagesitzung geben! Aber ich muss alle Chancen nützen, die ich bekomme, mein letztes Geld ist bald aufgebraucht. Dankbar notiere ich Traudes Adresse. Der Geistliche betritt den Raum und wie auf Kommando erheben sich alle und wir begeben uns in die kleine, spartanisch eingerichtete Kapelle. Die Sonne scheint durch die farbigen Glasfenster und wirft wunderschöne Muster und Gebilde in den Raum. Für die nächste dreiviertel Stunde genieße ich die ruhige und angenehme Atmosphäre. Ich höre die Worte des Geistlichen kaum, nur bei den vertrauten Liedern, die mich an meine Heimat erinnern, singe ich lautstark mit.

Bei Kaffee und Kuchen werden die Neuigkeiten ausgetauscht und der Pater wendet sich an mich. Wieder schildere ich meine Lage und schließe: „Und wenn es nur ein kleines Stück Rasen ist, auf dem ich mein Zelt aufstellen kann. Bitte, ich weiß nicht mehr ein noch aus.“ Kurzes Schweigen in der Runde, der Pater sieht mich durchdringend an. „Sie haben sich ihr Abenteuer selbst ausgesucht, jetzt müssen Sie auch sehen, wie Sie da herauskommen. Hier auf dem Anwesen können Sie nirgends bleiben“, gibt er mir gefühlskalt zur Antwort. Keiner spricht, die Spannung ist spürbar, Traude ergreift für mich Partei, sein Entschluss bleibt aber unverrückbar. Am liebsten würde ich den Pater beschimpfen und aus dem Gotteshaus rennen. Unfassbar! Wie auf Nadeln sitzend, bleibe ich bis zum Ende des Treffens.

Als ich wieder alleine bin, schreie ich meine Wut und meinen Zorn hinaus. Einen kleinen Lichtblick freilich habe ich – die Massagesitzung bei Traude. Der Türsteher vom Hotel Pedro II begrüßt mich wieder am Eingang und lächelt mir aufmunternd zu. Ich schlurfe nach oben, rolle mich gleich in mein Bett und verschließe meine Sinne, so gut es geht. Erst eine Woche ist seit meiner Ankunft vergangen. Schon jetzt vegetiere ich mehr dahin, als dass ich wirklich lebe. Mein Körper hält das alles nicht mehr lange aus. Ich kann nicht mehr. Es muss etwas geschehen. Ich falle in einen komaähnlichen Schlaf.

Am nächsten Morgen quäle ich mich, begleitet vom Geschrei und Gezeter aus den anderen Räumen, zu meiner

Morgentoilette. Ich blicke in das kleine, vergilbte Stück Spiegel und erschrecke. Eine eingefallene, weiße Maske blickt mir entgegen. Mein Entschluss steht fest: Heute und morgen gebe ich mir und dem Universum noch Zeit. Sollte sich bis dahin nichts ändern, muss ich mein Projekt beenden, ich schaffe es psychisch und physisch einfach nicht mehr.

Ein Ausschnitt aus meinem Tagebuch vom 29.8.2003 lautet wie folgt:

Ich lebe in der untersten Schicht von Rio. Ich weiß, dass es mir nicht gut tut, hier zu sein, aber auf der anderen Seite habe ich das Gefühl, dass ich dies erleben will, erfahren muss. Ich versuche, für mich einen Ausweg zu finden. Vielleicht will ich ja auch einfach durch diese Aufgabe mehr Verständnis für diese Menschen und mehr Mitgefühl für sie entwickeln.

Ich merke, wie schnell man absacken kann. Total hart, aber auch total wichtig ist diese Erfahrung. Nie mehr werde ich die Welt mit den gleichen Augen sehen wie vorher.

Ich bin zu sensibel für dieses Umfeld, ich kann so nicht weitermachen. Das Leben hier ist so hart. Es muss sich etwas ändern. Auch mein Körper macht das nicht mehr lange mit. Die Aufgabe scheint mir über den Kopf zu wachsen und alles ist sehr schwer. Ich bin total ausgepowert und lax. Alles in allem erst eine Woche, aber diese extremen Erfahrungen … unglaublich!

Am Vormittag treffe ich durch glückliche Fügungen auf zwei junge Studenten, Katharina und Pedro. Zum wievielten Mal erzähle ich meine Geschichte? Ich kann es bald selbst nicht mehr hören. Die zwei beratschlagen kurz, dann greift Katharina zu ihrem Mobiltelefon. „Um abrazo grande", verabschiedet sie sich von ihrem Gesprächspartner. Sie sieht mich verheißungsvoll an: „Ein Freund von uns, Eduardo kann dir wahrscheinlich Unterschlupf gewähren. Bei einem kleinen Fest heute Nachmittag würde er dich treffen. Du kannst mit uns dorthin gehen, wenn du willst.“ Wenn ich will? Was für einen Frage! Natürlich! Jeden Strohhalm würde ich ergreifen, und das klingt schon nach viel mehr als einem Strohhalm. Meine graue, düstere Welt wird auf einmal etwas erhellt.

Am 1.9.2003, also acht Tage nach Beginn meines Projektes „Überleben in Rio“, kommt es zu dem wohl wichtigsten Treffen seit langem. Nervös steige ich aus der U-Bahn aus. Pedro und Katharina beruhigen mich, nehmen mich in ihre Mitte und kurz darauf stehe ich in einer Menge feiernder Studenten. Katharina verschwindet im Lokal und kommt in Begleitung eines groß gewachsenen, schlanken Brasilianers mit schwarzem Lockenkopf zurück. Nach der in Brasilien obligatorischen Begrüßungsumarmung meint er: „Du brauchst dir keine Sorgen mehr zu machen. Ich habe zwar nicht viel Platz, aber ich nehme dich gern in meiner Wohnung auf. Du kannst bleiben, solange du willst.“

Tonnen fallen von mir ab. „Macht es dir was aus, wenn wir nicht gleich in die Wohnung fahren, sondern noch hier mit meinen Freunden ein wenig feiern?“ Ich kann nur sprachlos den Kopf schütteln. Egal, ob wir in zwei Stunden, morgen oder weiß Gott wann in seine Wohnung kommen, Hauptsache, ich bin gerettet.

Die Feier geht weiter seinen Gang, für die anderen ist nichts Außergewöhnliches passiert. Ich aber komme mir federleicht vor, fliege in Gedanken förmlich davon, nehme mein Umfeld nur sehr verschwommen wahr und bin überglücklich.

In Eduardos Wohnung angelangt, bekomme ich eine kurze Einweisung. „Fühl dich wie zu Hause. Hier im Wohnzimmer kannst du auf meiner zweiten Matratze schlafen, mehr kann ich nicht bieten. Du kannst alles benutzen, auch das Telefon. Wenn du Gewand benötigst, dann nimm dir einfach, was du brauchst. Tut mir leid, dass ich jetzt nicht länger Zeit habe, aber ich muss noch weiter zu einer Freundin. Hier ist der Schlüssel für die Wohnung, viel Spaß und alles Gute. Wenn du Fragen hast, hier ist meine Telefonnummer", und weg ist er.

Verwirrt stehe ich mit dem Schlüssel in der Hand im Vorraum meines neuen Zuhauses. Viel an Herzlichkeit und Hilfsbereitschaft habe ich auf meiner Reise schon erleben dürfen, aber Eduardo hat soeben alles übertroffen. Ich bin aufgenommen worden wie ein alter Freund, obwohl wir uns erst seit drei Stunden kennen und ich sicherlich einen ziemlich heruntergekommenen Eindruck mache. Ich drehe den Schlüssel in der Hand. Unglaublich, wie viel Vertrauen er mir entgegenbringt.

In Zeitlupe koste ich alles so richtig aus. Vom Vorraum schleiche ich in die Küche, dann ins Wohnzimmer und ins Bad. Eduardos Heim ist schön und geräumig. Nach meiner ersten Inspektion sinke ich behutsam aufs Sofa. Minutenlang sitze ich einfach da und lache und lache. Ich wohne mit einem Brasilianer hier in Rio, an der Copacabana. Der erste Schritt ist geschafft, das Suchen nach einer Bleibe ist letztendlich geglückt. Lange noch genieße ich die Atmosphäre, die Ruhe, das Gefühl der Sicherheit und der Geborgenheit, die Erleichterung und Dankbarkeit. Selig schlafe ich ein, vergesse jedoch nicht, mich vorher bei allen hilfreichen Begegnungen sowie meiner Führung zu bedanken.

Wie neu geboren erwache ich am nächsten Morgen. Ich strecke und recke mich, räume mein Bett auf und blicke aus dem Fenster. Zwar muss ich mich ein Stück hinausneigen, aber dann sehe ich den Strand und das Meer. Ich atme tief ein und halte mein kurzes Morgengebet. Eduardo scheint noch zu schlafen, leise verlasse ich die Wohnung und mache mich auf den Weg zu Traude. Heute habe ich meinen ersten Massagetermin. Die Anreise gestaltet sich schwieriger als erwartet. Nirgends gibt es eine Businformation, geschweige denn Pläne der Abfahrtszeiten. Vierspurig rasen die gelben Busse vorüber. Auf ein Handzeichen der am Straßenrand wartenden Personen kommt es zu einer Vollbremsung, einem kurzem Anhalten und einem darauf folgenden Blitzstart. Ich erwische, wie in diesem Chaos nicht anders zu erwarten, die falsche Verbindung und muss einige Kilometer zu Fuß zum Appartement von Traude zurücklegen. Immer darauf bedacht, ja nicht ins Schwitzen zu kommen, steigt meine Anspannung von Minute zu Minute. Die Wichtigkeit meines ersten Massagetermins wird mir immer mehr bewusst. Bei Erfolg wird Traude mich weiter empfehlen und ich könnte vielleicht genug Geld zum Überleben verdienen, wenn nicht, habe ich verloren und brauche mich in der Gemeinschaft der feinen Deutschen gar nicht mehr blicken zu lassen. Wie lange habe ich schon nicht mehr massiert? Anderthalb Jahre? Schluss, hör auf zu denken! Langsamer gehen! Nicht schwitzen! Hausnummer 1245. Ich bin da. Ein hoher Sicherheitszaun umgibt das Gebäude. Klingeln, das eiserne Tor schwingt auf, ich gehe die Stufen hoch in den Eingangsbereich. An einem langen Tisch sitzt ein Sicherheitsbeamter. Ich stelle mich vor und teile ihm mit, zu wem ich möchte. Er hält telefonisch Rücksprache mit Traude und weist mir letztendlich den Weg zum Lift. 8. Stock. Ich klingle.

Traude begrüßt mich herzlich. Schon nach den ersten Minuten fühle ich mich viel freier und wohler in meiner Haut. Vor dem Bett kniend und mich so gut es geht den widrigen Umständen anpassend, gebe ich meine erste Massagesitzung in Rio de Janeiro.

Anderthalb Stunden später sitze ich entspannt beim Mittagessen. „Südtirol, die Dolomiten und Österreich mit seinen Bergen und Seen, das werde ich mein Leben lang nicht vergessen. Ich wäre sofort wieder zurückgegangen. Aber mein seit Jahren verstorbener Mann hat beruflich hier bleiben müssen. Leider“, schwelgt Traude in ihren Erinnerungen. Ich verhalte mich so zuvorkommend und freundlich wie möglich. Sie wird durch ihre Schlüsselposition in der deutschen Gemeinde über mein weiteres Schicksal hier in Rio entscheiden. Bei der Verabschiedung fixieren wir einen neuerlichen Termin für die darauffolgende Woche. Anscheinend habe ich meine Sache gut gemacht.

Ich dränge mich wieder in den überfüllten Bus. 50 Real für eine Massage. Das ist zwar recht schön und gut, aber leben kann ich davon, selbst wenn ich weiterhin für meine Unterkunft nichts bezahlen muss, nur ein paar Tage. Trotz dieser ersten positiven Erfahrung im Arbeitsleben muss ich noch andere Quellen für meine Überlebenssicherung erschließen.

Der Bus bremst scharf, ich steige aus und das Pulsieren der Stadt umfängt mich. Überall ist Bewegung, es ist laut und ein wenig stickig. In den letzten Tagen ist es zusehends heißer geworden, zudem hat auch der Regen völlig aufgehört. Kurz lasse ich mich von den Sonnenstrahlen wärmen, dann streife ich durch die Straßen, auf der Suche nach neuen Verdienstmöglichkeiten. Ich wende mich dabei an die kreativsten Überlebenskünstler von Rio, die Straßenverkäufer. Sie sitzen auf den Gehsteigen, ziehen mit ihren Waren durch die Stadt, sind bis in die kleinsten Winkeln anzutreffen und verkaufen alles, was man sich vorstellen kann: Bücher, Batterien, Walkmen, Gürtel, Taschen, Tücher, Süßigkeiten, Armeebekleidung, Ferngläser, Videos und DVDs von Filmen, die gerade eben im Kino zu sehen sind, Ess- und Backwaren und vieles mehr.

Ein Bursche erklärt mir die Spielregeln seines Arbeitslebens: „Wir sind alle illegal hier! Wir haben keine Genehmigung und arbeiten größtenteils für einen Chef, der uns mit den Waren versorgt.“ Hektisch sieht er während des Gesprächs nach links und rechts. „Wir teilen immer einige zur Wache ein, sobald ein Polizist kommt, müssen wir alles zusammenraffen und so schnell wie möglich verschwinden. Mich haben sie schon einmal erwischt und mir die Waren abgenommen. Anderen nehmen sie zusätzlich auch noch das letzte bisschen Geld ab. Die Polizisten sind beinhart und stecken alles in die eigene Tasche“, erzählt er mit Verachtung für das Handeln der Staatsorgane. Plötzlich ertönt ein Pfiff. Mein Gegenüber und alle anderen packen in Windeseile zusammen. Verdutzt sehe ich mich um. In ein paar Sekunden ist der Platz, an dem vorher noch rege Geschäfte getätigt wurden, wie leergefegt. Erst jetzt entdecke ich die Polizisten, die unverrichteter Dinge gleich wieder abziehen. So sieht also der Alltag im Leben der Straßenverkäufer aus. Auf diese Art und Weise möchte ich aber mein Geld nicht verdienen. Ich biege in eine Quergasse ein und setze meine Befragungen fort.

Nach einigen Stunden weiterer Recherche bleibt für mich eine einzige legale Verdienstmöglichkeit über: Der Verkauf von selbst hergestellter Ware am Strand. Ich überlege nicht lange. Fruchtsalat! Ich werde Fruchtsalat am Strand verkaufen! Erstens ist er selbst zubereitet und zweitens kann ich Fruchtsalat auch vom gesundheitlichen Standpunkt aus bestens vertreten.

Dic nächsten Tage verwende ich dafür, mich bestmöglich für meine neue Idee der Einkommensbeschaffung vorzubereiten und auszurüsten. Lange rede ich mit dem einen oder anderen, tausche Informationen aus, bekomme Tipps und Tricks, wie und wo man am besten verkauft, und auch Einblicke in das Privatleben meiner Gesprächspartner. Auf einmal bin ich einer von ihnen auf der Straße, mit denselben Bemühungen und denselben Sorgen, allerdings natürlich mit einem großen Unterschied: Ich weiß, dass es ein Österreich und dort meine Familie und Freunde gibt. Ich kämpfe zwar auch um das Überleben, doch nicht um das nackte Überleben wie die Menschen hier in Rio. Trotzdem fühle ich mich als ein Teil dieser untersten Bevölkerungsschicht und bewege mich immer selbstverständlicher in dieser mir anfänglich fremden Welt. Viele arbeiten vierzehn oder mehr Stunden am Tag, um gerade das Notwendigste für ihre Familien aufzubringen. Sie schlafen teilweise in ihren mobilen Ständen und nur alle zwei Wochen gibt es einen freien Tag. Extrem hart und zehrend ist ihr Leben, das für mich noch immer unbegreiflich bleibt. Dennoch sehe ich sie oft lachen, die Freundlichkeit, Herzlichkeit und Offenheit ist nach wie vor unbeschreiblich.

Ich fahre wieder in den Stadtteil Central Brasil. Dort decken sich alle Verkäufer mit den verschiedensten Produkten ein. Befremdend und befreiend gleichzeitig ist das Gefühl, als ich bei meiner früheren Absteige, Hotel Pedro II, vorbeikomme. Dankbar über meine jetzige Situation gehe ich freudig daran vorbei.

Mit dem Geld aus der Massagesitzung tätige ich meinen Großeinkauf: Einen Behälter aus hartem Styropor, rechteckig, gerade groß genug, um ausreichend Platz zu bieten, und klein genug, um ihn mittels eines Riemens um die Schulter hängen zu können, 50 kleine Plastikbecher mit Deckel sowie kleine Löffel, ein silbernes Klebeband. Fehlen nur noch die Früchte. Um werbetechnisch optimal zu punkten und den besten Fruchtsalat am ganzen Strand anbieten zu können, kreiere ich eine noch nie da gewesene Spezialität: „Ralfs-10-Früchtesalat“. Am Obststand kann ich mich nur schwer entscheiden und nehme mal diese, mal jene Frucht, nur um sie gleich darauf wieder zurückzulegen. In Österreich wäre es schwierig, überhaupt zehn verschiedene Fruchtsorten am Markt zu finden, hier aber habe ich die Qual der Wahl. Außerdem habe ich keine Ahnung, wie die Früchte schmecken, wenn sie erst einmal in meiner wunderbaren Eigenkomposition vermischt sind. Der Verkäufer lächelt entspannt, schlussendlich habe ich alle zehn Sorten ausgewählt und trete den Heimweg an.

Vollbepackt komme ich wieder in meine heile Welt, in das Appartement zurück. Das Werk kann beginnen. Zur Verbesserung der Kühlfunktion umwickle ich – auf Anraten eines Händlers – die Kiste mit dem silbernen Klebeband und schreibe auf einen weißen Zettel, den ich dann auf die Box klebe: Salada de Frutas, weiters meinen werbewirksamen 10-Früchte-Slogan und zu guter Letzt als ultimative Zugabe das Angebot, den Fruchtsalat nach Belieben mit Rosinen oder Haferflocken zu verfeinern. Alles wird künstlerisch verziert und stilvoll angemalt, soll doch den Sonnenanbetern schon rein beim Anblick meiner Kiste das Wasser im Mund zusammenlaufen. Dann beginne ich, die in der Küche hoch aufgetürmten Früchte zu verarbeiten. Mein Mittag- und Abendessen erledigt sich dabei von selbst, zum Verkauf bleibt aber noch genügend übrig.

Nach einigen Stunden stehen 50 Becher mit Ralfs Spezialfruchtsalat im Kühlschrank und ich falle völlig erschöpft ins Bett. Morgen, ja morgen fängt vielleicht ein neues Leben an. Morgen werde ich an der Copacabana meinen Fruchtsalat verkaufen.

Glücklicherweise scheint an meinem ersten Verkaufstag die Sonne vom strahlend blauen Himmel, die Bedingungen sind also perfekt. Ich packe 25 Plastikbecher ein, etwas Eis und die Löffel dazu, hänge mir die Tasche um und gehe mit beschwingtem Schritt meinem ersten Arbeitstag entgegen. Je näher ich dem Strand komme, desto unsicherer werde ich. Ich überquere die Straße. Was mache ich hier? Ich komme mir fehl am Platze vor, schäme mich und habe etwas Angst. Langsam lege ich die letzten Meter zum Strand zurück, schon spüre ich den Sand unter meinen Füßen. Was, wenn ich etwas gefragt werde und ich nichts verstehe? Werden die Einheimischen überhaupt von einem „Gringo" Fruchtsalat kaufen? Ich werde immer unsicherer. Nervös steige ich von einem Fuß auf den anderen. Los! Einmal schreien! Ich traue mich nicht! Du musst! „Salada de frutas, Salada de frutas“, tönt es zaghaft aus meiner Kehle. Ich hoffe inbrünstig, dass mich die Badegäste auch verstehen. Falls nicht, können sie es wenigstens an der Außenseite der Box lesen. Unbeholfen stapfe ich durch den Sand. „Salada de frutas!“ Ich fühle mich sehr ausgesetzt und angreifbar, ja verletzbar. Die Sonne brennt mir auf den Kopf. „Salada de frutas!“ Nach einer Stunde habe ich noch keinen einzigen Fruchtsalat verkauft, trotzdem fühle ich mich in meiner neuen Arbeitswelt immer sicherer. Mein Marktgeschrei wird von Mal zu Mal kräftiger und lauter. Ein Konkurrent verkauft aus einer riesigen Tonne ebenfalls Fruchtsalat, meine Idee ist anscheinend keine Weltneuheit. Er ist doch tatsächlich um einiges günstiger, aber ich bin mir sicher, dass mein 10-Früchte-Spezialsalat diesen Preisunterschied auf jeden Fall wert ist. Eins, zwei, drei sind meine ersten Käufer gefunden. Immer mehr finde ich in meine Rolle hinein. Die Stunden vergehen und es wird noch heißer. Bei meinen Urlauben in Griechenland hat die Arbeit der Strandverkäufer von meiner Liege aus eher locker und leicht ausgesehen. Jetzt aber sind die Rollen vertauscht und ich bekomme eine viel größere Wertschätzung für die Menschen, die auf diese Art und Weise ihr Geld verdienen. „Salada de frutas, Salada de frutas, com dez frutas“, ich krieche unter einen Sonnenschirm. Eine Brasilianerin gratuliert mir zu meiner neuen Idee. Ich lächle dankbar. Wieder sind zwei Becher weniger in meiner Kiste. Stundenlang stapfe ich durch den Sand. 23,24, „Salada de frutas!“, einer noch. Die Füße sind schwer, mein Körper glüht und meine Stimmbänder zeigen deutliche Ermüdungserscheinungen. Bitte, den einen noch. „Obrigado, muito obrigado!“ Endlich, fertig. Ich frage zum ersten Mal nach der Uhrzeit. Unglaublich, sieben Stunden habe ich gebraucht, um meine 25 Becher anzubringen. Ziemlich geschlaucht beende ich meinen ersten Arbeitstag an der Copacabana.

In der Wohnung angekommen, gehe ich voller Spannung an die Bilanzierung. Minuten später sitze ich vor dem ernüchternden Ergebnis. Egal, wie ich es drehe und wende: In sieben Stunden habe ich ganze 21 Real, also sieben Euro Reingewinn erzielt. Das ergibt einen Stundenlohn von genau einem Euro! Gut, reich werde ich damit nicht, trotzdem bin ich stolz. Ich habe für mich eine neue Einnahmequelle erschlossen. Morgen werde ich noch einmal aufbrechen, diesmal allerdings an den Strand von Ipanema. Angeblich sollen sich dort die wohlhabenderen Strandbesucher tummeln, und somit könnte mein exquisiter Fruchtsalat eventuell noch mehr Anklang finden.

Um 14.00 Uhr des nächsten Tages sind Ralfs Spezialfruchtsalate restlos ausverkauft. Ich strahle über das ganze Gesicht. Danke, Ipanema, du Paradies des Fruchtsalatverkäufers. Gemütlich schlendere ich noch am Strand entlang und nur der Kiste wegen sprechen mich noch einige Fruchtsalathungrige an. Leider kann ich ihre Anfragen nicht mehr befriedigen. Voll Hochachtung beobachte ich noch einige Zeit die anderen Verkäufer. Ich bin fertig für heute, in nur vier Stunden habe ich abermals 25 Becher verkauft und damit meinen Stundenlohn fast verdoppelt. Es ist vollbracht: Auf diese Weise kann ich ganz legal jeden Tag Geld verdienen und habe somit meine eigene Einkommensquelle erschlossen.

Daheim angekommen, erzähle ich Eduardo voller Freude von meinem Erfolg. Er beglückwünscht mich, fünf Minuten später bricht er schon wieder zu seinem nächsten Treffen auf. Ich bleibe allein zurück. Trotz meiner Erfolge im Berufsleben bin ich ein wenig niedergeschlagen. Obwohl ich mit Eduardo zusammenwohne, bekomme ich ihn so gut wie nie zu Gesicht. Ich schlafe schon, wenn er nach Hause kommt, und wenn er noch schläft, bin ich schon wieder unterwegs. Meine Wunschvorstellung, dass ich durch das gemeinsame Wohnen ein tieferes Verständnis und mehr

Einblick in das Leben der Brasilianer bekomme, hat sich bis jetzt noch nicht erfüllt. Aber ich kann nicht alles haben und hier lebe ich auf jeden Fall noch immer viel besser und entspannter als in der Favela.

Ich liege im Bett und starre an die Decke. Eigentlich kann ich sehr zufrieden sein. Morgen werde ich noch einmal zur Messe der deutschen Gemeinde erscheinen. Wer weiß, vielleicht bekomme ich ja noch eine Massagekundin dazu. Ich drehe mich zur Seite und schlafe in Sekundenschnelle ein.

Die Messe ist vorüber, der deutsche Pater ist mir um keinen Deut sympathischer als letzte Woche, aber meine Massagekunst hat sich durch Traudes Werbung herumgesprochen. Mercedes, eine wunderbar fröhliche, siebzigjährige Frau, und Lolo händigen mir ihre Adressen aus und wir fixieren Termine für die nächste Woche. Dankbar verlasse ich die heilige Stätte.

Nachdem auch die neuen Massagekunden überaus zufrieden sind, arbeitet ab diesem Zeitpunkt die Mundpropaganda völlig automatisch für mich und ich bekomme immer mehr Anfragen. Bald schon habe ich eine Visitenkarte und Eduardo borgt mir sein zweites Mobiltelefon. Eine Stammkundschaft bildet sich heraus, die meisten von ihnen sind Mitglieder der deutschen Gemeinde. Fügung auf Führung ereignet sich und ich sage dem Fruchtsalatverkauf letztendlich ade, da ich mich jetzt leicht durch die Massagen über Wasser halten kann. In anderthalb Stunden, vor dem Bett kniend massierend, verdiene ich doppelt so viel wie an einem ganzen Tag am Strand.

Die Zeit vergeht und nach anderthalb Monaten habe ich meinen aktuellen Höchststand mit stolzen fünfzehn Massagesitzungen pro Woche erreicht. Endlich habe ich es geschafft! Ich habe jetzt genug Geld und Arbeit, um bei Eduardo ausziehen und meine Unterkunft selbst finanzieren zu können. Dann nämlich erst kann ich meinen Auftrag

„Überleben in Rio“ als geglückt ansehen: Wenn ich mir selbst eine Bleibe finanzieren und auch sonst alles zum Leben Notwendige mit eigenen finanziellen Mitteln abdecken kann.

Nach Tagen intensiver Suche lande ich über einige Ecken bei Rosa zur Wohnungsbesichtigung. Sie sucht einen Mitmieter für ihre erst vor Kurzem bezogene, neu eingerichtete Drei-Zimmerwohnung. Ich schreite durch das Wohnzimmer, begutachte den Balkon, freue mich über den Ausblick direkt auf den Corcovado (die Christusstatue), sehe mir das freie Zimmer und die dazugehörige, separate Dusche an und begleite sie schlussendlich zum hauseigenen Swimmingpool. Ich bin überwältigt. Für umgerechnet 100 Euro im Monat kann ich in dieser Luxuswohnung im schönen Stadtteil Botafogo einziehen. Ich brauche keine Minute, um mich zu entscheiden. Noch am selben Tag ziehe ich um. Alles geht sehr schnell und ein wenig überhastet. Eduardo hat schon wieder etwas vor und nicht wirklich Zeit, um sich noch zu einer Wohnungsabschiedsfeier mit mir zu treffen. Etwas enttäuscht muss ich einsehen, dass wir zwar einen Monat lang nebeneinander gewohnt haben, sich aber durch unsere unterschiedlichen Lebenswelten und Zeitabläufe keine tiefere Freundschaft entwickelt hat. Vielleicht sind wir auch zu verschieden. Eduardo lebt in seiner Studentenwelt und ich in meiner Reisewelt. Dennoch bin ich ihm unsagbar dankbar, denn ohne ihn wäre ich in Rio wahrscheinlich vor die Hunde gegangen. Wir umarmen uns, und selbst in meiner Muttersprache würden mir die Worte fehlen für das, was er für mich getan hat.

Wenig später liege ich in der Hängematte auf dem Balkon meiner neuen Wohnung. Anderthalb Monate nach meiner Ankunft habe ich eine Arbeit, eine eigene Unterkunft und verdiene soviel, dass sogar noch ein wenig übrig bleibt. Mein Überlebenskampf in Rio ist zu Ende.

Die Nacht bricht über die Stadt herein. Hoch oben am steilen Felsen erstrahlt die Christusstatue – neben dem Zuckerhut das wohl bekannteste Wahrzeichen Rios – im hellen Scheinwerferlicht. Ich sehe hinauf: Tief berührt halte ich mein Dankgebet und verspreche mir, in der nächsten Zeit zu „ihm“ hinaufzupilgern.

Leben in Rio de Janeiro

Es ist Mittag, Thomas und ich sitzen am riesigen, für gut und gern zehn Personen ausgelegten Tisch und genießen schweigend aus Silberschalen das königliche Mahl. Kaum habe ich den letzten Bissen der Vorspeise mit der reich verzierten Gabel aufgelesen, läutet Thomas mit der kleinen Glocke. Das Dienstmädchen schwirrt herein, der nächste Gang wird aufgetragen. Stundenlang könnte ich an meinem Platz sitzen bleiben und die Ruhe und den für mich irrealen Luxus auf mich wirken lassen. Was für eine Pracht! Das Innere der Villa bietet ein Ambiente, das mich in eine Zeit der Großgrundbesitzer und Landherren zurückversetzt. Riesige Säle mit prunkvollen Teppichen, alten Gemälden, Silberschatullen in allen Ecken, antike, große Möbelstücke, kurz und gut: Einen größeren Gegensatz zu meiner Arbeit als Fruchtsalatverkäufer und meinem anfänglichen Überlebenskampf in Rio kann es kaum noch geben. Das Leben der einen Klasse gleicht in Nichts dem Leben der anderen, obwohl sie Tür an Tür wohnen, die Reichen in der Ebene und die Armen in den Favelas auf den Hügeln der Stadt.

Ich betrachte die vielen schmucken Gegenstände und versuche mir vorzustellen, wie Thomas, der um die 50 Jahre alt sein könnte, sein Leben ganz allein in diesem riesigen, sicherlich 20 Zimmer beherbergenden Haus führt. Schon beim ersten Treffen hat mich seine umgängliche Art sehr angesprochen. Nach meiner Fußreflexzonenmassage hat er mir angeboten zu bleiben. Zum Abendessen gab es damals nur Wurst, ein Stück Käse und ein paar Scheiben Brot. Ich war sehr überrascht und hätte mir ein viel aufwendigeres, prunkvolleres Mahl erwartet. Ähnlich ambivalent habe ich ihn auch sonst kennengelernt: Meist etwas schlampig angezogen, ein wenig hilflos in der Gesprächsführung, dann wieder als klaren, aus gutem Hause kommenden und sich seiner Stellung bewussten Geschäfts- und Gesellschaftsmenschen. Sehr um das Wohl der anderen bedacht, hat er sich auch um mich gesorgt, mir sein Fahrrad geborgt, die Werbetrommel gerührt und mich zu einigen Feierlichkeiten eingeladen.

Noch einmal bedient Thomas die silberne Klingel und wir bekommen die Nachspeise serviert. Ich verrücke meinen Sessel ein wenig und blicke über die Bucht von Rio. Was für ein Ausblick! Stolz thront die alte Villa über den Dächern der pulsierenden Stadt. Und dann noch der schön angelegte Garten, der sich auf drei Etagen erstreckt, eingebettet darin ein großer Swimmingpool. Bedächtig und genussvoll lasse ich jeden Bissen der Nachspeise auf meiner Zunge zergehen. Hier schmeckt das Essen nochmals so gut. Aber ich genieße nicht nur den Luxus und diese völlig andere Lebensart, sondern ich fühle mich auch freundschaftlich mit Thomas verbunden.

So wie zu ihm hat sich auch zu anderen Massagekunden eine, über die Arbeit hinausgehende Beziehung aufgebaut. Mit Mercedes zum Beispiel, einer überaus liebenswerten Massageklientin, habe ich, trotz eines kleinen Altersunterschiedes von mehr als 40 Jahren ein ganz besonderes Verhältnis. Es ist, als würden wir uns schon lange kennen. So fühle ich mich oft eher als guter Bekannter, teils als Freund, denn „nur" als Masseur. Manchmal sitzen wir nach der Massage noch einige Stunden zusammen und sie erzählt mir von ihrem Leben als Frau des deutschen Botschafters. „Freude und Liebe, das sind die wichtigsten Dinge im Leben und davon soll man immer genug haben", das ist ihr Lebensmotto. Zwei ganze Tage lang mietet sie einen Chauffeur und zeigt mir liebevoll ihr Rio – wunderschöne, magische Plätze und herrliche bauliche Kunstwerke.

Auch Traude, Lolo und andere Klientinnen lassen mich an ihrem Leben Teil haben und geben mir das Gefühl, gemocht und aufgenommen zu sein.

„Noch Hunger?“, fragt Thomas und ich werde aus meinen Gedanken gerissen.

„Nein, nein, ich bin satt. Danke, es war eines der besten Essen überhaupt.“

„Du könntest bis morgen bleiben, wenn du magst.“

Ich überlege kurz. „Ja, danke, dann gehe ich jetzt noch zu Christian, er hat auch für heute einen Termin.“

„Gut, dann bis zum Abend.“

Der Abend mit Thomas verläuft ähnlich wie andere zuvor. Zuerst gibt es ein spartanisches Essen, dann schaltet er den Fernseher ein. Es läuft ein schlechter Actionfilm und ich drifte in meine Gedankenwelt ab. Rio, die Stadt der Extreme, überschwänglicher Reichtum und tiefe Armut. Ich erinnere mich noch lebendig an einen Abend vor ein paar Tagen.

Als ich nach der Massagesitzung nach Hause gehe, fällt mir ein kleiner Junge auf, der wie ein Wächter vor einem verfallenen Haus steht und mich keinen Augenblick aus den Augen lässt. Obwohl es schon finster ist, kann ich ihn im Licht der Straßenbeleuchtung gut ausnehmen. Er ist ziemlich klein, vielleicht 1,40 Meter, hat einen zarten, schmächtigen Körperbau und braune Haare, alles in allem eine etwas unscheinbare Gestalt. Als ich stehenbleibe, kommt er langsam auf mich zu.

„Du kannst dich hier sicher fühlen, ich beschütze dich. Alles ist in Ordnung!“, wendet er sich mit fester Stimme an mich. Ich blicke ihn verwundert an, ein zwölf- bis vierzehnjähriger Junge hat sich soeben zu meinem Beschützer erklärt. Mein Blick fängt sich in seinen Augen, die eine gewisse Bestimmtheit und große Ernsthaftigkeit vermitteln. Ich lächle, mustere ihn weiter und nehme an seinem linken Unterarm drei etwa daumengroße, hoch erhobene Beulen wahr. Anstatt mich auf seine vorher gemachte Aussage zu beziehen, frage ich neugierig: „Was sind das für Beulen an deinem Unterarm?“

„Mmmh ... ich rede nicht gerne darüber“, antwortet der Junge zögerlich und schließt seine Augenlider bis auf einen kleinen Schlitz. „Aber gut. Ich hatte eine Auseinandersetzung mit einem Jungen aus einer anderen Gang. Kurz darauf zieht er eine Pistole. Ich war schneller.“

„Und das sind die Überbleibsel der Schusswunden?“, vermute ich.

Er nickt und starrt mich durchdringend an.

„Und der andere?“

„Tot.“

Keine Regung kann ich in seinem Gesicht erkennen, starr bleibt sein Ausdruck. Nur seine Augen sprechen für einen Augenblick von einem tiefsitzenden, grauenvollen Erlebnis, dann ist es schon wieder vorbei. Zutiefst betroffen sehe ich den Jungen vor mir an. Jetzt ist mir klar, warum er mich beschützen kann, warum ich mich sicher fühlen kann in dieser Straße. Es ist seine Straße, er hat sie mit seinem Unterarm und dem Leben eines anderen erkämpft. Ein hoher Preis für eine dreckige, normale Straße. Ein Preis, den es hier zu zahlen gilt, wenn man überleben will. Ich verbeuge mich etwas vor ihm, um ihm meine Anerkennung und Respekt auszudrücken. Nicht meine Anerkennung für einen begangenen Mord, sondern dafür, dass er in einer Welt überlebt und lebt, die ich nie verstehen werde und deren Härte und unmenschliche Gesetzmäßigkeiten unvorstellbar bleiben. Ich war schon nach der ersten Woche in Rio an meiner Belastungsgrenze angelangt, der Junge mir gegenüber kämpft jeden Tag neu um sein Überleben. Völlig verstört gehe ich seine Straße hinunter.

„Willst du noch etwas trinken?“ Thomas’ Stimme lässt mich aus meinem Sessel hochfahren.

„Nein danke“, ich schüttle den Kopf, die Bilder auf dem Fernsehschirm flimmern weiter dahin. Ich befinde mich schon wieder in meiner Gedankenwelt, stelle mir Fragen und hoffe auf Antworten, die ich aber nur selten bekomme. Diese brutale Welt, in der dieser Junge Tag für Tag lebt, sie existiert. Sie ist da draußen, nur jetzt gerade sitze ich im prunkvollen Wohnzimmer in der Villa von Thomas und wir sehen uns auf seinem überdimensionalen Fernseher einen banalen Film an. Diese unendliche Kluft zwischen Arm und Reich zerreißt mich fast innerlich. Was ist das für eine Welt? Was haben wir alle aus der Schöpfung gemacht? Der extreme Gegensatz in dieser Stadt lässt mich die Perversion der Menschheit klar sehen und innerlich schmerzhaft spüren. Auch die Schüsse, die man in der Nacht aus den Favelas hört, werden irgendwann – so unglaublich es klingen mag – normal. Wenige hundert Meter entfernt wird vielleicht gerade ein Mensch erschossen, doch diese Welt lässt sich davon nicht aus der Ruhe bringen, sie existiert unbeeinträchtigt weiter. Eine Welt kämpft um das Überleben, die andere schwelgt im Luxus. Eine Aussage meiner Freunde daheim kommt mir in den Sinn: „Die Menschen in Brasilien sind zwar arm, aber alle so glücklich und freundlich." Ich ziehe die Luft hörbar durch meine Nase ein, Thomas sieht zu mir herüber, dann widmet er sich wieder dem Film. Ich hänge weiter meinen Gedanken nach und lasse die Erlebnisse der vergangenen Monate an mir vorbeiziehen. Viele Brasilianer sind freudig, froh, herzlich und hilfsbereit, aber für die meisten wird der Lebensstandard, den ich als Europäer als normal bezeichne, immer nur eine Vision, ein Traum, eine weit entfernte, nicht erreichbare Welt bleiben. Tagtäglich erwachen die Menschen in ihrer Armut und um sie herum ist Luxus und Überfülle, und auch das Fernsehen liefert wunderschöne, bezaubernde Bilder aus fremden, unerreichbaren Ländern. Nur durch Akzeptanz ihrer Lebensumstände wird es ihnen erst möglich, fröhlich und glücklich zu sein. Sie leben wahrlich im Hier und Jetzt und können nicht auf Sicherheiten bauen, denn für viele von ihnen gibt es absolut keine. Es gibt keine

Zukunft, das Geld wird an dem Tag ausgegeben, an dem es verdient wird. Ein paar Bier, ein Fest bei Freunden, ein Fußballspiel, Karneval, eine Frau, alles kleine oder größere Freuden, die ihren Alltag erhellen. Musik und Feiern, die überwältigenden Feste, wie wir Europäer sie aus dem Fernsehen kennen, allen voran der Karneval, für dessen Kostüme viele ein ganzes Jahr sparen oder sie auf Kredit kaufen, prägen unser Bild von Brasilien. Aber auf der anderen Seite existiert unglaubliche Armut, Gewalt, Hunger und Tod. Die Brasilianer sind glücklich (soweit ich das als Europäer überhaupt behaupten kann), unbeschreiblich hilfsbereit und lebensfroh, doch viele leben ein Leben, wie wir es uns nicht einmal annähernd vorstellen können.

Ein Schuss, ich schrecke auf. Bilder der Gewalt flimmern über den Bildschirm. Der Held wird angeschossen. Was für eine Welt! Wie viele Menschen müssen die in vielen Filmen gezeigte Gewalt am eigenen Körper erfahren und würden nur allzu gerne aus dieser Realität fliehen, während sich andere die grausamen Szenen via Fernseher ins Haus holen und sich an der virtuellen Gewalt ergötzen. Wie spannend ist doch so ein Thriller, Action- oder Horrorfilm, natürlich mit der Möglichkeit abzuschalten, wenn es wirklich einmal zu viel sein sollte. Wie krank ist unsere Gesellschaft eigentlich?

Klick. Der Bildschirm erlischt. Thomas steht auf und wünscht mir eine gute Nacht. Einige Zeit bleibe ich noch im Halbdunkel sitzen. Ich bin dankbar, dass ich die reiche und die ärmliche Seite von Rio kennenlernen durfte und darf. Diese Erfahrungen kann mir niemand mehr nehmen. Ich werde die Welt nie mehr mit denselben Augen sehen.

Dann gehe ich langsam in den ersten Stock und lege mich ins Bett. Lange beobachte ich durch das Fenster noch die Lichter der Stadt. Heute Nacht schlafe ich in einer Villa. Wie werden die Rollen verteilt in diesem Spiel des Lebens?

Am nächsten Morgen breche ich früh auf, verlasse die Luxuswelt und mein Leben in Rio geht seinen nun schon sehr geregelten Lauf. Die Tage Montag, Mittwoch und Freitag sind mit Massage ausgebucht, den Rest der Zeit verbringe ich mit verschiedensten Aktivitäten. Neben dem Radfahren, Schwimmen und Surfen – bei dem meine Fertigkeiten nicht über das sicherere Liegen auf dem Brett hinauswachsen – unternehme ich mit dem Kletterclub von Rio einige Touren. Eine Tagestour mit wunderschönem Ausblick über Rio, eine Klettertour auf den Zuckerhut und eine zweitägige Besteigung des „Finger Gottes" lassen mein Bergsteigerherz wieder so richtig aufleben. Martin, ein Südtiroler, und ich sind die einzigen Ausländer und wahrscheinlich deshalb ein heiß begehrtes und fast hoch verehrtes Team. Obwohl Martin und ich anfangs Probleme mit dem brasilianischen Wanderstil haben – sie sind auch am Berg sehr gemütlich unterwegs und legen fast stündlich eine Pause mit einer regelrechten Hauptmahlzeit ein –, entwickelt sich eine gute Kameradschaft.

Mehr als zwei Monate bin ich nun schon hier. Das Urlauber-Touristen-Rio habe ich nicht kennengelernt, aber ich vermisse es auch nicht. Ich lebe mit den Einheimischen und mit manchen von ihnen hat sich eine tiefere Freundschaft entwickelt. Auch Licio Bruno habe ich durch einen glücklichen Zufall auf der Straße getroffen. Sofort habe ich mich auf besondere Weise mit ihm verbunden gefühlt. Eine wunderbare Freundschaft ist daraus entstanden. Jetzt bezeichnen wir uns oftmals sogar als Brüder und unsere gemeinsamen Treffen zählen zu den wertvollsten in Rio. Bald schon bin ich auch in seiner Familie integriert. Seine Mutter Tanja hat eine Gruppe von „Pranic Healing"-Anwendern zusammengestellt, die einmal in der Woche ihre Fähigkeiten auf Spendenbasis zur Verfügung stellen. Jeden Freitag lasse ich mich dort energetisch ausgleichen und freue mich über die interessanten Gespräche und den liebevollen Austausch.

Auch Licios Vater mit seiner ruhigen, bedachten und liebevollen Art schließe ich schon bald ins Herz. Ich fühle mich wie ein Adoptivkind und die gemeinsam verbrachte Zeit im Kreise der Familie gibt mir ein Gefühl von Liebe und Geborgenheit.

Mit Claudia, einer gebürtigen Brasilianerin und Osteopathin, tausche ich nicht nur fachliche Themen und gegenseitige Behandlungen aus, sondern sie zeigt mir auch die besonderen Ecken von Rio. Die tiefgehenden Gespräche mit ihr bewegen mich sehr und ich merke, wie wichtig für mich der intensive, ehrliche Austausch im Gegensatz zu den sonst sehr oberflächlichen Freundschaften der Brasilianer ist. Nicht nur ich als Ausländer, sondern auch meine wenigen wirklichen Freunde klagen über diese Oberflächlichkeit und fehlende Tiefsinnigkeit der Bevölkerung. Jeder ist zwar sofort ein Freund und alle sind die besten Freunde, keiner gibt aber wirklich etwas von sich preis. Die Gespräche sind immer dieselben. Sie reichen kaum über Fußball, das Tagesgeschehen, die Frauen, die Feste und sonstige banale Themen hinaus und lassen keinen Einblick in das Innere des Gegenübers zu.

Woche um Woche vergeht und am 3.11.2003 schreibe ich in einem E-Mail:

Es hat sich mein Leben hier so entwickelt, dass ich jetzt alles habe, was mein Herz begehrt: Liebe Freunde, ein schönes Appartement, Arbeit, wunderbare Sportmöglichkeiten und, und ... Die Kletter- und Wandergemeinschaft, die ich hier gefunden habe, ist einfach ein Traum und die Leute sind grenzgenial. Jede Begegnung bekommt durch ihre Einzigartigkeit eine ganz besondere Wichtigkeit.

Alles läuft perfekt und doch weiß ich, dass es wieder an der Zeit ist, meinen Rucksack zu packen. Gründe dafür sind mein auslaufendes Visum sowie die stets zunehmende, teils jetzt schon unerträgliche Hitze, zu guter Letzt aber meine wichtigste Entscheidungsgrundlage: Meine innere Stimme. Am 14.11.2003 werde ich nach Argentinien weiter ziehen.

Eine letzte Aktion gilt es noch als krönenden Abschluss für die vergangenen zweieinhalb Monate in Rio durchzuführen. Martin wird mich auf meinem Pilgerweg begleiten. Wir werden in der Dämmerung die 800 Höhenmeter zum Christus aufsteigen und zu seinen Füßen übernachten.

Das Licht wird immer schwächer, der schmale Steig windet sich neben der steil abfallenden Wand hinauf. Durch den Nebel hat die Stimmung im Wald etwas Geheimnisvolles, Mystisches an sich. Unbehelligt erreichen wir die Plattform unter der Statue. Wieder einmal ist Vollmond, so wie bei vielen einschneidenden Erlebnissen meiner Reise. Nur hier, im Nebel am Fuße der Christusstatue, bekommen wir nichts davon mit. Wir sind etwas enttäuscht. Nach ca. zwei Stunden, die wir leise redend und schweigend verbringen, sehen wir plötzlich eine Silhouette aus der Nebelwand auftauchen. Jäh verstummt unsere Konversation. Die Waffe des Sicherheitsbeamten ist gut erkennbar. Wir stehen wie angewurzelt da. Eins, zwei, drei, vier, fünf Männer können wir schemenhaft erkennen. Die Köpfe drehen sich, jetzt sehen sie in unsere Richtung. Sie müssen uns wahrnehmen, jetzt. Die Sicherheitsbeamten beginnen miteinander zu reden, drehen die Köpfe einer nach dem anderen in die Gegenrichtung und verschwinden wieder in der Nebelsuppe. Wir lösen uns aus unserer Starre. Der Nebel hat uns vor gröberen Problemen bewahrt.

Dann sehen wir zur Statue hinauf. Stück für Stück kommt sie nun klarer zum Vorschein und immer heller und drängender bahnt sich die riesige Gestalt ihren Weg. So als hätte er nun seine Schutzfunktion erfüllt, löst sich der Nebel gänzlich auf. Wie eine mystische Erscheinung steht dieser Christus nun vor uns. Jetzt können wir auch den Vollmond sehen, mir läuft ein prickelnder Schauer über den Rücken.

Eine große Dankbarkeit und Frieden breitet sich in meinem Herzen aus. Aus dem Nichts heraus durfte ich ein vollständiges Leben mit Arbeit, Wohnung, Freunden, Aktivitäten und Hobbys aufbauen. Nie mehr werde ich mir anmaßen, auch nur einen einzigen Menschen zu beurteilen, zu verurteilen. Ich erinnere mich an ein chinesisches Sprichwort: „Verurteile nie einen Menschen, wenn du nicht wenigstens ein paar Tage in seinen Sandalen gelebt hast!" Ich habe für mich die Tiefe und Wahrheit dieses Sprichworts am eigenen „Sein" erfahren müssen und dürfen. Ich schaue zur Statue empor und all die wunderbaren Menschen ziehen vor meinem inneren Auge vorüber. Durch ihre Hilfe habe ich in Rio überleben können. Ein tiefes Gefühl der Liebe durchströmt mich.

Die ganze Nacht bleibe ich wach. Der Nebel, die Statue, der Vollmond, die Stadt, die wir von Zeit zu Zeit aus dem Nebel- und Wolkenmeer heraufblitzen sehen, alles umfängt uns wie eine bizarre andere Wirklichkeit. Als sich der Mond auf der einen Seite langsam dem Horizont nähert, dämmert auch schon der Morgen. Wir verfolgen beide gespannt und ehrfurchtsvoll, wie der Himmel nach und nach die verschiedensten Färbungen annimmt, von schwarz zu blau, zu violett, zu leicht rosa, etwas orange, ein bisschen rot. Die letzten Lichter der Stadt erlöschen und die ersten Sonnenstrahlen brechen an der flachen, geraden Linie des Meeres hervor.

Rio, die Stadt der Gegensätze: Reich und Arm Seite an Seite, schön und hässlich, laut, stressig, total bewohnt und verbaut und doch ruhig und Natur pur, gefährlich und doch friedlich, Freude und Leid, Angst und Hoffnung, grauenvoll und wunderschön, Gegensätze über Gegensätze.

Fast drei Monate in Rio, sechs Monate in Brasilien, ein intensiver, erlebnisreicher und lehrreicher Reiseabschnitt geht dem Ende zu.

Ich drehe mich einmal um die eigene Achse, dann schaue ich zu, wie die Sonnenstrahlen die Häuser in sanftes Orange tauchen: Einen schöneren Abschied von Brasilien hätte ich mir nicht wünschen können. Die Stadt der Extreme liegt im sanften Morgenlicht zu meinen Füßen und Christus steht mit weit ausgebreiteten Armen hinter mir.

Bis an das Ende der Welt

Mit lautem, ohrenbetäubendem Tosen stürzen tausende und abertausende Liter Wasser pro Sekunde in die Tiefe. Ich lehne mich über das Geländer der Aussichtsplattform und versuche den tiefsten Punkt am Fuße des gigantischen Wasserfalls auszumachen. Chancenlos. Wie ein weißer Vorhang legt sich das sprühende Wasser des „Garganta del diabolo" (Teufelsrachen) über die tiefe Schlucht und ein wunderschöner Regenbogen zieht aus dem Schlund herauf. Ich sehe nach rechts und kann das Ende der fast zwei Kilometer breiten Iguazu-Wasserfälle nicht ausmachen. Ein Besucher spricht mich an. Ich verstehe ihn kaum. Vorgestern habe ich in Rio noch Portugiesisch gesprochen, jetzt muss ich wieder Spanisch lernen. Mühsam suche ich ein paar Vokabeln zusammen. Es wird noch einige Zeit dauern, bis ich mich wieder so einfach und unkompliziert wie in Brasilien verständigen kann. Plötzlich werden wir alle von einem dichten Sprühnebel eingehüllt. Die Leute um mich herum lachen, ich sehe nur freudige und glückliche Gesichter. Die Schönheit, die Kraft und Energie der Natur haben uns alle in ihren Bann gezogen.

Das Bild der wunderschönen Wasserfälle noch immer vor meinem inneren Auge, trete ich die Weiterreise Richtung Süden an. Noch weiß ich nicht genau wohin. Ein LKW-Fahrer würde mich nach Cordoba mitnehmen, das hört sich gut an und ich steige ein. Schweigend beobachte ich die vorbeiziehende Landschaft. Ein mulmiges Gefühl breitet sich in mir aus. Was werden die nächsten Stunden bringen? Wo werde ich schlafen? Wohin werde ich weiterziehen? Unruhig sehe ich der kommenden Zeit entgegen. Nach fast drei Monaten ist es nun wieder soweit: Ich reise ohne Plan, jeder Tag entsteht wieder ganz neu. Rio liegt hinter mir, eine planlose Zukunft vor mir. Die Wochen und

Monate seit meiner Ankunft in Südamerika kommen mir wieder in den Sinn. Wie schwer ist es mir doch oft gefallen, meine Entscheidungen zu treffen. Und obwohl ich erst gestern Rio verlassen habe, spüre ich schon wieder diesen Entscheidungsdruck – oder was immer es auch ist – auf mir lasten. Wird es je leichter werden, dieses planlose Reisen?

Ruckartig werde ich aus meinen Gedanken gerissen. Wir sind in Cordoba angekommen. Ich nicke dankbar und steige aus. Wieder muss ich meinen weiteren Weg festlegen. Eine Entscheidung unter tausenden, die ich schon getroffen habe. Mangels einer besseren Alternative werde ich weiter Richtung Süden fahren.

Am zweiten Abend bleibt der LKW von Carlos, mit dem ich seit Cordoba unterwegs bin, mit einer Panne in einem kleinen Dorf im Nirgendwo stehen. Draußen ist es ziemlich kalt, der Sturm fegt über die karge Landschaft, wir sitzen im warmen Führerhaus. Carlos reicht mir einen kleinen, schön verzierten Becher und erklärt mir: „In Argentinien hat das Mate trinken eine lange Tradition." Ich nicke. „Dieses Gefäß wird oft künstlerisch verziert und stellt für die meisten viel mehr dar als jeder normale Trinkbecher. Dieser kleine silberne, massive Trinkhalm hat am Ende ein Sieb. Und so läuft es ab." Er schüttet aus einer großen Box grüne Teeblätter in das Gefäß und gießt langsam und sehr andächtig das heiße Wasser aus seiner Thermoskanne darüber. „Der Gastgeber trinkt zuerst, da der Tee noch nicht so gut schmeckt. Wenn man will, kann man etwas Zucker hineinfüllen, aber ich genieße ihn lieber so." Mit den letzten Worten schenkt er Wasser nach, trinkt einen Schluck und reicht mir den traditionellen Mate-Tee. Nicht sonderlich begeistert ob des Geschmacks, aber auch nicht ganz abgeneigt schlürfe ich den heißen Tee. Während wir abwechselnd Schluck um Schluck trinken, erzählt mir Carlos aus seinem Leben.

„Zuerst habe ich Grafiker gelernt, konnte aber keinen Job finden. Anschließend habe ich mit dem Medizinstudium begonnen und wurde noch vor Beendigung Vater. Ich musste so schnell wie möglich Geld verdienen. Seitdem bin ich als LKW-Fahrer unterwegs." Melancholisch zeigt er mir seine Zeichenmappe und schwelgt in seinen Erinnerungen. Seine buschigen Augenbrauen ziehen sich zusammen: „Aber ich bin nicht unglücklich. Ich habe eine wunderbare Frau, zwei Kinder und wir kommen gut über die Runden." Auf die Frage, wie wichtig Geld für ihn ist, antwortet er prompt: „Dinero no hace feliz, pero ajudar!" (Geld macht nicht glücklich, aber es hilft). Ich lächele. Wie recht er doch hat.

Immer wieder kommen wir in unserer Unterhaltung auf Feuerland zu sprechen. Carlos erzählt voller Begeisterung von dieser Landschaft, den Bergen, den glasklaren Seen und der Artenvielfalt der Tiere. Wir reden noch bis spät in die Nacht, und als ich auf der Ladefläche des LKWs meinen Schlafsack ausbreite, ist mir klar: Ich werde nach Feuerland zum südlichsten Ende der Welt reisen. Doch bis dahin sind noch tausende Kilometer zurückzulegen.

Am nächsten Morgen wird der LKW wieder flottgemacht, wir erreichen nach insgesamt drei sehr schönen und bereichernden Tagen Bahia Blanca und schon strecke ich wieder den Daumen hinaus.

Wie gerne wäre ich doch eine Frau! Ich kann es nicht fassen. Seit eineinhalb Tagen stehe ich mir hier die Füße in den Bauch und komme keinen Zentimeter weiter. Für fünf Minuten spaziert diese schlanke, langhaarige Schönheit auf dem Bankett, der erste LKW macht eine Vollbremsung und weg ist sie. Wie ungerecht ist meine Stopperwelt. Verzweifelt gehe ich weiter auf und ab. Gestern hat mir der Tankwart erzählt, dass es früher viel mehr Autostopper gegeben hat. „Vor zehn, fünfzehn Jahren waren viel mehr Mochileiros auf der Straße. 10 bis 20 sind immer an der Tankstelle gestanden und keiner musste lange warten. Aber alles hat sich geändert. Heute haben alle Angst." Stirnrunzelnd erfahre ich die ganze Geschichte. Einige Fahrer wurden demnach überfallen, ihres Fahrzeuges und aller Gegenstände inklusive Kleidung beraubt, nur in Unterwäsche am Straßenrand zurückgelassen oder sogar ermordet aufgefunden. Die Gerüchte verbreiteten sich rasend schnell und mit jedem Vorfall wurden und werden die Menschen misstrauischer, ängstlicher und vorsichtiger. Frauen haben es immer noch sehr leicht, auf diese Art unterwegs zu sein, sie haben allerdings Angst davor, genötigt oder schlimmstenfalls sogar vergewaltigt zu werden. Angst herrscht also auf beiden Seiten und durch diese Angst ist meine Spezies des Autostoppers hier in Argentinien schon vom Aussterben bedroht. Viele Begegnungen kommen mir in den Sinn, bei denen der Kernpunkt der Erzählungen Angst war. So zum Beispiel die Aussagen der Segler, die schlechte Erfahrungen mit Mitseglern hatten, und andere mehr. Tragischerweise baut sich dieser Angstberg durch jede Geschichte immer mehr auf und scheint durch nichts wieder kleiner zu werden. Überall gibt es Gerüchte und negative Erlebnisse, die noch mehr Angst entstehen lassen. Nicht nur Geld, sondern eigentlich die Angst kontrolliert die Welt. Und diese Angst hat auch meine Stopperwelt schon sehr negativ verändert und mir das Leben unnötig schwer gemacht.

Überhaupt werde ich von Mal zu Mal nervöser und angespannter, wenn ich, so wie jetzt, am Straßenrand stehe. Die langen Wartezeiten und die vielen missglückten Anfragen hinterlassen deutlich ihre Spuren. Unruhig strecke ich wieder den Daumen hinaus – wieder nichts.

Am späten Nachmittag werden meine Gebete endlich erhört. Extrem erleichtert steige ich ein und mit Christian geht es weiter Richtung Süden. Vielleicht stoppe ich nur wegen dieses Gefühls. Vielleicht rede ich mir alles andere nur ein – dass ich gerne Leute kennenlerne, dass es mich weiterbringt, dass es abenteuerlich ist, dass es mich in Kontakt mit den Einheimischen bringt. Vielleicht ist dies alles nur ein Vorwand, um dieses Gefühl zu erleben, dieses einzigartige Gefühl der plötzlichen Erleichterung und Befreiung, wenn ein Fahrzeug hält und beim Einsteigen alle Anspannung von mir abfällt. Vielleicht habe ich aber auch nur ein wenig zu lange in der prallen Sonne gestanden. Ich unterbreche meine Gedanken und betrachte die Landschaft. „Da sieht es ja aus wie in der Pampa", werde ich mir einer Redewendung bewusst. Nun erlebe ich sie hautnah, diese argentinische Pampa. Weite, eine schier unendliche Weite breitet sich vor mir aus. Kein Berg, kein Hügel verstellt uns die Sicht, die schnurgerade Straße führt durch die flache, sich bis zum Horizont ausbreitende Landschaft. Einigermaßen gepflegte, riesige Landsitze wechseln sich mit kargen, verwilderten Abschnitten ab. „Nach 2 km Kurve" weist ein gelbes großes Schild auf eine „plötzliche" Richtungsänderung hin. Ich muss schmunzeln. Fast wie auf dem Atlantik behalten wir immer unsere Richtung bei. Links von uns steigt die Sonne mal orange, mal rot über den Horizont, dann beobachten wir ihren Lauf am Himmel, und nach vielen Stunden sinkt sie rechts von uns wieder hinunter. Das gleichbleibende Geräusch des LKWs unterstützt diesen fließend wirkenden, ruhigen Ablauf, nur unser Gespräch ist unrhythmisch zur Symphonie der Natur.

Ein paar Tage bleibe ich in Puerto Madryn, dann komme ich bis Rio Gallegos weiter. Dort warte ich geschlagene zweieinhalb Tage an einer Tankstelle. An der Grenze zu Chile warte ich abermals, darf die Nacht aber zum Glück am Grenzposten in einem kleinen Kämmerchen verbringen. Am nächsten Tag werde ich von Trudel und Hans aus Deutschland mit ihrem Safaritruck mitgenommen. Sie geben mir über drei gemeinsame Tage hinweg ein Gefühl von Familie und werden kurzzeitig zu einer Art Reiseeltern.

Ushuaia. Die Stadt schmiegt sich sanft an die Hänge der Berge, der Beagle Kanal schlängelt sich tiefblau und breit durch die Landschaft und das berühmt-berüchtigte Cap Horn sowie die Drake Passage bleiben als Mythos hinter den Bergen verborgen, weit draußen auf dem Meer. Ich stehe am südlichsten Zipfel Argentiniens, der südlichsten Stadt der Welt. 5.000 Kilometer liegen hinter mir. Nicht im Traum wäre es mir in den Sinn gekommen, dass ich jemals hier landen würde.

Es fröstelt mich. Der Klimaunterschied zu Brasilien könnte größer nicht sein. Nahe am Polarkreis hat es auch im Sommer Temperaturen, die einem Rio-Gewöhnten und Verwöhnten nicht sehr zuträglich sind. Von den Bergen grüßt der Schnee herunter und alles in allem erinnert mich vieles hier an den Winter in Österreich.

Ich schaue dem Treiben im Hafen zu und fühle mich wieder allein. Oftmals habe ich diese Einsamkeit schon gespürt, aber wahrscheinlich noch nie in dieser Intensität.

Tagebucheintrag vom 4.12.2003:

Noch nie habe ich mich so gefühlt wie jetzt. Ich bin abgestumpft, die Schönheit der Natur berührt mich zwar schon noch, aber auf keinen Fall mehr so stark wie am Anfang. Ich kann mich mit den Leuten immer noch freuen, aber es bleibt nicht viel übrig. Ushuaia ist wieder eine neue Stadt, neue Menschen, neue Natur und ich fühle mich wieder einmal allein, allein unter all den netten Menschen, weil mir wirkliche Liebe, wirkliche Begegnungen, wirkliche Freundschaft fehlt. Noch immer habe ich Angst, mich ganz zu zeigen, mich auf meine Mitmenschen voll einzulassen. Ich habe mir erhofft, durch das planlose Reisen ganz im

Jetzt anzukommen, aber es funktioniert anscheinend nicht. Ich frage mich, warum ich weiterreisen soll, warum ich nicht der ganzen Reise ein Ende setze. Alles ist so anstrengend, ich bin hohl und leer. Was ist dabei, wenn ich jetzt den Heimweg antrete? Wie schön wäre es doch zu Hause! Aber wie soll ich wissen, ob ich weiterreisen soll oder nicht? Vielleicht muss ich noch etwas lernen. So traurig heimzufahren, erscheint mir auch nicht richtig. Ich habe Angst, die Reise abzubrechen. Mir kommt es vor, als hätte ich zu wenig gelernt und zu wenig mitgenommen, als würde ich mein Herz noch immer nicht ganz für die Menschen öffnen, als hätte ich etwas falsch gemacht, mich nicht zum Positiven verändert und wäre trauriger geworden.

Ich muss es mir eingestehen: Mein Projekt ist nicht so aufgegangen, wie ich es mir vorgestellt habe. Eigentlich sollte ich durch das „Nichtplanen" gezwungen werden, im Jetzt zu leben und somit Schritt für Schritt dieses Leben im Hier und Jetzt erlernen, doch eher das Gegenteil ist passiert: Durch den Druck, dass ich unbedingt im Jetzt leben möchte und keine Ziele mehr haben darf, standen mir immer so viele Möglichkeiten offen, dass es mir fast unmöglich war, eine Entscheidung zu treffen. Und mehr noch: Durch die Angst eine falsche Entscheidung zu treffen und damit etwas Wichtiges zu verpassen, war ich wie gelähmt. Auch meine Wünsche und Träume konnten sich nicht mehr manifestieren, weil ich mir verwehrt habe, an die Zukunft zu denken. Schweren Herzens muss ich erkennen, dass ich gescheitert bin. So werde ich niemals im Jetzt ankommen.

Langsam wende ich dem Hafen den Rücken zu. Ich habe keine Ahnung wie alles weiter gehen soll, alles scheint mir sinnlos zu sein. Und doch sagt mir meine Intuition, dass ich meine Reise noch nicht abbrechen kann, weil ich sonst um eine große Erkenntnis umfallen würde. So verlebe ich einige Tage in einer sehr deprimierten Stimmung, traurig, reisemüde und allein.

Hideaki, ein lebensfroher Japaner, befreit mich unverhofft aus meinem tristen Zustand. Er ist schon seit zwei Jahren in Südamerika, Australien und Kanada unterwegs und benutzt bis auf die Flüge zwischen den Kontinenten ausschließlich seinen Daumen, um von Ort zu Ort zu kommen. In ihm finde ich zum ersten Mal seit meinem Reisebeginn einen Menschen, der auf dieselbe Weise und ähnlich lange wie ich unterwegs ist. Wie oft habe ich schon anderen meine Gefühle und inneren Prozesse sowie Probleme geschildert und wie oft musste ich in den Augen und an den Reaktionen meiner Gesprächspartner erkennen, dass ich immer noch allein war mit meinen Eindrücken und meinen Erlebnissen. Bis jetzt konnte niemand meine Reise nachvollziehen. Meine Art zu reisen ist zu anders, zu weit entfernt von der normalen Reise- und Lebensart. Nun werden durch diese Begegnung die Schleusen geöffnet, und ein wahrer Austausch, ein wirkliches gegenseitiges Verstehen und Mitfühlen ist möglich. Endlich können alle Gefühle, Eindrücke und Emotionen frei werden, die solange in mir eingesperrt waren und nur darauf gewartet haben, zum Ausdruck zu kommen und verstanden zu werden.
Wie heilender Balsam wirkt dieser tagelang dauernde Austausch mit Hideaki.

Gestärkt vom Verständnis, der gemeinsamen Zeit und der Natur kann ich meine innere Stimme wieder lauter in mir sprechen hören. Und auf einmal, drei Wochen nach meinem Abschied von Brasilien, weiß ich, was mir fehlt: Ein ZIEL!

Auszug aus dem Tagebuch vom 7.12.2003:

Mir fehlt ein Ziel! So wie jetzt kann es nicht mehr weitergehen. Nichts ist mehr wirklich wichtig, ich bin antriebslos und demotiviert. Mir kommt es vor, als würde ich die Zeit mehr verleben als erleben, als würde ich eher warten, dass die Zeit vergeht, als dass ich sie wirklich nutze. Es dauert schon so lange, dass ich in der Früh ohne große Motivation aufstehe und dass ich – meinem inneren Auftrag folgend – so planlos unterwegs bin. Die Zeit ist einfach verstrichen, weil ich ja alle Zeit habe. Aber ich kann unmöglich so weiter machen. Das ist nun vorbei, jetzt ist Schluss mit planlos.

Ich muss mir selber einen Auftrag stellen, mir selbst ein Ziel setzen. Es kommt mir vor, als wäre dies fast das Wichtigste, das ich gelernt habe. Ohne Ziel bin ich schwach, ohne Ziel habe ich keine Ausrichtung, keine Motivation. Die Erfahrung, jeden Tag zu leben und sich hineinfallen zu lassen, habe ich gemacht, aber ich benötige eine Struktur. Ich vertraue natürlich weiterhin auf die Führung Gottes, aber ich brauche ein Ziel.

Am Ende der Welt ist also auch mein planloser Reisestil zu Ende. Wie schön und richtig sich das auf einmal anfühlt. Die Welt gehört mir, ich bin wieder bereit. Nach der langen Zeit des „Nichtplanens" gestatte ich mir nun, Ziele festzulegen, und beginne sofort eine kleine Reiseroute zusammenzustellen.

Wenig später liegt mein erster Plan (seit neun Monaten) vor mir: Ich möchte über den Torres del Paine Nationalpark in Chile und den Perito Moreno Gletscher in Argentinien nach El Chalten weiterfahren. Dort befinden sich die eindrucksvollsten und mächtigsten Kletterfelsen und Berge der Welt, ganz vorne auf der Liste der Fitz Roy und der Cerro Torre. Ich schließe die Augen und das Bild dieser majestätischen Granitwände nimmt mich ganz gefangen. Von dem Zeitpunkt an, als ich diese Berge zum ersten Mal auf einem Poster gesehen habe, konnte ich sie nie wieder vergessen. In meinem Kopf wurden sie zu den schönsten Bergen der Welt. Nur mehr einige hundert Kilometer trennen mich von ihnen, meine Freude ist enorm. Ich lasse das Ende der Welt hinter mir und ziehe, diesmal mit einem klaren Ziel, weiter Richtung Norden.

Weihnachten und Patagonien

An einer LKW-Waage treffe ich, nachdem ich verzweifelt schon eine Nacht und einen Tag lang auf eine Weiterfahrt warte, einen reisenden Sänger. Seit 23 Jahren ist Alercio mit seiner Gitarre in Argentinien unterwegs, kennt fast jeden Winkel seines Landes und hat auch dementsprechend überall Bekannte. „Heute kommen wir sowieso nicht mehr weiter. Komm mit zu meinem Freund Raul. Dort können wir sicher schlafen und etwas essen."

Wenig später sitzen wir in einem einfachen Haus und werden königlich bewirtet. Zur Gitarre erklingen viele melancholische Lieder und die Stimmung ist berührend. Raul lädt mich ein, mit ihm für vier Tage auf den Campus (Viehweide in der Pampa) zu kommen um das Leben der Gauchos (Viehhirten) ein wenig kennenzulernen. Aufgrund meiner gesundheitlichen Verfassung, ich bin seit Tagen schwer erkältet, muss ich aber leider ablehnen. Da steht er auf, geht kurz in das Nebenzimmer und kommt mit einigen Kleidungsstücken auf dem Arm wieder zurück. Er deutet mir an aufzustehen und zieht mir feierlich einen roten Gauchoponcho über, dann bindet er mir ein traditionelles Tuch um den Hals und setzt mir eine braune Wollmütze auf. Er umarmt mich herzlich und versichert mir, dass ich in seinem Haus jederzeit willkommen bin. Mir fehlen die Worte. Tief gerührt sehe ich an mir hinunter, blicke dann in Rauls warme Augen und nicke dankbar. Dieser Abend im Kreise der Familie, die herzliche Aufnahme und spürbare Liebe ist ein verfrühtes, unvergleichlich schönes und wertvolles Weihnachtsgeschenk. Spät in der Nacht gehen wir zu Bett.

Schweißnass, dann wieder eiskalt verbringe ich, mich andauernd hin und her wälzend, die noch verbleibenden Stunden bis zum Morgengrauen. Das kalte Klima hat mir schwer zugesetzt, aber das allein kann es nicht sein. Keine

Ahnung warum, aber ich bin seit Tagen todmüde und kann trotzdem kein Auge zu tun. In der Früh setze ich mich sehr schlapp und abgespannt an den Tisch. Freundlich reicht mir Raul den Mate. Mir fällt es wie Schuppen von den Augen. Der Tee! Wie konnte ich nur so kurzsichtig sein? Seit einigen Tagen werde ich von allen möglichen Leuten auf dieses so beliebte traditionelle Getränk eingeladen. Kein Wunder, dass ich nicht schlafen kann! Daheim brauche ich nur einen einzigen Kaffee zu trinken und bin die halbe Nacht wach. Dankend lehne ich diesmal ab. Wenig später bringt uns Raul zur LKW-Waage, wie enge Freunde umarmen wir uns zum Abschied.

Die Stunden vergehen, ich stehe in meiner neuen Gauchoausrüstung am Straßenrand, nichts passiert. Alercio winkt einen Autobus nach Punta Arenas herunter, ich habe das Warten endgültig satt und steige mit ein. Komisch, schon seit langem bin ich nicht mehr in einem öffentlichen Verkehrsmittel gesessen. Zuerst bin ich direkt nervös, bald schon freue ich mich aber über die Geschichten der anderen Touristen. Es wird gescherzt und gelacht. Stunden später hält der Bus in Puerto Natales, einem kleinen, sehr touristischen Örtchen an der südlichen Grenze zum Torres del Paine Nationalpark. Ich suche mir einen Zeltplatz und kuriere in den nächsten Tagen meine Erkältung aus. Wieder halbwegs gesund, breche ich für eine zweiwöchige Wanderung in den Nationalpark auf.

Dreizehn Tage später klopfe ich an die Tür einer kleinen Familienunterkunft, „Chilas House".

„Wollen Sie das Zimmer sehen?", fragt die etwas schlampig gekleidete, ca. 60-jährige Frau.

„Gibt es eine Badewanne im Haus, die ich benützen kann?"

„Ja, aber das Zimmer …?"

„Wenn es eine Wanne gibt, nehme ich es“, antworte ich schnell.

Alles was ich jetzt brauche, ist ein heißes Bad, ganz egal, wie auch immer das Zimmer aussehen mag.

Schlotternd steige ich in die kleine Wanne. Ich drehe den Hahn auf, das Wasser rinnt heiß über meinen angespannten und gänzlich unterkühlten Körper. Bald ist der Raum erfüllt vom heißen Dampf, die Fenster sind beschlagen und das Wasser hat beinahe den Wannenrand erreicht. Ich drehe den Hahn zu und schließe die Augen. Wie wohltuend sich die in meinem Körper ausbreitende Wärme anfühlt. Mit einem Seufzen tauche ich so tief wie möglich ins Wasser. Die Tour durch den Torres del Paine Nationalpark hat mir sehr viel abverlangt.

Was für eine phantastische Landschaft. Tausend Meter hohe Granittürme, pittoreske Felsformationen, Berge von einer Schönheit, die demütig werden lässt, schwarze, türkise, blaue, milchig-weiße Seen, riesige Gletscherlandschaften, wunderbare Pflanzen, Blumenwiesen und viele unbekannte Tiere verschmelzen zu einem einzigen, traumhaft schönen Naturjuwel. Zwölf Tage lang konnte ich diese Wunderwelt genießen. Doch das mir bis dahin noch gänzlich unbekannte Wetter in Patagonien hat mir viele Streiche gespielt. Über den gesamten Zeitraum wechselten sich Sonne, Regen, Schnee, Sturm und völlige Ruhe annähernd im Fünfzehn-Minuten-Takt ab. Jeden Tag wurde ich bis auf die Knochen durchnässt und oftmals erreichte der Wind eine Kraft, die mich fast umgeworfen hätte. Angeschrien, mit ihm gekämpft habe ich, mit den Fäusten auf ihn eingeschlagen und mich verzweifelt ihm entgegengestemmt. Aber schon in der zweiten Nacht hat mir der Wind gezeigt, wer hier wirklich das Sagen hat. Hellwach bin ich in meinem Zelt gelegen. Immer stärker und stärker hat er angefangen zu fauchen. Auf einmal nahm der Wind eine richtige Gestalt an und bekam Form und Leben. Irgendwo, ganz weit entfernt, hörte ich ihn, wie er seine Kräfte sammelte und sich langsam, aber beständig auf seinen Weg begab. Wie eine Schlange hat er seinen Kopf mal hier hin, mal dorthin gestreckt. Immer näher ist er gekommen, immer lauter wurde sein Gebrüll. Völlig angespannt bin ich im Zelt gelegen. Noch näher und immer näher. Dann, mit einem lauten Donnergrollen, fegte er über das Zelt hinweg. Erst ein, zwei Sekunden später erzitterte mein Zelt unter der Gewalt des Windes. Krach, meine Zeltstange war gebrochen. Noch nie in meinem Leben habe ich diese Naturgewalt so eindrücklich und auch ehrfurchtgebietend erlebt. Tagelang habe ich noch mit ihm weitergekämpft, dann auf einmal aber auch eine weiche, sanfte Seite in all seiner Stärke und Macht entdeckt.

Ich öffne den Abfluss, warte einige Momente, schließe ihn und lasse voller Hingabe wieder heißes Wasser in die Wanne nachlaufen. Einen schöneren Ort könnte ich mir im Moment nicht vorstellen. Schritt für Schritt kommt wieder Leben in meinen Körper. Ich ziehe meine Hände aus dem warmen Wasser und betrachte sie. Braune, spinnenartige Linien ziehen sich über die Haut. Der Wind hat mir ein besonderes Muster eintätowiert und noch lange werde ich diese Erinnerungen an den Händen tragen. Trotzdem, die wunderschöne Landschaft war die Entbehrungen allemal wert. Meine Hände sinken ins Wasser hinunter. In zwei Tagen ist schon Weihnachten! Ich falle in einen Halbschlaf.

Am Weihnachtsabend besuche ich in der Dorfkirche die heilige Messe. Das Gotteshaus ist nicht sehr voll, ich nehme weiter hinten Platz. Zuerst folge ich den Worten des Priesters, doch schon bald schweife ich ab und bedanke mich still bei meiner Führung für alles, was ich lernen und erleben durfte, dass ich mich immer beschützt und geführt fühlen darf und für die vielen wunderbaren Begegnungen. Oftmals habe ich die Menschen schon gefragt, wie ich mich bei ihnen für ihre Hilfe bedanken und erkenntlich zeigen könnte. Viele haben mir geantwortet: „Das, was du an Nächstenliebe hier erlebst, sollst du in der Zukunft auch für andere tun.“

Die Menschen in der Kirche stehen auf, wir beten das „Vater unser“. Sehr bewegt setze ich mich wieder. So vielen wunderbaren Menschen durfte ich schon begegnen. Sie lebten und leben mir Tag für Tag die Lehre Jesu *Liebe Deinen Nächsten wie Dich selbst* vor. Von ihnen kann und darf ich immer neu lernen. Das ist für mich Weihnachten, das ist für mich Liebe, das ist für mich die Botschaft Jesu. Wenn ich mein Herz öffne und es zulasse, kann ich hier an jedem Tag ein kleines oder größeres Weihnachten erleben. Dann kann es Weihnachten in meinem Herzen werden, die Liebe und das Licht können in meinem, in allen Herzen neu erwachen und Christus kann in uns allen neu geboren werden.

Meine Gedanken reißen jäh ab, alle stellen sich zur Kommunion an. Ich lächle den Besuchern hinter mir zu, reihe mich in die Schlange ein, empfange die Kommunion und nehme wieder Platz. Hoffentlich kann auch ich einen Beitrag zu mehr Liebe und Akzeptanz auf dieser Welt leisten. Ich bitte darum, Amen. Der Priester spricht den Schlusssegen, ich schüttle viele Hände: „Gesegnete Weihnachten!“ Erfüllt von Liebe und Licht gehe ich nach Hause.

In der kleinen Familienunterkunft ist der Tisch schon reich gedeckt. Noch einmal bedanke ich mich bei Chila, der Hausherrin, für die Einladung. Weihnachten im Kreise ihrer Familie zu feiern, ist für mich ein wunderschönes Geschenk. Der Ehemann, die Tochter und ihr Sohn warten nur mehr auf den Glockenschlag zu Mitternacht. Endlich ist es soweit, das Weihnachtsmahl kann beginnen. Köstlich, diese wohlschmeckenden Speisen, sehr wohltuend und herzerwärmend die Gemeinschaft. Ich erinnere mich an mein vorjähriges Weihnachten an Bord der *Libre*. Ein Jahr ist vergangen, viel ist passiert. Um einiges feierlicher und freudiger, nicht mehr so im Heimwehschmerz feststeckend wie damals, darf ich dieses Weihnachten nun begehen. Wir essen, trinken, lachen und feiern bis spät in die Nacht. Müde falle ich ins Bett.

Zwei Abende später sitze ich als einziger Mann unter ca. 200 Frauen vor meinen drei braunen Bingo-Tafeln. Es ist kalt in der großen Garage. Ich schaue in die Runde. Wie eine große, eingeschworene Gemeinschaft wirken die dick eingemummten, in Reih und Glied an Biertischen sitzenden Anwesenden. Chila erklärt mir die Spielregeln, dann geht es los. „Seisenta, setenta" alles klingt sehr ähnlich für mich, obwohl ich schon sehr zufrieden bin, was meine Spanischkenntnisse anbelangt. Gespannt und sehr konzentriert hänge ich an den Lippen der Ansagerin, um mich herum wird leise gesprochen und gelacht. Komisch, irgendwie macht das Spiel wirklich Spaß. Wieder eine neue Nummer. Die Gewinnerinnen der ersten und zweiten Spalten holen sich ihren Preis ab. Ich brauche nur mehr eine Zahl. Chila sieht zu mir herüber. „Die 57 war doch schon!", berichtigt sie hektisch meinen Spielplan. „Bingo! Bingo!", rufe ich und starte zum Podium. Ralf aus Österreich und eine andere Dame sind die Hauptgewinner des Abends. Umgerechnet 20 Euro reicher treten Chila und ich scherzend den Heimweg an.

Gemütlich, ohne große Aktivitäten verlebe ich die weiteren Tage. Nichts gibt es zu tun, außer mich der Gesellschaft meiner Mitmenschen zu erfreuen und auszuruhen. Schnell bin ich in der Familie meiner Unterkunftgeberin integriert und fühle mich schon nach kurzem mehr als Freund denn als reisender österreichischer Gast.

Gerade in dieser Situation macht sich aber erneut ein mir altbekanntes, innerliches Problem bemerkbar: Obwohl ich im Laufe der Reise oftmals mit Leuten unterwegs war und bin, spüre ich trotz allem noch einen gewissen Stress in der Gegenwart anderer. Ich erinnere mich an die Zeit vor meiner Klosterwoche in Trinidad. Damals konnte ich diese Diskrepanz zwischen dem Wunsch, mit Menschen unterwegs zu sein einerseits, und die Unfähigkeit, in ihrer Gesellschaft bei mir zu bleiben andererseits, sehr stark spüren. Die innere Ohnmacht, mich nicht ganz zeigen zu wollen und dadurch der Begegnung ihre Wahrhaftigkeit zu nehmen, das war und ist nach wie vor mein Problem. Und so bleibe ich gefühlsmäßig, trotz all der Begegnungen, tief in meinem Inneren häufig allein und einsam. Weil ich mich niemanden ganz öffne, weil ich noch immer eine Rolle spiele, weil ich nicht wahrhaftig bin! Wird sich dieser innere Zwiespalt je ändern?

So zieht es mich also trotz des wärmenden familiären Gefühls weiter in Richtung Norden. Den Silvesterabend verbringe ich, durch glückliche Zufälle geführt, bei einer überaus freundlichen Familie in El Calafate. Die darauf folgenden vier Tage zieht mich der atemberaubende Perito Moreno Gletscher in seinen Bann, dann stehe ich wieder mit flehendem Blick am Straßenrand, den Daumen so weit wie möglich auf die Fahrbahn hinaus gestreckt. Ein Ehepaar nimmt mich mit, diesmal Gott sei Dank nach relativ kurzer Wartezeit. Das Wetter könnte besser nicht sein, keine Wolke zeigt sich am Himmel Patagoniens. Beschwerlich und äußerst langsam, mal leicht hinauf, dann wieder hinunter, quält sich der dreißig Jahre alte Pick-up durch die fast vegetationslose, in karges Braun und Grau gekleidete Landschaft. Ich genieße die gemütliche Fahrt, das Ehepaar aber flucht ganz beträchtlich über den schlechten Zustand der Schotterstraße. Schon aus ca. 150 km Entfernung kann ich die steil aufragende Felsformation ausmachen. Das sind sie also, die Berge meiner Träume, der Fitz Roy, der Cerro Torre und andere bekannte Namen mehr. Seit vielen Jahren hatte ich schon den Wunsch, einmal hierher zu kommen. Bald werde ich im Antlitz der schönsten Kletterberge der Welt stehen. Allein dieser Anblick versetzt mich in einen Zustand der Euphorie.

Zuerst noch im Licht des Tages, dann in der Dämmerung, schließlich sich gegen den schwarzen Nachthimmel abgrenzend, weisen uns die scharf aufragenden Granittürme und -nadeln den Weg. Um Mitternacht erreichen wir unser Ziel. Nach einem herzlichen Dankeschön an Miguel und Lucia stelle ich mein Zelt auf einer kleinen Wiese auf. Heute Abend achte ich, noch mehr als sonst, auf die genaue Ausrichtung: Wenn ich morgen den Reißverschluss meines Zeltes öffne, möchte ich das gesamte Massiv von meinem Schlafsack aus sehen können. Ich setze mich auf die feuchte Wiese und tauche in die nächtliche Landschaft ein. Kein Licht, kein Laut außer dem Geräusch des kalten Windes, der durch die Wipfel der Bäume fegt. Schwach hebt sich die Silhouette der Berge vom schwarzen Nachthimmel ab, geheimnisvoll bleibt ihre Gesamtheit im fahlen Mondschein noch verborgen. Morgen werde ich sie zum ersten Mal in voller Pracht und Herrlichkeit sehen! Erleichtert vergrabe ich mein Gesicht in den Händen und ziehe die frische Luft so tief es geht in meine Lungen.

3. Teil

Die große Wende

Es ist warm und schon taghell in meinem Zelt. Ich strecke und räkle mich. Langsam öffne ich den Reißverschluss. Der Anblick ist überwältigend. Noch viel schöner und gewaltiger, als ich mir jemals erträumt hätte, schwingen sich die Berge vor mir in die Höhe. Schnell bin ich angekleidet und schon stehe ich wie gefesselt im kühlen Gras. Im Vordergrund des mächtigen Massivs besänftigen einige kleine, grüne Hügel den abweisenden Eindruck der steil und majestätisch in den Himmel hinaufziehenden Wände. Wie hypnotisiert lege ich mich ausgestreckt und die Arme weit ausgebreitet zu Füßen dieser vollendeten Schönheit auf den Boden. Glücklich und dankbar lasse ich mich von all dieser Kraft und Energie durchfluten. Die Zeit steht still, keine Gedanken, keine Regung meines Körpers. Ich scheine völlig mit der Landschaft zu verschmelzen. Plötzlich fällt eine unglaubliche Last von mir ab. Was immer es auch war, von einem Moment auf den anderen fühle ich mich befreit, leicht und unbeschreiblich glücklich. Ein Gefühl gekoppelt mit einem einzigen Gedanken erfasst mein ganzes Sein:
Meine Reise ist zu Ende.

Tagebuch vom 5.1.2004, El Chalten:

Heute habe ich den Ort erreicht, an dem meine Reise zu Ende ist. Obwohl ich es vorher nicht gewusst habe, ist das hier das Endziel. Als ich heute den ganzen Vormittag so gemütlich bei wunderbarem Wetter das Massiv des Fitz Roy betrachte, ist alles ganz klar. Die Reise ist zu Ende, das Ziel, obwohl ich nicht wusste, dass ich so etwas habe, ist erreicht. Ich denke, dass ich in ein paar Monaten, im Juni oder so den Rückflug antreten werde. Alles ist klar, das Ende der Reise ist auf einmal da, im Anblick dieses wundervollen Gebirges.

Wie eine Feder liege ich auf der Wiese. Den ganzen restlichen Tag verweile ich fast in derselben Position, während meine Sinne so hell und geschärft sind wie selten zuvor. Oftmals war es sehr mühsam und zehrend, nicht zu wissen wann oder ob ich überhaupt jemals wieder nach Hause kommen werde. Nun ist zum ersten Mal das Ende meiner Reise absehbar und ich fühle mich unendlich frei und glücklich. In einem fort wiederholt sich der Gedanke: Meine Reise ist zu Ende, ich werde in ein paar Monaten nach Österreich zurückfahren, schon bald werde ich wieder zu Hause sein. Von Beginn an habe ich darauf vertraut, dass ich ganz genau spüren werde, wann meine Reise zu Ende sein wird. So intensiv und kraftvoll habe ich mir diesen Tag aber nicht vorgestellt. Immer wieder weine ich vor Freude und Ergriffenheit. Irgendetwas in mir hat sich verändert und ich spüre, dass ich nicht nur äußerlich, sondern auch tief in mir angekommen bin.

Die nächsten Tage und Wochen genieße ich die wundervolle Natur. Täglich bin ich, meist in Begleitung anderer Reisender, bis spät in die Nacht auf den Beinen, um meine Berge zu den verschiedensten Tageszeiten und aus den unterschiedlichsten Blickwinkeln zu bewundern. Bis zehn, elf Uhr am Abend ist es noch hell hier in Patagonien, bei den Bergen meiner Träume. Nie habe ich auch nur den Wunsch, meine Kletterkünste an diesen Wänden zu probieren, allein sie zu betrachten und ihre Energie und vollendete Schönheit auf mich wirken zu lassen, ist schon Geschenk genug. Besonders liebe ich die Sonnenaufgänge, deren prächtigem Lichtspiel ich fast jeden Morgen, sofern es das

Wetter zulässt, beiwohne. Frieden wohnt in der ganzen Landschaft, und Stille begleitet das allmorgendliche Spektakel. Ruhig und wie schlafend liegt das Massiv dann vor mir. Zackig heben sich die Berge gegen den Horizont ab, dann ändern sich langsam die Farben des Himmels und die ersten Sonnenstrahlen berühren sanft die höchsten Gipfel der Granitkolosse. Behutsam, so als würde die Sonne die Berge liebevoll und bedacht aus dem Schlaf erwecken, wandern die Strahlen immer weiter zu ihren Füßen. Wenige Minuten später erstrahlen die Wände in einem prächtigen Rot und Orange, eingetaucht in ein riesiges Flammenmeer scheinen sie mächtig über allem Weltlichen zu stehen. Ja, besonders in diesen Momenten bin ich ganz still und demütig vor dem Wunder der Schöpfung.

Ganze zwei Wochen lang ist das Wetter traumhaft und für Patagonien unverhältnismäßig schön und stabil. Leicht und beschwingt erlebe ich jeden Tag mit der Neugier eines Kindes. Die Schönheit, Kraft, Energie, die Farben, die Formen, die Berge, die Seen, die Gletscher, die Wolkenspiele, die Einzigartigkeit dieser Landschaft fesseln mich voll und ganz.

In der dritten Woche schlägt das Wetter um. Eigentlich will ich mit Mario, einem Spanier, und Juan, einem jungen Argentinier, über den Pass zum Inlandeis marschieren. Leider vereitelt das Wetter aber unsere Pläne. Nach einer achtstündigen Wanderung werden wir die folgenden drei Tage an unserem Zeltplatz festgehalten. Es schüttet ohne Unterlass und der Wind braust mit ungebrochener Kraft übers Land. Nur ein kleiner Unterstand, in dem wir Stunde um Stunde scherzend, philosophierend, schweigend dann wieder gelangweilt den Tag verbringen, dient uns als Schutz vor den Wetterkapriolen Patagoniens. Am vierten Tag hat sich das Wetter etwas gebessert und wir treten im strömenden Regen den Rückzug an. Durchnässt bis auf die Knochen und erschöpft kommen wir in der Dämmerung wieder in El Chalten an. Juan, der junge Argentinier lädt mich in den Wohnwagen seiner Eltern ein. Ich befinde mich in einem, meinem Zwiespalt: Auf der einen Seite könnte ich dort alles auftrocknen und wäre besser geschützt, auf der anderen Seite stelle ich es mir sehr stressig vor, mit Juan und seinen Eltern in einem kleinen Wohnwagen zusammengepfercht zu sein. Meine innere Zerrissenheit meldet sich also wieder: Alleinsein, damit bei mir bleiben, als Preis dafür aber wieder etwas einsam sein? Oder mich dem Miteinander aussetzen und vielleicht wieder ein wenig in eine Rolle rutschen, dafür aber Gemeinschaft erleben?

Schlussendlich lasse ich mich überreden und Juan teilt seinen Schlafplatz auf einer kleinen Pritsche mit mir. Auch am nächsten Tag regnet es weiter. Einen, zwei, drei, vier Tage lang ändert sich nichts. Ich bleibe die ganze Zeit über bei der Familie, beengt im kleinen Wohnwagen.

Und diesmal ... ist alles anders, wunderbar anders! Nichts meldet sich in mir, das nach Alleinsein schreit und die Enge in der Gemeinschaft nicht mehr aushält. Im Gegenteil, ich genieße die Zeit voll und ganz. Irgendetwas hat sich verändert und das ist wunderschön. Ich habe auf einmal keinen Stress mehr in der Gegenwart der anderen. Ist es nur eine kurze Änderung oder hat sich bleibend in mir etwas gewandelt? Noch kann ich es nicht sagen. Im Moment fühle ich mich aber einfach perfekt. Es ist so, als wäre ich in den Fluss des Lebens eingestiegen, als wäre ich erst hier, erst jetzt so richtig lebendig geworden. Keine Nervosität fühle ich in den Gesprächen, auch in keine Rolle flüchte ich mich mehr. Auf einmal bin ich, ich bin. Und ich spüre, wie Liebe fließen kann von mir zu meinem Gegenüber und umgekehrt. Alles ist so leicht und wunderbar schön. Ob es mit diesem Gefühl der Befreiung zusammenhängt, dass ich am ersten Tag meiner Ankunft hier in El Chalten verspürt habe? Ist es die Gewissheit, dass meine

Reise hier endet? Ich weiß es nicht. Ich fühle aber, dass sich etwas ganz Grundlegendes in mir und um mich verändert hat: Ich bin lebendig geworden, habe aufgehört, etwas darstellen zu wollen, und bin im Sein angekommen. Und daraus erwächst soviel Liebe, dass ich es kaum fassen kann. Das ist das wirkliche Leben, das ich so lange gesucht habe. Da ist die Freude, die Leichtigkeit, die Sorglosigkeit, die ich so vermisst habe. Das ist das Leben hinter meinen eigenen Masken und den Fassaden. Wenn das mein Geschenk für all die vergangenen Strapazen der Reise ist, dann hat es sich hundertprozentig gelohnt. Alles hat jetzt seinen Sinn, jede Minute der Einsamkeit bekommt ihre Berechtigung und wird wertvoll, wichtig und unersetzlich. Diese Reise, diese lange Zeit des Alleinseins war mein Lehrer und Meister. Sie hat mich gelehrt, wie wunderbar und wertvoll Begegnungen sind, wie wichtig Austausch und Gespräch ist, wie viel man voneinander lernen kann, wie schön und ergreifend die Liebe ist, die von Herz zu Herz fließt. Diese Erkenntnis, diese Erfahrung der wahren Liebe zwischen den Menschen ist mein wahres Reisegeschenk. Ich spüre im Herzen, dass dieses Geschenk in mir immer weiterleben wird, ganz egal, an welchem Ort, mit welchen Menschen, in welcher Situation. So ein Lebensgefühl wie jetzt habe ich noch nie zuvor verspürt. Ich bin angekommen, ich lebe, ich bin lebendig. Ich bin ich, zum ersten Mal in meinem Leben.

Im Laufe des fünften Tages treffen die Strahlen der Sonne wieder den Wohnwagen, freudig trete ich ins Freie. Nun kann ich noch einmal auf Entdeckungs- und Erlebnistour gehen.

Einige Tage später wandere ich frühmorgens wieder hoch zu einem See, in dem sich bei Windstille das Bergmassiv wunderschön spiegelt. Die Luft ist kalt und beim Warten auf den Sonnenaufgang fange ich an zu frösteln.

Ich betrachte meine Berge und plötzlich habe ich die Gewissheit, dass ich mich für diese Reise das letzte Mal an ihrem Anblick erfreuen kann. Einen Monat lang durfte ich hier verweilen, jetzt ist es wieder an der Zeit, weiterzuziehen. Ohne Reue, denn ich habe alles mitgenommen, was ich für dieses Mal mitnehmen konnte, genieße ich den Sonnenaufgang. Noch einmal schaue ich hinauf, spreche mein Gebet und schließe mit den Worten „Danke für alles!“

Am nächsten Morgen stehe ich wieder am Straßenrand und strecke meinen Daumen hinaus.

Eine neue Reise

Monate später: Ich lehne entspannt an einer Säule und betrachte das Treiben vor der Kirche. Wie viele Menschen an einem einzigen Tag wohl hierher nach Fatima kommen? Welche Wünsche sie in ihren Herzen tragen? Auch ich bin mit einigen Wünschen auf meine Reise gegangen, wollte freier werden, mehr im Jetzt leben und noch mehr auf Gott, das Leben vertrauen. Die Menschen auf dem großen Platz vor der Kirche verschwimmen vor meinen Augen zu einem einzigen Farbengemisch. Patagonien, der Fitz Roy taucht in meinen Erinnerungen auf. Vier Monate ist es nun her, dass ich den Bergen meiner Träume den Rücken gekehrt habe. Was auch immer in El Chalten passiert ist, es hat alles verändert. Die letzten Monate waren die schönsten meines ganzen, bisherigen Lebens. Ich hatte das Gefühl, im Fluss des Lebens und der Liebe zu schwimmen. Auf einmal bin ich wieder Kind geworden und ich konnte jeden Tag, jeden Moment mit unbändiger Freude erleben, frei von allen Zwängen, frei von Selbstzweifeln und vor allem frei von Angst. Frei von der Angst, mich zu zeigen, nicht gut genug zu sein, nicht zu entsprechen. Frei von der Angst, die mich, seit ich denken kann, vom wirklich Leben getrennt hatte. Allein die Liebe hat die Angst besiegt, mir alle Türen geöffnet und mein Leben, meine Reise in ein Paradies auf Erden verwandelt. Auf einmal konnte ich spüren, was es heißt, in jedem Menschen Gott zu sehen, Gott zu begegnen. Nichts habe ich dafür getan, plötzlich war dieses Geschenk, dieser Zustand da und alles hat sich seitdem verändert.

Mein Gefühl, in Ushuaia am Ende der Welt, hatte mich also nicht getäuscht: Die wichtigste Erfahrung meiner Reise war dort noch nicht gemacht. Erst in Patagonien wurde mir dieses Geschenk zuteil. Wie ein zusammengesetztes Puzzle erscheinen die verschiedenen Reiseabschnitte vor meinem inneren Auge. Jeder Teil wird wichtig, alles erklärt sich wie von selbst und das Bild wird vollständig.

Kurz nach meiner Abreise von El Chalten hat mein wundersames, völlig neues Reiseleben schon begonnen. Nunzio und Pepe haben mich über einen Zeitraum von zehn Tage mitreisen lassen: 1.500 km auf schlechtesten Schotterpisten, der „Ruta 40“ in Argentinien und der „Carretera Austral“ in Chile und noch einige hundert Kilometer weiter bis nach Puerto Varas. Aber nicht nur das: Abgesehen von der Mitfahrgelegenheit haben sie mich wie einen Gast behandelt und mir die ganze Zeit über Unterkunft und Verpflegung zur Verfügung gestellt.

Die Glocken läuten. Dankbar sehe ich zur kleinen Kapelle hinunter. Immer noch strömen Menschen in die Messe.

Gleich darauf wollte ich eigentlich wieder auf eigene Faust den Lago Llanquihe und die Umgebung erkunden, aber weit bin ich nicht gekommen, denn in Fruttilar, 20 km von Puerto Varas entfernt, war schon Endstation. Dort hat mich Eki, ein ca. 60-jähriger Deutscher, beim Stoppen mitgenommen und mich zum Essen eingeladen. Meine Einheitskost aus Brot mit Tomate oder Brot mit Banane zum Frühstück, Mittag- und Abendessen konnte wahrlich eine Abwechslung gebrauchen. Aus dem Essen wurde dann eine Einladung auf zwei, drei Tage, schlussendlich habe ich einen ganzen Monat in seinem Haus am See mit Blick auf den Vulkan Osorno verbracht. Wir haben viel geredet und noch mehr gelacht.

Marc Antonio und Martha habe ich auch zu dieser Zeit kennengelernt. Bei Martha verbrachte ich einige Tage in Vina del Mar, Marc Antonio habe ich danach in Santiago besucht.

Ich schrecke auf. Eine Dame hält mir ihren Fotoapparat ins Gesicht. „Wer und was soll alles auf das Foto?“ Klick, klick. „Ebenfalls einen schönen Tag noch.“ Ich setze mich wieder auf die Steinstufen.

Ja, Marc Antonio, ein unglaublich gefühlvoller und lebensfroher Mensch. Eine tiefe Herzensfreundschaft hat sich in den drei Wochen zwischen uns entwickelt und ich bin mir sicher, dass wir Kontakt halten und uns irgendwo, irgendwann wieder einmal treffen werden.

Nach der wunderschönen Zeit mit Marc Antonio wollte ich noch so viele Naturschönheiten wie möglich mit eigenen Augen sehen. Über den Nordwesten von Argentinien und den Norden von Chile bin ich bis Bolivien gekommen. Dann ging es durch die gigantische Salzwüste „Salar de Uyuni" und die Atacamawüste wieder zurück nach Santiago. Einige tausend Kilometer habe ich in diesem letzten Monat stoppen-derweise zurückgelegt. Oftmals konnte ich in dieser Zeit die biblischen Worte „Sorge dich nicht um den nächsten Tag" voll und ganz erfahren und erleben. Wie aus dem Nichts heraus war das „Leben im Jetzt" auf einmal Realität geworden und im Gegensatz zum ersten Jahr meiner Reise war nun nichts mehr schwer und anstrengend, sondern alles ging wie von selbst.

Noch einmal besuchte ich Marc Antonio mit seiner Frau Johanna, ihrem Sohn Claudio sowie Carolina, eine wunderbare Frau, die mir viel an Liebe und Freude geschenkt hat. Ein letztes Abschlussfest, es wurde viel gescherzt und gelacht, doch auch meine Traurigkeit forderte ihren Raum. In diesem Moment wusste ich: Es ist gut so, dass die Reise zu Ende geht. Viele Begegnungen waren wundervoll, manche gingen tiefer als andere, aber meist tat der Abschied weh und an jedem Ort habe ich ein kleines Stück von meinem Herzen gelassen. Kennenlernen, Lieben lernen, Abschied nehmen, immer und immer wieder aufs Neue. Auch von Marc Antonio und Carolina habe ich mich nur unter vielen Tränen getrennt.

Dann, ein paar Tage später, war ich schon in Buenos Aires. Juan Manuel, ein Freund, den ich in El Chalten getroffen habe, und seine Familie gaben mir in ihrem Gartenhaus meine letzte Residenz in Südamerika. Am ersten Morgen haben sie mir den Schlüssel für das Haus in die Hand gedrückt, am letzten Abend wollte mich das Familienoberhaupt als Adoptivsohn behalten. Unbeschreiblich wohl habe ich mich bei und mit ihnen gefühlt, wahrlich wie ein Familienmitglied. Vater und Sohn haben mich noch zum Flughafen von Buenos Aires gebracht, wieder ein Abschied.

Wenig später saß ich schon angeschnallt im Sitz und habe den Vollmond betrachtet. Start, dann ging es der Küste Argentiniens und Brasiliens entlang. Schnell, sehr schnell ist alles gegangen. Die Flugroute führte über Orte, Städte, Landschaften, die ich vor einem Jahr oder weniger bereist hatte, dann über den Atlantik. Ein sonderbares Gefühl hat von mir Besitz ergriffen, als ein großer Teil meiner Reiseroute unter mir in Windeseile zurückgespult wurde. Die vielen Eindrücke und Erlebnisse sind wieder hochgekommen und haben die Erde unter mir zum Leben erweckt. Wie froh und dankbar war ich, dass ich langsam reisen und das Meer, die verschiedenen Landschaften und Menschen zumindest ein wenig kennenlernen konnte. Viele wunderbare Menschen durfte ich treffen. Keine Ahnung, welcher Religionsgemeinschaft sie angehörten oder ob sie überhaupt an etwas glaubten. Sie leben die Nächstenliebe, die wahre Liebe in ihrem Leben voll und ganz. Übergroß ist meine Anerkennung und Wertschätzung für sie. Von dem Wenigen, das sie haben, geben sie von Herzen. Sie teilen, auch wenn fast nichts zu teilen da ist, mit einer Selbstverständlichkeit und Liebe, die ihresgleichen sucht. Unbeschreiblich groß ist der Reichtum in ihren Herzen. Wie kann ich mich bei den Menschen für ihre Liebe bedanken? Eki in Frutillar hat es so auf den Punkt gebracht: „Es profitieren immer beide Seiten von einer Begegnung. Schau dir die Situation genau an. Ich gebe dir zwar Unterkunft und zahle für dein Essen, aber du gibst mir deine Zeit und dein Sein, und das ist unbezahlbar.“ Andere sagten: „Gib das, was du hier an Nächstenliebe erfahren hast, in deiner Heimat weiter.“

Nächstenliebe! Ich nehme mir vor, ihren Rat so gut es geht zu befolgen. Sie haben mir die Latte sehr hoch gelegt, ich weiß nicht, ob ich es ihnen gleich tun kann, aber ich werde es versuchen.

Portugal, noch einmal Flugzeugessen, unter mir die Küste Spaniens. Dann waren wir schon im Landeanflug, nur zwölf Stunden hat der tausende Kilometer lange Flug gedauert. Mein erster Schritt auf europäischem Boden, was für ein Gefühl! Die letzte Station meiner Reise war völlig klar: Ich wollte, musste hierher nach Fatima kommen.

Ich schaue zur Baustelle auf der gegenüberliegenden Seite der Kirche hinüber. „Meine“ Mauer mit der Inschrift „Gott ist Liebe“ steht nicht mehr. Auf den Tag genau vor 18 Monaten bin ich durch das Tor in der Mauer gegangen. Damals wurde mir hier aufs Neue bewusst, dass mein Leben Gott gehört und dass Gott die Liebe ist. Heute am 4.6.2004, genau 18 Monate später, bin ich wieder hier. Ja, ich durfte Gott, die wahre Liebe unbeschreiblich tief erfahren. Planlos war ich unterwegs, aber einen großen phantastischen Plan hatte Gott, die Liebe, für mich schon vorbereitet. Ich habe den Weg nur noch beschreiten müssen. Alles war perfekt durchdacht. Alles, absolut alles hatte seinen Sinn.

Mein Blick fällt auf die Gläubigen, die auf ihren Knien um die Kapelle rutschen. Jeder hat seinen eigenen Weg. Mein Weg hat mich nach Südamerika geführt. Ich weine. Langsam stehe ich auf und steige die Treppen zur Erscheinungskapelle von Fatima hinunter. Es ist an der Zeit, für alles Danke zu sagen.

Heimat

Einige Tage später verlasse ich Fatima, diese heilige und sehr heilsame Stätte. Nun geht es eindeutig Richtung Österreich, ich begebe mich auf den finalen Heimweg. In Granada und Barcelona mache ich jeweils ein paar Tage Halt und statte noch zwei Freunden einen Besuch ab. Das verspielte Meisterwerk der Sagrada Familia erinnert mich an die gemeinsame Zeit mit Geri vor mehr als anderthalb Jahren. Hier in Barcelona haben sich unsere Wege getrennt. Endlos lange scheint diese Zeit schon hinter mir zu liegen, fast wie ein anderes Leben.

Ein Ungar nimmt mich mit nach Österreich. Marseille, Milano, Udine, Tarvis, die Grenze, ich bin wieder in meiner Heimat. Nur vierzehn Stunden brauchen wir für die Strecke Barcelona – Klagenfurt, eine neue Rekordmarke und ein krönender Abschluss meines Stopperlebens. In Klagenfurt besuche ich meinen langjährigen Freund Ed, die Wiedersehensfreude ist riesengroß.

Nur mehr 110 km sind es noch bis Knittelfeld. Freudig strecke ich meinen Daumen hinaus und lache übers ganze Gesicht, jetzt ist es wirklich nicht mehr weit. Eins, zwei, drei, vier Autos. Keine langen Wartezeiten. Europa ist im Vergleich zu Südamerika noch ein wahres Paradies für Anhalter. „Knittelfeld" lese ich am Ortsschild und lasse mich etwas entfernt vom Wohnhaus meiner Eltern absetzen. „Danke", ich schließe die Beifahrertür und schaue dem Fahrzeug nach. Da fährt er dahin, der letzte Stopp meiner Reise.

19 Monate und 10 Tage sind seit meiner Abreise vergangen. Über 30.000 km habe ich per Anhalter, 48.000 km insgesamt auf dem Land- und Seeweg zurückgelegt.

In Gedanken versunken gehe ich langsam die Straße entlang. Nichts scheint sich hier verändert zu haben. Was fühle ich? Ist es Freude? Ich weiß es nicht. Und meine Eltern? Sie wissen nur, dass ich vor ein paar Wochen in Madrid gelandet bin, mehr aber nicht. Wie werden sie reagieren? Ist es Wehmut, dass die Reise zu Ende ist? Welches Leben beginnt, wie sehr habe ich mich verändert? Ich werde noch langsamer und bleibe schlussendlich stehen. Was fühle ich wirklich? Habe ich Angst? Ich weiß es absolut nicht! Ich atme tief durch, und plötzlich wird mir klar: Es gibt keine Beschreibung für meinen Gefühlszustand. Ich erlebe diese Ausnahmesituation zum allerersten Mal und nichts bisher Erlebtes lässt sich damit auch nur annähernd vergleichen. Gut, also keine Erwartungen mehr, kein Hinterfragen und Festnageln meiner Gefühle mehr, kein Versuch mehr, irgendetwas zu erklären: Es ist, wie es ist!

Ich setzte mich wieder in Bewegung und biege um die nächste Ecke. Von hier aus kann ich mein Elternhaus schon sehen. Wie in Zeitlupe nähere ich mich. Noch einmal bleibe ich stehe und denke zurück. Danke für alles. Schritt, Schritt, noch ein Schritt, dann stehe ich vor der Eingangstür. Die Zeit steht still.

Ich bin da, wieder daheim, wieder zu Hause.

Nachwort

Bald nach Beendigung der Reise hielt ich Diavorträge und erzählte über meine Erlebnisse und Erfahrungen. Der Zustrom der Menschen zu den Vorträgen in meiner Heimatstadt war groß. Schon nach Beendigung des zweiten erfolgreichen Dia-Erlebnisberichtes unter dem Titel „Meine Reise. Eine Welt voller Wunder. Per Anhalter nach Südamerika" war mir klar: Ein Buch musste her, und das schnell. Ich schrieb jeden Tag stundenlang. Gerade erst angekommen, war ich in Gedanken schon wieder in meiner Reise versunken. In ein paar Wochen war das „Meisterwerk" vollbracht. Aber: Es fand sich kein Verleger, der aus meinem Geschriebenen ein Buch machen wollte.

Ich bin kein großer Autor und es fällt mir schwer, Erlebtes in Worten wiederzugeben. Zusammengerechnet hat der ganze Prozess wohl zehn Monate meines Lebens in Anspruch genommen und sich letztendlich über neun Jahre hingezogen. Es war wahrlich eine schwere Geburt, aber schlussendlich hat es sich gelohnt.

Das Schreiben des Buches hat mir aber geholfen, die Zusammenhänge meiner Reise und die Beweggründe tiefer zu verstehen und zu begreifen. Viele Aspekte sind mir dadurch klarer geworden. So sehe ich meine damalige Reisemotivation heutzutage als Flucht nach vorne. Ich musste ausbrechen, um innerlich neu zu werden. Nur die völlige Loslösung und die extremen „Reiseaufgaben" sowie das Alleinsein haben die Veränderungen möglich gemacht.

Aber ich bin schon wieder zu viel im Analysieren. Viele Dinge und Zusammenhänge im Leben bleiben einfach unverständlich und sind rational nicht erklärbar. Ich bin froh und glücklich, die Reise gemacht zu haben. Ich habe viel erlebt und Erfahrungen gesammelt, die ich mein ganzes Leben lang nicht vergessen werde.

Nach der Reise dachte ich, die Reise selbst wäre die größte Veränderung meines Lebens gewesen. Aber auch daheim in Österreich hat sich danach viel ereignet. Nach der Heimkehr folgte eine Hochphase, in der ich mich so wunderbar fühlte wie am Schluss der Reise selbst. Dann kamen schwere Zeiten auf mich zu und ich musste mich intensiv mit mir auseinandersetzten. Ich bin durch dunkle, tiefe Täler gewandert, habe viel Schweres, Trauriges, aber auch Schönes und Heilsames erfahren. Über die Jahre musste ich erkennen, dass ich immer noch weg wollte, wieder reisen wollte. Das Sehnen nach diesem ultimativen Lebensgefühl, dieser Verbundenheit und Liebe, die ich erfahren hatte, brannte unaufhörlich in mir. Und außerdem … hatte ich Angst. Angst davor, wieder ganz Fuß zu fassen in meinem Heimatland. Angst, mich wieder mit den alltäglichen Dingen des Lebens befassen und weltliche Gegenstände wie Möbel oder Kleider anschaffen zu müssen. Angst davor, meinen Beruf wieder auszuüben. Angst vor einem ganz normalen Leben, einem Leben, in dem ich ein ganz normaler Bürger sein würde. Angst, nie mehr diese überwältigende Liebe zu meinen Mitmenschen spüren zu können.

Aber mit der Zeit, vor allem aber während einer neuerlichen Reise mit meiner damaligen Freundin, wurde mir klar, dass ich dieses Gefühl der Liebe und Verbundenheit, ja diese unbeschreibliche Lebendigkeit nicht erzwingen kann.

Jetzt habe ich einen Beruf, eine Wohnung, lebe meinen „normalen“ Alltag. Oft noch wünsche ich mir den Seinszustand herbei, den ich am Ende der Reise hatte. Manchmal ist das Gefühl da, dann wieder länger nicht. Ich kenne kein Rezept dafür, wie dieser Zustand herzustellen ist. Es ist so wie während der Reise selbst: Es lässt sich nichts erzwingen. Und die Ängste? Die habe ich nach wie vor, aber ich kann besser mit ihnen umgehen und sie sind kleiner geworden. Außerdem spüre ich durch das Schreiben an meinem Buch, dieses herrliche Lebensgefühl wieder intensiver und erinnere mich erneut und sehr deutlich an „mein Reisegeschenk“:

Liebe, die von Mensch zu Mensch fließt und sich vermehrt.

Liebe, die lebendige Begegnung ermöglicht.

Liebe, die gibt ohne Berechnung. Liebe um der Liebe willen, „uns zu Liebe“.

Und diese Liebe gilt es nun hier, im normalen Alltag, so oft und so rein wie möglich zu leben. Um dieses Geschenk, das die Liebe ist, die Liebe, die schlussendlich auch die Angst besiegt, in mir wach zu halten, habe ich dieses Buch geschrieben. Und wenn nur ein einziger Mensch in seinem Inneren durch meine Erlebnisse und die Zeilen in diesem Buch berührt wird, dann hat sich der Aufwand gelohnt.

Ich möchte das Buch mit einem Auszug aus meinem Reisetagebuch beschließen:

„Lass nicht zu, dass du glaubst, besser zu sein als andere, dass du denkst, die Wahrheit für alle gefunden zu haben.

Lass nicht zu, dass du negative Gedanken kreierst, dass du dich vom Weg abbringen lässt.

Lass nicht zu, dass jeder Tag wie der andere ist, dass du die Schönheit der Welt nicht mehr wahrnimmst.

Lass nicht zu, dass andere über dich verfügen, dass du deine Träume verlierst.

Lass nie zu, dass du deinen Glauben, dein Vertrauen in das Leben, in das Universum, in Gott verlierst.

Du bist geliebt, geführt, getragen, gehalten, beschützt, begleitet, auf Händen getragen von all der Liebe des Universums, der Liebe, die Gott selber ist.“

In Liebe allen Leserinnen und Lesern.

Ralf Eggartner

Danksagung

Der größte Dank gilt meinen Eltern für ihre Liebe und Begleitung. Sie haben mir Wurzeln und mit den Jahren Flügel gegeben. Sie waren da, wenn ich sie brauchte, ließen mich immer wieder meine Grenzen ausloten und meinen eigenen Weg suchen und finden. Ein inniges, liebevolles Danke auch an meine Schwester Martina, die mich nicht immer verstehen konnte, es aber allzeit probiert hat und stets liebevoll für mich da war und ist.

Danke dir, Geri, für den gemeinsamen Beginn der Reise und für unser „Dreamteam forever“, das über die Jahre durch deine sonnige Familie noch Verstärkung gefunden hat.

Ein ganz besonderer Dank gilt den vielen Menschen, die meine Reise erst ermöglicht haben: Den LKW- und PKW-Fahrern und Schiffseignern, den Menschen, die mir Unterschlupf gewährten, die mir Beziehungswärme und Liebe gegeben, die einem Reisenden ihr Herz geöffnet haben.

Danke auch an euch, die ihr mich beim Schreiben und beim Korrekturlesen unterstützt habt: Ralphi, Katharina, Lili, Karin. Danke für eure Ermutigungen. Von Herzen danke ich dir, Gitti. Du hast durch deine Inspiration, durch dein „Da-Sein“ wohl am meisten zur Neufassung, die öffentlichkeitstauglich wurde, beigetragen. Danke für deine Liebe und die gemeinsame Zeit.

Danke den Verlegern, die mein Werk schätzen und ihm die Möglichkeit geben, den Weg zu den Menschen zu finden.

Die Aufzählung könnte endlos weitergehen, denn jede Begegnung, jede Freundschaft hat mein Leben geprägt und bereichert und somit zu meiner Reise beigetragen. Aus tiefstem Herzen danke ich euch, meinen Freunden und lieben Menschen, die hier nicht genannt sind.

Ein großer Dank gilt auch allen Lesern und Leserinnen für das offene Herz und die Bereitschaft, meine Reise auf diese Weise mitzugehen und mitzuerleben.

Der letzte und universellste Dank gilt der „Liebe über und in allem“, durch die ich mich getragen und begleitet fühle und die nach wie vor mein ganzes Leben durchdringt. Dieser Dank gilt der Quelle, die mich nährt: Gott – dem Inbegriff von Licht, Liebe und Leben.

Memoiren-Verlag - Ein Auszug aus dem Verlagsprogramm

Jane
Erfahrungsbericht
Annelies Liengitz
ISBN 978-3-902074-01-0

(M)ein Weg zum inneren Frieden
Autobiographie
Oskar Ossi Huber
ISBN 978-3-902757-48-7

Romeo & Julchen
Kinderbuch
Eva-Maria Watscher
ISBN 978-3-902757-58-6

Denn die Mutter war nur eine Magd
Biographie
Gerlinde Kreiger
ISBN 978-3-902074-57-7

Simon – ein besonderer Junge
Anni Czermak
ISBN 978-3-902757-19-7

Der Vater auf dem Bügelbrett und andere Geschichten aus der Bechardgasse
McEwan, Plasser, Schwind, Tepser
ISBN 978-3-902757-17-3

Sehnsucht, Nacht und Meer, Lyrik
Martin Schlosser
ISBN 978-3-902757-64-7

Gatermann
Roman
Jochen Bauschke
ISBN 978-3-902074-00-3

Verkauft
Roman
Karin Varch
ISBN 978-3-902757-49-4

Ein Hauch von Glück
Lyrik
Karl Ferdinand Schruf
ISBN 978-3-902074-38-6

Schlichte Gedichte
Lyrik
Harald Jöllinger
ISBN 978-3-902074-78-2

Auf der Blumenwiese
Märchen für Kinder
Margret Kuess
ISBN 978-3-902757-12-8

Von der Idee zum fertigen Buch

Memoiren-Verlag Bauschke
Trattenweg 5
A-9346 Glödnitz
www.memoiren-verlag.at
E-Mail: memoiren-verlag@aon.at